<u>Elisa M. Baker</u> · <u>Kirschsommerküsse</u>

Roman

AF124920

Ella ist zweiundzwanzig, ein Bücherwurm und das, was man als mollig bezeichnen würde. Sie rechnet sich schlechte Chancen aus, jemals einen Mann zu finden, der sie mit ihren Pfunden liebt. Doch stehen wirklich alle Männer nur auf schlanke Frauen? Und wie lernt man einen geeigneten Kandidaten kennen, wenn man so schüchtern ist wie Ella?

Und dann sind da auch noch Eva und Ellas Mutter, die ganz eigene Pläne für sie haben ...

Eine romantische Komödie über Beziehungen, die erste Liebe und den chaotischen Weg zum Glück.

Elisa M. Baker ist seit jeher vom Schreiben fasziniert und verfasste schon früh eigene Geschichten. »Kirschsommerküsse« ist ihr Debütroman, der 2016 veröffentlicht wurde. Derzeit lebt und arbeitet sie in der Nähe von Bamberg.

<u>Elisa M. Baker</u>
Kirschsommerküsse

Roman

Herstellung und Verlag:
BoD – Books on Demand, Norderstedt
ISBN 9783739238784

Elisa M. Baker
c/o Papyrus Autoren-Club
R.O.M. Logicware GmbH
Pettenkoferstr. 16-18
10247 Berlin
1. Auflage  Februar 2016
Herstellung und Verlag:
BoD – Books on Demand, Norderstedt
ISBN: 9783739238784

Facebook: https://www.facebook.com/ElisaM.Baker.de

Elisa M. Baker

# Kirschsommerküsse

Roman

Dieser Roman ist rein fiktiv. Ähnlichkeiten mit lebenden oder verstorbenen Personen sind rein zufällig und nicht beabsichtig.

## Vorwort

Verehrter Leser,

vielen Dank, dass Sie mein Werk auf legalem Wege erworben haben. Als Autorin bin ich auf jeden Verkauf angewiesen.

E-Book-Piraterie ist eine schwerwiegende Sache und eine Straftat. Viel ernster, als die meisten Leser annehmen. Die Dunkelziffer der illegalen Seiten und der dort illegal geladenen E-Books ist gigantisch. Und sie wächst leider jeden Tag mehr.

Bitte kaufen Sie Ihre E-Books auch weiterhin auf legalen Seiten. Sie helfen damit den Autoren, auch in Zukunft Geschichten für Sie zu erschaffen, die sie unterhalten, sie zum Lachen und zum Weinen bringen, die sie auf unglaubliche Reisen mitnehmen und an Orte führen, die man auf keiner Landkarte findet. Unsere Geschichten sind Träume zum Immer wieder Erleben und manche werden ein Teil von ihnen, begleiten Sie für lange Zeit. Oder vielleicht sogar für immer.

Sie helfen mit ihren legalen Käufen dabei, dass wir die Geschichten schreiben können, die die Welt uns zuflüstert.

Jetzt und für kommende Generationen.

Vielen Dank für Ihre Unterstützung.

Herzlichst,

Elisa M. Baker

*Für alle, die nach Liebe suchen.*
*Für die, die glauben, perfekt sein zu müssen.*

*Ihr seid es schon.*

# 1

Es fühlt sich an wie ein Blitzschlag, nur ohne den grellen Schmerz. Und dennoch schmerzt es, aber auf eine Weise, die ich bisher nicht gekannt hatte.

Ich kann nur starren. Meine Hände werden ganz feucht und ich ziehe unbewusst den Kragen des weiten Pullis hoch, um mein Gesicht so gut wie möglich zu verstecken.

Das Zittern meiner Hände, meinen rasenden Herzschlag und meine geröteten Wangen, all das bemerkt er gar nicht.

Wie auch, er redete ja bereits mit einer anderen.

Ich senke den Blick zurück auf das Buch vor mir. Es ist ein dramatischer Liebesroman, in dem sich die Protagonisten gerade gestritten hatten.

Ich fühle mich, als wäre das soeben mir selbst passiert, und plötzlich schießen mir Tränen in die Augen.

»Wie dumm«, tadele ich mich selbst im Geiste. Ich zwinge mich, nicht zu ihm hinüberzuschauen. Nicht in seine blauen Augen zu sehen, die so kraftvoll strahlen wie ein Sommerhimmel, nicht seine Grübchen zu sehen, die sich bilden, wenn er lächelt und die mir die Sprache verschlagen. Ich starre auf die offenen Seiten des Buches, doch die Zeilen wollen keinen Sinn mehr ergeben.

Die Geräusche des Cafés dringen plötzlich scharf und laut an mein Ohr, als würde ich aus tiefem, stillem Wasser wieder an die Oberfläche tauchen.

Nervös lecke ich mir über die trockenen Lippen und trinke den letzten Schluck Kaffee aus meiner Tasse.

Er ist bereits kalt und schmeckt bitter und abgestanden. Ich schiebe mir eine Haarsträhne aus dem Gesicht und ärgere mich, dass ich meine wilden Locken nicht zurückgebunden hatte, so wie ich es sonst immer tat.

Ich hatte hübsch aussehen wollen. Jetzt komme ich mir nur noch lächerlich vor, als ich mir eingestehen muss dass ich enttäuscht bin.

Er hat gar nicht zu mir hingesehen. Deprimiert schiebe ich das Buch in meine Umhängetasche aus violettem Stoff und stehe auf. Bezahlt hatte ich ja bereits vorhin, wobei ich meinte, dass mir der Kellner einen mitleidigen Blick zuwarf, als wüsste er, was ich vorhatte.

»Sie sehen heute besonders hübsch aus«, hatte er gesagt. Seine Worte erreichten mich nur halb, da ich bereits damit beschäftigt war, meine Blicke auf den gut aussehenden Typen am anderen Ende des Cafés, zu fixieren. Jetzt tut es mir leid. Gewiss hatte der Kellner nur nett zu mir sein wollen und ich hatte ihn ignoriert. So wie es mit mir gemacht worden war.

Ich seufze und bewege mich schwerfällig zum Ausgang, während um mich herum Tassen klappern, Menschen miteinander reden und lachen. Das Leben tobt um mich herum, während in mir nur Leere und Stille zu herrschen scheint.

Ich kann nicht anders. Ich sehe mich um, obwohl ich mir vorgenommen hatte, es nicht zu tun.

Er starrt mir direkt in die Augen.

Ich bin so erschrocken darüber, dass ich mehr aus dem Café stolpere, als das ich gehe. Ich stoße beinahe mit einem Herrn zusammen, der einen dicken grauen Mantel trägt und mich anschnauzt, wieso ich im Weg herumstehen würde.

Ich beachte ihn gar nicht, als ich nach Hause haste.

Weg von diesen intensiv blauen Augen, die mich mitten ins Herz getroffen hatten, weg von dem nussbraunen Haarschopf und dem scharf geschnittenen, harten Gesicht mit den hohen Wangenknochen und dem meist arroganten Ausdruck, als wäre er das Beste, was jeder Frau passieren konnte. Er war zu viel, viel zu viel. Ich verdränge die beschämenden Gedanken an seinen gut gebauten Körper, der sich unter seinen engen T-Shirts abzeichnet die er ständig trägt, an sein verruchtes Tattoo, das sich über den ganzen rechten Arm zieht, an sein schiefes Lächeln, wenn er mit einer anderen flirtet.

Mein Mund wird trocken und mir bricht der Schweiß aus.

Ich umklammere die Tasche, als ginge es um mein Leben.

Die Luft duftet nach Frühling und nahendem Sommer, nach Blumen und feuchtem Gras. Es ist warm heute, zu warm für einen übergroßen Pulli, wie ich feststelle.

Ich hatte ihn nur angezogen, weil er diesen wunderbar großen Kragen hat, den ich mir fast bis über die Augen ziehen kann.

Meine Schritte klingen laut auf dem grauen Gehweg, doch ich eile weiter. Meine Wohnung liegt nur fünf Minuten von dem Café entfernt und so haste ich schon bald den zweiten Stock hinauf, schnaufend wie ein Walross, zumindest komme ich mir so vor, und schlage die Tür hinter mir zu.

Erleichterung und Scham schlagen wie eine Welle über mir zusammen und drücken mich Richtung Boden. Was hatte ich mir denn auch dabei gedacht?

Der Spiegel im Hausflur wirft mir ein merkwürdiges Bild meiner Selbst zurück. Völlig zerzaustes, schwarzes Haar, hellbraune Augen, dezent geschminkt, mit langen, dichten Wimpern, die mich ungläubig anstarren, gerötete Wangen und leicht geöffnete Lippen, auf denen noch der dunkelrote Lippenstift schimmert, den ich benutzt hatte. Sogar Make-up hatte ich aufgetragen, um meine Hautprobleme zu verstecken. Die schlagen sich in trockener Haut und kleinen Stresspickeln nieder, wenn ich nervös bin oder unter Anspannung stehe.

Ich bin immer viel zu blass, und sehe meist aus wie ein Schneewittchen-Verschnitt aus der Moderne.

Der hellblaue Kuschelpullover verstärkt meine Blässe nur, wie ich jetzt bemerke. Ich seufze.

Eine Laufmasche hat sich an der blickdichten, schwarzen Strumpfhose gebildet, die ich mich heute anzuziehen getraut hatte. Ich trage normalerweise niemals Strumpfhosen, geschweige denn Röcke. Das Karomuster auf dem knielangen Stoff erinnerte mich an japanische Schulmädchenuniformen.

Wieso benehme ich mich so … bescheuert?

Ich stehe auf und ziehe mir die knöchelhohen Peeptoes in verführerischem Rot von den Füßen.

Meine Zehen sind geschwollen und schmerzen höllisch. So gut wie die Schuhe auch aussehen, aber bequem ist etwas anderes.

Erleichtert gehe ich über den dunkelbraunen Teppich meiner Wohnung in die Küche, um mir einen starken Kaffee zu kochen. Ich liebe dieses wunderbare Heißgetränk einfach, obwohl mir meine beste Freundin Eva immer einredet, dass mehr als zwei Tassen am Tag total ungesund sind.

Zwei Tassen? Darüber kann ich nur lachen. Ich trinke meist wohl eher zwei Liter.

Erst als der Duft des kochenden Kaffees, gepaart mit dem Blubbern und Zischen der Kaffeemaschine, meine Wohnung erfüllt, fühle ich mich wieder wohl.

Jetzt kommt mir das alles ziemlich albern vor, und ich kichere leise über mich selbst.

Ich krame das Buch aus meiner Umhängetasche und lege es auf den niedrigen Wohnzimmertisch. Später werde ich noch etwas weiter darin lesen, aber jetzt muss ich erst einmal diesen scheußlichen Pullover loswerden. Ich schlendere in mein Schlafzimmer und werfe einen Blick in meinen total chaotischen Kleiderschrank.

Ordnung ist das halbe Leben, predigt mir Eva deswegen ständig. Ihr Kleiderschrank sieht immer blitzsauber aus, alles ist gefaltet und sogar nach Farben und Jahreszeiten sortiert.

Ich ziehe spöttisch eine Braue hoch und wühle mich durch mehrere T-Shirts, Tops und Blusen, ehe ich meine Lieblingstunika finde. Sie geht mir fast bis zu den Knien und ist dunkelgrün, mit weißen Stickereien darauf. Den dazu passenden Gürtel finde ich nach einigem Umherstöbern unter dem Bett, wo auch eine ganze Menge Bücher verstaut sind, die auf den überfüllten Regalen in der Wohnung keinen Platz mehr haben.

Während ich mir den Gürtel aus braunem Stoff umbinde, starre ich nachdenklich mein zerwühltes Bett an.

Damals, als ich es gekauft habe, fand ich es schön, mit den gusseisernen Streben, in die Rosenranken hineingearbeitet sind. Eva meinte dazu nur, dass es wie aus einem Gothic-Traum aussehen würde. Es wäre total out.

Mir ist das zwar egal, aber ich frage mich, ob es so schlimm ist, dass es Männer abschrecken würde?

Ich habe nämlich keine Ahnung. Bis jetzt bin ich die Einzige, die je darin geschlafen hat.

Und ich bin schon zweiundzwanzig. Oder erst? Ich weiß nicht, was das heutige Durchschnittsalter für den ersten Freund ist, aber laut Eva liege ich weit darüber. Nahe am Verfallsdatum, wenn ich ihr glauben soll. »Du bist quasi eine alte Jungfer!«, pflegt sie zu sagen.

Ich seufze erneut und wandere wieder zurück in die Küche, vorbei an all den vollgestopften Bücherregalen, an den Schränken voller Bücher und den Kisten mit Büchern, die ich sonst nirgendwo lagern kann.

Ach ja, ich liebe Bücher. Ich lese so ziemlich alles, was mir unter die Nase kommt. Aber vor allem liebe ich Geschichten aus den Genres Fantasy und Romance. Ich nutze vor allem romantische Literatur dieser Tage sozusagen als Fortbildungsmittel. Ich studiere, wie man sich so verhalten muss, als Single der sich einen Partner wünscht.

Allerdings bin ich eher nicht so, wie die Protagonisten aus meinen Büchern.

Mit knapp einem Meter fünfundsechzig und einigen Kilos zu viel, sehe ich ganz und gar nicht wie ein filigranes Model aus. Eva behauptet immer, Kleider machen Leute, aber ich kann anziehen, was ich will, obenrum ist es immer viel zu eng.

Bei dem einzigen Date, das ich je hatte, sprang mittendrin der Knopf ab, da meine Oberweite meinte, nicht mehr eingesperrt sein zu wollen. Der arme Kerl hat beinahe ein Auge eingebüßt. Logisch dass er mich nie wiedersehen wollte. Seitdem trage ich nur noch Oberteile ohne Knöpfe. Höchstens noch mit Reißverschluss, aber das ist auch alles.

Ich schenke mir eine Tasse voll Kaffee ein und begebe mich damit auf das Sofa. Von dort kann ich hinaus auf den Balkon schauen, auf dem alle möglichen Blumen und Pflanzen in Kübeln stehen. Sichtschutz und ein Stück Natur in einem. So etwas liebe ich. Gedankenverloren starre ich hinaus. Die Sonne scheint und wärmt mein Gesicht durch die Fensterscheibe. Ein viel zu schöner Tag, um alleine zuhause zu hocken, würde Eva sagen.

Ich ziehe einen Schmollmund und schubse Eva einfach aus meinen Gedanken als ich nach dem Buch greife. Wenn ich lese geht es mir besser und ich bin nicht mehr alleine. Ich reise durch viele Welten, lebe viele Leben und ich erlebe die Liebe.

Liebe ist etwas, das ich in meinem richtigen Leben leider nicht habe. Ich nippe an meinem Kaffee, ehe ich mich in die perfekte Welt des Romans stürze, in dem sich die beiden Protagonisten soeben wieder versöhnen.

Ich frage mich, ob ich mich jemals so mit jemandem versöhnen werde, während meine Wangen so rot wie Feuerlöscher werden.

Eine gehässige Stimme in meinem Kopf sagt mir, dass ich dafür erst einmal einen Kerl bräuchte.

Ich ignoriere sie.

Meine Ruhe währt nicht lange. Soeben bin ich total vertieft in eine Szene, in der sich meine Protagonisten leidenschaftlich küssen, und ausführlich das genaue Wie und Wann dargelegt wird, als es klopft. Ich stehe auf und schlage das Buch zu, natürlich erst, nachdem ich ein Lesezeichen eingelegt habe. Später muss ich mir das noch einmal genau durchlesen. Man will ja nichts falsch machen beim ersten Kuss.

Ich weiß schon wer da vor der Tür steht, noch ehe ich sie geöffnet habe.

»Hallo Süße, wie geht es dir an diesem wunderschönen Samstag?«, zwitschert Eva gut gelaunt. Sie hält zwei Flaschen Sekt in jeweils einer Hand und strahlt über das ganze Gesicht.

Ich trete zur Seite, damit ich sie hineinlassen kann. »Ganz gut, und dir?«, erwidere ich unverbindlich. Es beginnt immer so harmlos. Aber das ist nur Evas Tarnung. Bald kommt das Verhör, ich weiß es.

»Und, hast du heute schon diesen heißen Typen getroffen, den du so anschmachtest?«, ruft sie gedämpft aus meiner Küche. Ich höre Gläser klimpern und sehe reflexartig auf die Uhr. Es ist noch nicht einmal zwei Uhr am Nachmittag.

»Na ja …«, setze ich an. Sie zu belügen ist eh sinnlos. Sie wittert jede Schwindelei wie ein Bluthund. Und dabei hat sie auch fast den gleichen Gesichtsausdruck.

Ihre schönen, grünen Augen ziehen sich dann zusammen, die weichen Lippen formen sich zu einem spöttischen Duckface, wie man so sagt (Lippen unnötig stark gespitzt) und sie starrt einen mit leicht schiefgelegtem Kopf an, die Hand unter ihr Kinn gelegt, als wäre sie eine tadelnde Tante von hohem Stand und ich ein ungezogener Rotzlöffel. »Bist du sicher«, säuselt sie dann, »dass du mir nicht irgendwas zu sagen hast, Süße?« Dabei betont sie das Süße so komisch, als wollte sie das e langziehen, um zu schauen, ob es irgendwann reißt. So wie Kaugummi. Es klingt wie Süßääää? Ich rolle mit den Augen, was sie aus der Küche Gott sei Dank nicht sehen kann. »Na, er war schon da …«, gebe ich zu, ohne wirklich Lust zu diesem Gespräch zu haben. Ich sinke auf das Sofa und warte darauf, dass Eva aus der Küche kommt.

»Ah, und?«, fragt sie, als sie wieder auftaucht, zwei Sektgläser in den Händen, beide gut gefüllt. Meinen demonstrativen Blick zur Uhr lächelt sie weg, während sie mir das Glas hinstellt und sich auf den Sessel gegenüber setzt.

Kleine Bläschen steigen auf und wirbeln zur Oberfläche, auf der sich weißer Schaum gebildet hat.

Ich hasse Sekt. Ich finde das Zeug ekelhaft, aber ich trinke es ihr zuliebe.

Während sie mir zuprostet und ihr Glas in zwei Zügen leert, nippe ich nur höflich.

»Er hat eine andere«, schwindele ich schnell. Das ist zwar gelogen, rettet mich aber vor weiteren Details zu meinen beschämenden Annäherungsversuchen.

»Ach«, meint Eva nur. Sie lehnt sich zurück und streicht sich das blondierte Haar über die Schulter.

»Ich wette, du hast ihn nicht einmal angesprochen.« Sie mustert mich über den Rand ihres Glases hinweg und ich sacke etwas zusammen.

Sie sieht aus wie ein Model in ihren perfekten Outfits. Heute trägt sie einen cremefarbenen Rollkragenpullover mit schickem schwarzem Gürtel, eine perfekt sitzende schwarze Leggings und tolle Kniestiefel aus cremefarbenem Leder. Alles perfekt aufeinander abgestimmt. Sie ist schlank und sportlich, im Gegensatz zu mir. Und sie hat fast jede Woche einen neuen Freund. So war das schon, als sie und ich noch zur Schule gegangen sind.

»Wie geht's denn Adrian?«, frage ich schnell. Ihre neuste Eroberung ist ein süßer Italiener, der sie buchstäblich auf Händen trägt. Ich fand ihn gleich sympathisch, habe ihn allerdings erst einmal gesehen.

Eva schnaubt und macht eine wegwerfende Geste. »Ach, der ist Geschichte«, meint sie nur.

Ah, daher der Sekt, denke ich, sage aber nichts.

Ich weiß genau, dass ich keine Fragen stellen muss. Eva fängt nach einer gewissen Zeit von alleine zu reden an.

»Er hat gesagt, er will mich heiraten!«, faucht sie plötzlich los. Völlig perplex sitze ich da und weiß nicht, was ich dazu sagen soll.

Das brauche ich auch nicht, denn Eva springt auf und rennt in die Küche.

Sie hat die beiden Sektflaschen in der Hand, als sie wiederkommt.

»Ja, stell dir vor«, fährt sie fort, und sieht dabei so sauer aus, als hätte er sie betrogen. »Der wollte mich doch echt einsperren! Und seinen Eltern vorstellen und all das«, motzt sie weiter.

»Einsperren?«, werfe ich fragend ein ohne gleichzeitig verhindern zu können, dass sie mein Glas erneut voll schenkt.

Sie nickt heftig und ihre Wangen röten sich. »Er wollte mit mir ein Haus kaufen!«

Ich schweige, weil ich nicht weiß, was ich dazu sagen soll. In meinen Büchern freuen sich die Frauen, wenn der Mann ihnen einen Antrag macht und sein Leben mit ihnen verbringen will. Eva allerdings klingt vor allem bei der Passage mit dem Hauskaufen so, als hätte Adrian ihr

Gruppensex mit achtzig fünfundneunzigjährigen vorgeschlagen.

Und sie lebten glücklich bis an ihr Ende, kommt es mir in den Sinn.

Aber Eva scheint es irgendwie gar nicht auf Glück bis ans Ende angelegt zu haben, denn sie schüttelt nur wütend den Kopf, während sie ein neues Glas Sekt austrinkt. Ich lecke mir nervös über die Lippen und will sie gerade darauf aufmerksam machen, dass sie lieber nicht so viel trinken sollte, als sie wieder anfängt zu reden.

»Wieso hat er alles kaputt gemacht?«, fragt sie mich heftig. Ich zucke zurück und ihr wilder Blick macht mir wirklich etwas Angst. Ihr Atem riecht nach Alkohol und ihre Augen sind schon ziemlich gerötet. »Er war so gut im Bett, und dann redet er vom Heiraten und seinen Eltern und all diesem Mist!«

Ich schweige höflich, ehe ich mich zusammenreiße und mich räuspere. »Ich fand ihn ziemlich nett«, gebe ich zu.

Sie starrt mich an, als wären mir fünf Köpfe gewachsen. »Ja, nett«, höhnt sie. »Nett ist die kleine Schwester von Scheiße. Er war ein Weichei!«

Mir tut der nette Adrian leid. Er war wirklich nett und er war bis über beide Ohren in Eva verliebt. So eine Behandlung hat er nicht verdient.

»Meinst du nicht, dass du etwas zu gemein zu ihm bist?«, frage ich etwas kühler, als beabsichtigt.

Sie schüttelt nur den Kopf und kippt sich ein neues Glas Sekt hinter die Binde. »Nope!«, meint sie. Wenn sie anfängt, diese ganzen Chat-Begriffe zu benutzen, weiß ich, sie hatte genug Alkohol. Bald kommen noch Lol und dergleichen dazu.

»Ich hole dir mal ein Glas Wasser«, murmele ich und stehe auf.

Als ich wieder da bin, lasse ich vor Schreck fast das Glas fallen.

Eva hat das Buch in der Hand und liest gerade eine erotische Stelle.

Ihre Wangen glühen, als sie sich zu mir umdreht und sie grinst schadenfroh.

»Na sowas, da liest unsere kleine Ella solche Pornos?«, lacht sie.

Ich werde prompt puterrot. Die Hitze auf meinen Wangen breitet sich bis zu meinem Dekolleté aus.

»Das sind keine Pornos«, fauche ich. Ich knalle ihr das Wasser hin und grapsche nach dem Buch, aber sie ist schneller.

Sie lacht aus vollem Halse und schwenkt den Roman, als hätte sie soeben meine geheime, verruchte Unterwäsche gefunden. Zumindest wenn ich welche besitzen würde.

»Seine heiße Zunge streicht über ihren Bauch und weiter nach unten«, liest sie laut vor.

Ich erstarre und werfe ihr einen Blick zu, der sie hoffentlich zu Stein werden lässt, aber leider bin ich nicht Medusa. Sie muss zu sehr lachen, um noch mehr vorlesen zu können, und ich entreiße ihr das Buch. Ich fühle mich gedemütigt und gekränkt.

»Das war richtig fies von dir!«, knurre ich.

Sie hört auf zu lachen. »Gott, bist du wieder eine Spaßbremse«, motzt sie.

Sie fläzt sich wieder auf den Sessel, aber wir sagen beide eine ganze Weile nichts. Ich kenne das schon. Wir sind beide in solchen Situationen zu stur, um nachzugeben. Einmal haben wir auf diese Art einen kompletten Abend rumgebracht, der dann vom erlösenden Klingeln ihres Handys beendet wurde.

»Ich gehe dann mal«, meint sie irgendwann, als die Stille schon unerträglich zu werden scheint.

Ich schweige und nicke nur.

Sie wird sich nicht entschuldigen, das tut sie nie.

»Ich komme dann morgen wieder vorbei und dann besorgen wir dir einen, der sowas mit seiner Zunge macht«, kichert sie beim Hinausgehen.

Ich presse die Lippen zusammen und drücke das Buch an mich. Sie wird nie verstehen, was meine Geschichten mir bedeuten.

Und solche Männer gibt es eben nicht in echt.

Ich kann nicht verhindern, dass ein paar Tränen über meine Wangen laufen und ihre salzigen Spuren hinterlassen.

Die Leere in meiner Wohnung scheint mich zu verspotten.

Trotzig wische ich die Tränen weg und klappe das Buch wieder auf.

Von ihr lasse ich mir mein liebstes Hobby nicht versauen.

◆◆◆

Der weitere Abend verläuft wie immer ruhig. Ich ärgere mich noch immer über Evas Aktion von vorhin, aber der Groll ist längst einer gewissen Traurigkeit gewichen.

Ich weiß, dass andere Leute in meinem Alter an einem Samstagabend feiern gehen, wie sie es nennen. Mit anderen Worten heißt das, sie gehen trinken und tanzen und amüsieren sich, flirten und dergleichen. Ich habe außer Eva keine Freunde und davon abgesehen mag ich es nicht, unter so vielen alkoholisierten Menschen zu sein. Ich trinke normalerweise nichts und mag weder den Geschmack noch die Wirkung.

Seufzend rühre ich in dem Wok, in dem Gemüse und Hähnchenfleisch vor sich hin brutzeln. Ich mag frisch gekochtes Essen und versuche auf meine Figur zu achten, aber bisher haben alle Diäten komplett versagt. Mein Wille ist so weich wie Butter. Frische Butter, auf noch warmem Brot. Ich seufze und schaue auf meine heutige Mahlzeit. Im Wok kann man es fettfrei garen. Ja, es sieht gesund aus, aber mir wäre gerade echt nach einem Stück Pizza mit viel Käse.

Mein Magen knurrt und mir kommt es so vor, als beschwere er sich jetzt schon. »Wie, schon wieder Sparprogramm? Wann gibt's denn mal wieder was Anständiges?«, scheint er zu fragen.

Ich widerstehe dem Drang, in meine Süßigkeitenschublade zu schauen. Ich weiß, dass dort noch Mozartkugeln und jede Menge Nougat lauern. Kalorien, die ich nicht gebrauchen kann, wenn ich endlich abnehmen will.

»Du findest nie einen Mann, wenn du dich nicht langsam mal am Riemen reißt«, erklingt die Stimme meiner Mutter in meinem Kopf. Meiner schlanken Mutter. »Es muss doch nicht sein, dass du dich so gehen lässt«, nörgelt die Stimme weiter.

Ich finde eigentlich nicht, dass ich mich »gehen lasse«. Ich pflege mich sogar ziemlich gründlich. Ich mache mir sogar die Nägel, obwohl ich das besonders unnötig finde. Klar, es sieht schön aus, aber ich koche, putze und wasche mit meinen Händen und dann ist die ganze Arbeit wieder hinüber. Und ich hasse es, wenn beim Kochen irgendetwas unter die Nägel kommt. Also halte ich sie immer kurz. Das ist praktischer, und ich bin nun einmal von der praktischen Sorte und keine Schicki-Micki-Braut mit Glitzerlack und Stöckelschuhen. Ausgenommen ich habe vor mich zu blamieren. So wie vorhin.

Am Montag geht es mit der Arbeit wieder los und da kann ich mit manikürten Krallen sowieso nichts anfangen.

Ich arbeite als Reinigungskraft. Nicht gerade der glamouröseste Job der Welt, aber er bezahlt meine Miete und ich habe meine Ruhe. Als Putzfrau ist man für den Rest der Welt unsichtbar. Man ist ein gesichtsloses Ding in abgetragenen Arbeitsklamotten, das mit einem Wischmopp und einem Putzwagen durch die Gänge saust und nur Sauberkeit und einen Hauch von Zitrone in der Luft hinterlässt. Die meisten Menschen machen sich nicht einmal die Mühe, sich deinen Namen zu merken. Sie sehen dich oft nicht einmal richtig an. Ungefähr so, als wäre dein Job eine Krankheit und man könnte sich damit infizieren, wenn man zu lange neben dir steht.

Das Essen ist gar und ich schiebe die Portion für eine Person auf einen Teller.

Auf ihm sieht diese eine Portion wirklich winzig aus und ich nehme mir vor, sie wirklich langsam zu essen.

»Koste jeden Bissen aus«, lautet ein Ratschlag in einem Forum für Abnehmwillige. »Dann hast du länger etwas davon und bist viel länger satt und glücklich!«

Bis jetzt war das mit dem satt und glücklich noch nicht erfolgreich, aber vielleicht kommt das noch. Meine neue Ernährung probiere ich ja auch erst seit einer Woche aus. Kein Fett, keinen Zucker, keinen Süßkram und keine Zwischenmahlzeiten. Das macht keinen Spaß. Es kommt mir vor, als würde ich mich auf einen Krieg vorbereiten und Süßigkeiten und Leckereien sind meine Feinde.

Ich trage den Teller zum Esstisch, auf dem ein Glas stilles Wasser auf mich wartet. Damit es gemütlicher ist, zünde ich eine Kerze an und schalte das Radio ein. Fernsehen beim Essen mag ich nicht so gern, darum findet das in der Küche statt.

Wie empfohlen koste ich jeden Bissen aus, kaue sehr genau und lange. Es ist lecker, aber ich weiß jetzt schon, dass ich wieder mit knurrendem Magen ins Bett gehen werde.

Nach ungefähr acht Gabeln ist der Teller leer. Mein Bauch knurrt und gluckert empört. Das war also eine Portion für eine Person, denke ich. Für eine Person vielleicht, die nur halb so groß ist wie ich. Ich seufze und räume das Geschirr ab, wobei ich verbissen den Blick am Obstkorb vorbei lenke. Fruchtzucker ist auch Zucker, und das Obst hebe ich mir für mein Frühstück auf.

Magerquark mit Pfirsichen. Alleine das Wort Magerquark deprimiert mich schon.

Ich frage mich nicht zum ersten Mal, ob Männer wirklich nur auf schlanke Frauen stehen. Aber da ich bislang keinen Freund gehabt habe, scheint mir das wohl oder übel plausibel zu sein.

Ich finde mich eigentlich ganz hübsch, auch wenn mein Gesicht eher rund ist. Dafür gefallen mir meine Augen gut und die kleinen Sommersprossen, die man nur bei genauem Hinsehen bemerkt.

Ich wasche das Geschirr ab, auch die beiden Sektgläser, bei denen ich unwillkürlich die Stirn runzele. Eva ist sehr beliebt bei den Männern, das stimmt schon. Und sie ist eine blonde Schönheit, wenn auch nicht von Natur aus, aber das kommt eben trotzdem an. Nur behandelt sie die Männer ziemlich schlecht, was mir oft leidtut. Vor allem bei ihrem letzten Opfer.

Meine Gedanken wandern zu Adrian, dem armen Italiener. Ob er sie wirklich hatte heiraten wollen? Und wieso hatte sie abgelehnt? Bestimmt war das wieder ihre »Ich bin ein wildes Pferd und niemand kann mich zähmen – Nummer« Das sagt sie mir nämlich immer, wenn ich danach frage, wieso sie mit ihrem neusten Freund schlussgemacht hatte.

»Ich bin jung, ich will Spaß haben!«, gibt sie dann großspurig zurück. »Kinderkriegen und brav den Haushalt machen will ich nicht. Das ist was für Leute wie dich«, meint sie dann und schaut mich mit diesem komischen Blick an, bei dem ich mich fühle, als wäre ich ein Mensch zweiter Klasse.

Ich beschließe, nicht weiter diesen trüben Gedanken hinterherzuhängen und gehe entschlossen in mein Schlafzimmer.

Der Kleiderschrank ist so chaotisch wie immer, aber das ändert sich jetzt. Ich reiße die ganzen Sachen, die sowieso durcheinander hineingestopft sind, heraus und werfe sie auf das Bett. Bestandsaufnahme. Das Radio habe ich laut aufgedreht und Adele singt etwas davon, dass ihr viele Dinge leidtun, die sie in der Vergangenheit gemacht hat.

»Eva könnte sich auch ruhig mal entschuldigen«, murmele ich, während ich eine löchrige Bluse hervorzerre und gleich auf den Boden fallenlasse. Die muss weg. Mir tun gerade auch einige Dinge leid. Vor allem die Fehlkäufe, die ich in den letzten Jahren so getätigt habe. Waren eng anliegende Tops mit Leopardenmuster jemals wirklich in?

Nach etwa einer Stunde habe ich drei Haufen mit Klamotten sortiert. »Geht noch«, »Geht nicht mehr« und »Geht auf gar keinen Fall!« Ich knabbere etwas unentschlossen auf meiner Unterlippe und finde, dass ich ziemlich wenig von »Geht noch« habe. Ich sollte mal einkaufen. Alleine dieser Gedanke macht mich schon nervös.

Während ich die Stapel »Geht nicht mehr« und »Geht auf gar keinen Fall!« in große blaue Säcke stopfe, gehe ich im Geiste die mir bekannten Onlineshops durch. Irgendwo muss es ja etwas in meiner Größe geben. Denn in normalen Läden fühle ich mich a) total unwohl und b) sehe ich in den grauenhaften Spiegeln dieser Umkleidekabinen mit kaltem, unerbittlichem Licht sowas von scheußlich aus, dass ich am liebsten wieder rausrennen würde. Jeder Huckel, jede Pore und jede Cellulite-Delle wird da so scharf dargestellt, als wäre man plötzlich auf einem HD-Fernseher zu sehen. Das will keiner! Sollte ich je Sex haben mache ich das Licht aus, noch bevor ich das erste Kleidungsstück losgeworden bin, so viel ist sicher.

Sich in seinem Körper wohlzufühlen, und das tue ich eigentlich - und gutauszusehen sind anscheinend nämlich ganz unterschiedliche Punkte.

Idealerweise muss ich also gut aussehen und mich auch noch so fühlen.

Das geht aber nicht, wenn man Größenlotto spielen muss. Für die einen ist es eine Hose der Größe Sechsundvierzig – für die anderen die kleinste Hose der Welt. Jedenfalls geht es mir immer so. Es steht zwar eine Zahl drauf, die mir passen sollte, aber wenn ich nur bis zum Knie in das verdammte Ding hineinkomme, dann fühle ich mich etwas veralbert.

Glücklicherweise gibt es da Onlineshops, bei denen die Größen auch wirklich stimmen.

Ich fühle mich schon viel besser, als ich die beiden blauen Müllsäcke die Treppen hinunterschleppe und sie in die Kleiderspende-Container vor dem Eingang werfe. Viele von den Sachen sind noch zu gebrauchen, die kaputten kommen in den Müll, die mute ich niemandem mehr zu. Vielleicht hilft es ja noch jemandem und ich mache so einer Person eine Freude, die sie gebrauchen kann.

Als ich wieder auf dem Weg in meine Wohnung bin, fühle ich mich beinahe fit, als sich das Gekeuche in Grenzen hält.

Trotzdem nehme ich mir vor, Sport zu machen.

Vielleicht hat Eva ja doch recht und ich lasse mich zu sehr gehen. Und ein bisschen mehr Ausdauer kann ja nicht schaden, wenn man wirklich den Mann seiner Träume trifft.

Derart motiviert klemme ich mich hinter meinen Computer und beginne mit der Klamottenrecherche.

Ich will heiß aussehen, so wie die Frauen, die man im Fernsehen sieht oder in den Klatschblättern. Schluss mit den elenden Stretchjeans und übergroßen Pullis, die meine Kurven verstecken und in denen ich aussehe wie eine Hausfrau. Eine geschiedene Hausfrau. Über siebzig. Mit Depressionen und ohne Aussichten, je wieder intime männliche Gesellschaft zu genießen.

◆◆◆

Ich starre missmutig auf den Bildschirm und klicke eine neue Seite an. Meine Augen sind schon ganz wund vom vielen Gucken. Jedes Mal, wenn ich etwas Schönes erblicke und es mir genauer anschaue, ist meine Größe ausverkauft.

Sogar bei den Schuhen, Herrgott noch mal! Und bei der Unterwäsche ist es das Gleiche. Wenn ich ein tolles Set gefunden habe, indem ich mich sexy und verführerisch fühlen würde, fehlt entweder der passende BH in meiner Größe, oder es gibt keine Slips mehr.

Ich stoße frustriert die Luft aus. Schon bereue ich, meine Klamotten aussortiert zu haben. Vermutlich muss ich Montag doch in einen Laden gehen und mich in eine dieser scheußlichen Kabinen mit den fiesen Spiegeln quälen.

Ich klicke lustlos weiter, als ein weiterer Shop in der Liste der Suchergebnisse auftaucht. Kurz entflammt meine Hoffnung neu – doch dann sehe ich die Preise.

Wer kann denn einhundertzwanzig Euro für einen BH ausgeben? Ich schließe das Fenster, ohne mir die Seite noch genauer anzuschauen und gehe in die Küche. Jetzt brauche ich einen Kaffee. Und zwar stark. Und mit Milch. Die Stimme, die mir gerade sagen will, wie viel Kalorien so ein Schluck Milch hat, würge ich direkt ab.

»Jetzt nicht«, fahre ich sie an. Sie schweigt eingeschüchtert. Brav so.

Während meine altersschwache Kaffeemaschine vor sich hin röchelt, kommt mir eine Idee, die mein Herz schneller schlagen lässt.

Vielleicht sollte ich einmal Online-Dating ausprobieren? Dafür brauche ich erst einmal keine neuen Klamotten – die kann ich mir immer noch besorgen. Und es ist sicherer, als sich sofort mit realen Personen zu treffen.

Der Kerl aus dem Café kommt mir wieder in den Sinn und ich starre aus dem Fenster, obwohl es draußen schon dunkel ist und ich nichts sehe, abgesehen von meinem Spiegelbild.

Er sieht nicht aus wie jemand, der mit mir ausgehen würde. Er sieht aus wie jemand, der auf schlanke Frauen steht.

Ich seufze. Dabei habe ich dieses unwiderstehliche Lächeln vor Augen, das mich schon vor ein paar Wochen so getroffen hat.

Allmählich komme ich mir wie eine Stalkerin vor, weil ich immer zur gleichen Zeit das Café aufsuche, immer in der Hoffnung, ihn zu sehen. Mr. Unbekannt. Er ist mehrmals die Woche dort, und fast jeden Samstag. So viel habe ich schon herausbekommen. Aber ich traue mich einfach nicht ihn anzusprechen. Ständig wird er von gut aussehenden Frauen umschwärmt. Er kommt stets alleine, doch das ändert sich immer schnell. Und er geht nie ohne Begleitung.

Heute hat er mich jedoch das erste Mal angesehen und bei der Erinnerung daran schlage ich die Hände vors Gesicht. Wie peinlich! Was soll ich denn nur tun, wenn er mich anspricht? Wenn er wissen will, wieso ich ihn stalke?

Am Ende ruft er noch die Polizei oder so. Am besten, ich gehe gar nicht mehr hin. Ich habe ja ohnehin gar keine Chance.

Der Kaffee ist durchgelaufen und ich schenke mir eine große Tasse voll. Trotzig gebe ich extra viel Milch dazu und nehme einen genüsslichen Schluck.

Ich muss aktiv werden. Jammern hilft nichts.

Ich werde es mit Online-Dates probieren!

# 2

Nach vier weiteren Tassen Kaffee und zig Dating-Websites später bin ich völlig erledigt. Alle versprechen mir den perfekten Partner fürs Leben zu finden. Bei den meisten Seiten ist alleine schon die Registrierung ein Hürdenlauf! Ich habe das Gefühl, dass sie wirklich alles von mir wissen wollen. Sogar intime Wünsche und Sehnsüchte! Woher soll ich das wissen? Ich bin schon überrascht, dass sie nicht auch noch eine Blutprobe und einen DNA-Test von mir wollen. Ich lehne mich auf meinem Stuhl zurück und lese mir noch einmal die Eingaben auf der Seite durch, für die ich mich entschieden habe. Angeblich verlieben sich auf dieser Seite die Mitglieder im Sekundentakt. Ich bin skeptisch, will dem Ganzen aber eine Chance geben.

Ich atme tief durch und klicke auf den Bestätigen-Button. Jetzt ist es geschafft; ich, Ella, bin offiziell Mitglied einer Online-Dating-Plattform.

Wie aufregend. Neugierig stöbere ich auf der Seite umher. Eine Nachricht ploppt auf: Bitte aktualisieren Sie Ihr Profil! Ah … ich suche kurz das Gemeinte. Mein Profil, so wird mir geraten, muss so gut wie möglich ausgefüllt sein. Den Punkt mit der Frage nach meinem Beruf will ich erst auslassen, doch dann kommt mir das falsch vor. Allerdings glaube ich kaum, dass ich große Chancen habe, wenn ich mich als Putzfrau oute. Ich verharre einige Sekunden, die Finger schwebend über der Tastatur, ehe ich einfach nur »Dienstleistungen« eingebe. Das klingt besser und nimmt mir nicht gleich alle Chancen. Außerdem stimmt es ja. Ich springe weiter zum nächsten Punkt.

Die größten Chancen habe ich laut den Hinweisen auf der Seite, wenn ich ein Bild von mir hochlade. Das würde mich interessanter machen. Profile mit Bildern erlangen bis zu neunzig Prozent mehr Besucher, steht da.

Ich ziehe eine Schnute. Ich hasse Bilder von mir. Ich sehe immer furchtbar darauf aus. Unschlüssig nage ich an meiner Unterlippe, ehe ich mich zusammenreiße. Ganz oder gar nicht. Also stehe ich auf und suche nach meiner alten Kamera, die ich von meiner Mutter für eine Urlaubsreise geschenkt bekommen hatte. Damit »sie auch sieht, was so los war«. Es war eine Spanienreise, die ich gemeinsam mit Eva angetreten hatte. Sie hat sich den ganzen Tag mit den süßen Spaniern am Pool amüsiert, während ich mir aufgrund einer schweren Fischvergiftung die Seele aus dem Leib gereihert habe. Das war total super. Ich war so schlecht drauf, dass ich mich nur mit Mühe davon abhalten konnte, meiner Mutter Urlaubsbilder aus unserem Badezimmer zu schicken, die die Überreste der Paella zeigten. Tatsächlich konnte man sogar noch einige der Zutaten erkennen. Das Ganze sah aus wie moderne Kunst.

Stattdessen knipste ich am letzten Abend noch ein paar Mal das Meer und den Strand, damit sie halbwegs zufrieden war. Von Spanien habe ich nicht viel mehr gesehen als die Hotellobby, das winzige Zimmer und die apricotfarbene Kloschüssel. Eva hat nur deswegen nicht mein Schicksal geteilt, weil sie an dem Tag Diät gemacht hat. Die bestand aus Cocktails mit Schirmchen, wie ich später mitbekommen habe. Und die Kalorien hat sie mit irgendeinem Diego am Strand verbrannt. Für sie war es ein rundum gelungener Urlaub. Für mich eine der vielen Erinnerungen die ich lieber verdränge.

Fündig werde ich schließlich unter dem Bett. Erstaunlich was dort so alles lagert. Nachdem ich mir den Weg durch alte Chipstüten, einzelne verstaubte Schuhe und Unterwäsche freigegraben habe, entdecke ich sie endlich. Sie hat sich in der letzten, dunkelsten Ecke verkrochen und starrt mir höhnisch entgegen. Ich starre zurück und versuche sie damit einzuschüchtern, aber das klappt natürlich nicht. Also hole ich mir den Besen aus der Küche, der dort einsam und von Spinnweben bedeckt in einer Ecke vor sich hin existiert. Mit dem Stil fische ich die Kamera endlich hervor, wobei ich so viel Staub aufwirbele, dass sich eine graue Schicht auf meine Haare und mein Gesicht legt. Auf einen Schlag sehe ich aus wie eine alte Hexe, die einen Niesanfall in einem Kohlenkeller bekommen hat.

Ich wische die Kamera notdürftig sauber und mache mich im Bad zurecht, was kräftiges Schütteln beinhaltet, um den Staub und die Spinnweben wieder loszuwerden. Ich sollte dringend wieder staubsaugen, aber ich verfüge nur über so ein Billigteil, das nach fünf Minuten einfach ausgeht und dann eine Stunde abkühlen muss, weil der Filter sofort verstopft. Gedanklich mache ich mir eine Notiz dazu und beschließe mir einen von diesen Dingern zuzulegen, die angeblich keinen Saugkraftverlust haben. Seufzend gestehe ich mir ein, dass ich ohnehin mal wieder richtig saubermachen muss.

Aber zuerst wichtigere Dinge: das Bild. Ich eile ins Badezimmer und bin überrascht als das kleine schwarze Ding nach einem Druck auf den Schalter surrend zum Leben erwacht und das Objektiv ausfährt. Dabei lag es monatelang unbenutzt herum.

Achselzuckend freue ich mich darüber, dass ich nicht auch noch das Ladekabel dafür suchen muss.

Ich lege blitzschnell etwas Make-up auf – aber nicht zu viel - pudere mein Gesicht kurz ab und trage etwas Lippenstift in blassrosa auf. Einmal kurz durch die widerspenstigen Locken gewuschelt und dann kann es losgehen. Ich meine im Badezimmerspiegel eine recht ansehnliche, beinahe sexy Version meiner selbst zu sehen. Ich spitze die Lippen etwas, nicht zu viel, man will ja nicht schlampig aussehen, und Klick-Klick, das erste Bild ist im Kasten.

Es macht sogar beinahe Spaß. Also schieße ich eine ganze Reihe Bilder, von denen ich hoffe, dass wenigstens eins dabei sein wird, das ich hochladen kann.

Wieder zurück am Computer schließe ich die Kamera am USB-Anschluss an und warte gespannt darauf mir die Bilder anzusehen.

Sie sind allesamt scheußlich. Ich starre schockiert auf diese Parodie, die mir vermeintlich verrucht entgegen starrt und dabei einfach nur zum Weglaufen aussieht. Habe ich wirklich solche Hautprobleme? Meine Stirn sieht aus wie die Oberfläche des Mondes, meine Nase glänzt wie eine Speckschwarte und die Falten um meine Augen lassen mich auf einen Schlag wie meine Mutter aussehen.

Und der Blick auf dem Foto ist noch das Schlimmste. Ich sehe aus wie eine notgeile, fünfzigjährige Singlefrau, völlig verzweifelt und zu allem bereit.

Ich werde so rot vor Scham, dass ich das ganze Projekt am liebsten sofort wieder abblasen würde.

Ich wälze mich kurz in Selbstmitleid, ehe ich entschlossen die Zähne zusammenpresse.

Anstatt aufzugeben, gebe ich noch einmal alles. Schließlich bin ich auf keinen Fall so scheußlich, wie es auf den Fotos den Anschein hat. Hoffe ich jedenfalls. Darum springe ich unter die Dusche, krame das Gesichtspeeling hervor, das ich sonst nie benutze und das schon seit zwei Jahren abgelaufen ist, und rubbele mir das Make-up vom Gesicht. Anschließend behandele ich meine Haut mir einem Reinigungsgel, das nach Oliven riecht und das es irgendwann mal im Sonderangebot gab. Ich wasche mir die Haare zweimal, kämme die Knoten mit den Fingern raus und trage diese sündhaft teure, aufdringlich nach Kirschen riechende Spülung auf, die mir Eva letztes Jahr zu Weihnachten geschenkt hat. Angeblich soll sie meine Haare weich und geschmeidig machen, so das Werbeversprechen. Stattdessen habe ich nur das Gefühl, dass der chemische Geruch mein Hirn weich macht.

Völlig benebelt von diesem Duft seife ich mich noch mit einer angeblich besonders reichhaltigen Waschlotion ein, die mehr schäumt als eine geschüttelte Champagnerflasche an Silvester und taumele wie beschwipst von all diesen verschiedenen Düften aus der Dusche.

Ich beschließe direkt ein Foto zu schießen. Jetzt sofort, mit nichts als diesem mit Blümchen und Kätzchen bedrucktem Handtuch und verführerisch nassen Haaren. Ohne Make-up. Meine Haut ist – dank Peeling – rosig (ein Hautarzt würde vermutlich eher das Wort »gereizt« benutzen) und ich dufte wie eine ganze Parfümerie. Zur Sicherheit trage ich nur kurz eine Pflegecreme auf, von der ich weiß, dass sie nicht glänzt.

Dann lasse ich die Kamera ordentlich klicken. Noch im Handtuch eile ich zurück an den Computer und warte begierig darauf, die Ergebnisse meiner Bemühungen zu sehen.

Durch den ganzen Wasserdampf im Bad sieht alles weichgezeichnet und sanft aus, es gibt keine harten Konturen. Meine Haare umschmeicheln mein Gesicht und ich habe einen Ausdruck darauf, der als hübsch durchgehen kann.

Außerdem habe ich darauf geachtet, dass man nicht zu viel von dem Handtuch sieht. Mehr als meine nackten Schultern und einen Miniausschnitt gibt es nicht. Also schon um einiges braver als die Bilder der Damen auf TV-Zeitschriften, die nur noch einen Hauch von Nichts und ganz viel Photoshop tragen.

Ich schüttele meine Haare trocken (ja, es ist genau das, wonach es klingt. Wie ein Hund.) und suche in meinem Kleiderschrank nach etwas hübschem, nicht zu aufreizend, aber auch nicht zu langweilig.

Ich finde diese rote Bluse an mir einfach toll, obwohl ich sie noch nie getragen habe. Ich fand sie immer zu aufreizend für die Öffentlichkeit, weil sie einen recht tiefen Ausschnitt hat und meine Oberweite schon ohne diesen Effekt riesig wirkt. Aber mit der Bluse scheint mein Vorbau auf einmal doppelt so üppig. Ich vergewissere mich, dass wirklich nichts reißen, abspringen oder kaputtgehen kann und stelle mit einem erleichterten Seufzen fest, dass sie komplett aus Stretchmaterial gefertigt ist. Dazu wähle ich einen knielangen Rock in schwarz, mit einem Muster aus silbernen, filigranen Blumen bestickt, schwarze Lack-Pumps und ein cremefarbenes, leichtes Halstuch.

Ich finde, ich sehe wirklich gut aus. Und bevor ich anfangen kann mir Sorgen zu machen, ob das auch wirklich der Wahrheit entspricht, knipse ich ein paar Bilder vor dem großen Spiegel im Flur. Schließlich will ich ja kein Geheimnis um meine Pfunde machen. Ich will eine ehrliche Beziehung zu einem Mann, dem es egal ist, wie viel ich wiege.

Ich kneife peinlich berührt die Augen zu, als ich sehe wie üppig meine Hüften auf den Fotos aussehen und lade sie trotzdem hoch, ehe ich mich umentscheiden kann. Ganz oder gar nicht.

Endlich ist es geschafft. Jetzt darf ich durch die Profile der datingwilligen Mitglieder stöbern!

◆◆◆

Geschlagene drei Stunden später bin ich so ernüchtert wie ein kleines Mädchen am Weihnachtsmorgen, das statt dem ersehnten Barbiehaus mit Zubehör in grellem Pink nur ein paar hässliche, selbst gestrickte Socken bekommen hat.

Oh, es gibt viele hübsche Männer, das schon. Aber ich erfülle die Ansprüche nicht, die diese Traumtypen haben. Ein hübscher blonder Kerl, der verträumt in die Kamera blickt, will zum Beispiel »nur Anfragen von hübschen Mädels«. Das ist zunächst ja erst einmal Ansichtssache – aber bei seinen Vorlieben steht »vor allem blond, lange Haare und sexy«. Ein anderes Exemplar dieser Sorte schreibt in sein Gesuch »sportlich und schlank«. Ich bin weder noch. Die Liste der deprimierenden Vorgaben erinnert mich an meine vergeblichen Versuche, einen guten Job zu finden. Darum bin ich schlussendlich auch nur Putzfrau geworden – der Job war frei und ich passte in das Profil.

Als ich mir die Männer anschaue, in deren Profil ich passe, wird mir flau im Magen. Herbert, fünfundvierzig, sucht »eine Dame mit Herz«. Das ist schon süß, allerdings sieht Herbert eher aus wie fünfundsiebzig, hat vergilbte Zähne und einen Bauch, auf den mancher Buddha neidisch wäre. Außerdem gibt er als Hobby »Tauben« an. Unter seinem Profil steht etwas, das mich sofort weiterscrollen lässt. Er sei nämlich »gut zu Vögeln«, dahinter ein grinsender Smiley. Ich male mir lieber nicht aus, was er mir damit sagen will.

Ich bin durchaus nicht total wählerisch, aber ich suche einfach nach einer ganz normalen Beziehung. Ich will nicht in Lack und Leder in irgendeinem Taubenverschlag enden, in dem mich ein übergewichtiger fünfundsiebzigjähriger als seine Liebessklavin hält.

Ich stöhne genervt und schließe die Seite, bevor ich den Computer für heute ausschalte. Es kommt mir so vor, als würden alle mehr oder weniger verzweifelt nach etwas Ausgefallenem suchen, was sie selbst zu etwas Besonderem macht. Nach der Suche nach der großen Liebe klingen die meisten Profile jedenfalls nicht. Eher so, als wären die Ersteller nur an Körperlichkeiten interessiert. Vor allem die Oberflächlichkeit erschreckt mich. Nur, weil jemand sportlich ist, bedeutet das nicht automatisch, dass er der oder die Richtige ist.

Ich fühle mich niedergeschlagen und schleppe mich zurück zum Sofa. Auf mich wartet noch ein Buch, das zu Ende gelesen werden will. Und außerdem muss ich morgen fit für die Arbeit sein. Die Suche nach Romantik und Leidenschaft ist für heute abgesagt.

## 3

Die Sonne scheint warm und fröhlich in mein Gesicht und ich muss die Augen zukneifen, weil sie mich blendet. Ich habe mit der Wahl meiner Kleidung mal wieder danebengelegen. Der Schlabberpulli, den ich mir übergeworfen habe, ist natürlich viel zu warm. Dabei war es vor einer halben Stunde noch kalt draußen. Zugegeben nur im Schatten des Balkons meiner Wohnung, aber trotzdem.

Ich dränge mich im Bus dicht an die Haltestange und starre blinzelnd aus dem Fenster, während perfekt angezogene Frauen an mir vorbeiziehen. Ich mustere diese Paradebeispiele an Stil und Eleganz mit einem Hauch Verführung und seufze innerlich. Mir scheint dieses spezielle Gen zu fehlen, das auch mir erlauben würde fantastisch auszusehen. Stattdessen blinzelt mir eine verwirrt aussehende Frau von der Fensterscheibe entgegen, die aussieht, als wäre sie gerade erst aus dem Winterschlaf gerissen worden. Ich zupfe nervös am Kragen des Pullis und wünschte, es wäre nicht so heiß im Bus.

Die Umhängetasche, mit meinem noch immer nicht fertig gelesenen Buch darin, halte ich fest an mich gedrückt, als wäre sie das Wertvollste, was ich besitze. Im Prinzip stimmt das, geht es mir durch den Kopf. Ich liebe nichts mehr als meine Geschichten von Liebe, Romantik und Leidenschaft. Vielleicht, weil sie so schön sind. Vielleicht zu schön, um wirklich wahr zu sein.

Ich denke wieder an Eva, die widererwarten nicht noch einmal vorbeigeschaut hat. Bestimmt hat sie wieder mit irgendeiner neuen Affäre zu tun, die sie schon bald wieder beendet haben wird.

Ich schäme mich kurz für den Gedanken – aber so läuft das bei ihr. Dabei kann sie ein echter Schatz sein, wenn sie nur will. Ich frage mich, ob sie wirklich glücklich mit dieser Art von Leben ist und verpasse beinahe meine Haltestelle.

Ich eile über den Bürgersteig und gedankenverloren weiter, bis ich den Schulhof überquere. Es ist schon später Nachmittag und die Schule ist bereits leer. Nur die Putzkräfte sind noch vor Ort.

Jedes Mal, wenn ich das Schulgebäude sehe, fühle ich mich wieder in meine eigene Schulzeit zurückversetzt. Aber entgegen den meisten Erwachsenen, die behaupten ihre Schulzeit wäre das Beste gewesen, was sie je erlebt haben, trifft das nicht auf mich zu. Ich war heilfroh, als die Abschlussfeier und Zeugnisübergabe endlich vorbei war. Meine Schulzeit bestand aus endlosen Kämpfen um Respekt und Anerkennung. Ich war stets die Fette, der Bücherwurm, das Mädchen, das immer alleine steht und nirgendwo dazugehört. Tatsächlich war ich immer alleine – die anderen fanden wohl, dass ich optisch nicht zu ihnen passte, schlank und aufgemöbelt, wie sie immer waren. Perfekt geschminkte Gesichter mit ihren perfekt gezupften Augenbrauen und Markenklamotten, die ich nie bekam. Ich wollte sie auch nicht, wenn ich ehrlich bin. Aber manchmal wünschte ich, ich würde dazugehören. Einfach, um nicht mehr so aufzufallen. Ich war wie eine abstehende Haarsträhne in einer ansonsten makellosen Frisur. Egal wie sehr ich versuchte mich anzupassen, es war nie genug.

Nur wenn es darum ging gute Klausuren zu schreiben war ich plötzlich interessant. Und wie! Ich gewöhnte mir absichtlich eine schreckliche Schrift an, damit niemand mehr von mir abschreiben konnte. Das brachte mir bitterböse Blicke ein. Aber ich bekam stets die besten Noten.

Meine Mutter sagte immer, dass man sich Neid verdienen müsste, Mitleid bekäme man geschenkt.

»Die Ella kriegt nie einen ab!«, höhnte Stefanie oft. Sie war so etwas wie die Klassenprinzessin. Groß, blond, schlank, sportlich. Perfekte Haut, edle Klamotten. Aber wenn man hinter die hübsche Fassade sah, merkte man, dass sie eigentlich nur unsicher war. Ihre Eltern beachteten sie kaum. Statt Liebe und Zuneigung bekam sie nur Leistungsdruck und Vorschriften, die sie kaum einhalten konnte.

Es stimmte, die Jungs umschwärmten sie wie Motten das Licht, aber hinter all ihren Gemeinheiten und der Gehässigkeit erkannte ich ein im Grunde einsames Mädchen. Sie tat mir leid, auch wenn ich ihr das nie sagte.

Ich hielt die Schulzeit durch und sagte mir, danach würde alles besser.

Trotzdem fragte ich mich, ob Stefanie recht hatte. Jedes Mädchen in meiner Klasse hatte irgendwann einmal einen Liebesbrief bekommen. Nur ich nicht. Und daran hatte sich bis heute nichts geändert.

Ich starre zu den Fenstern der Schule hoch, die jetzt dunkel und leer wirken. Das Gebäude ist aus rotem Backstein gebaut und verströmt diese typische Ausstrahlung, die jede Schule an sich hat.

Was soll ich tun, wenn ich wirklich nie jemanden kennenlernen würde? Müsste ich mich irgendwann total verzweifelt bei der örtlichen Zeitung melden und eine dieser schrecklichen Anzeigen aufgeben? »Frau mittleren Alters sucht einen liebevollen Partner fürs Leben. Bin mollig, häuslich, lieb«. Ich schüttele mich und ziehe die Tasche enger an mich, als ob sie mich vor diesem Schicksal bewahren könnte.

Noch ist es ja nicht so weit. Ich habe noch Zeit. Aber was, wenn ich irgendwann aufwache und fünfzig bin und sich immer noch nichts getan hat? Ich kämpfe die Panik nieder, die aufsteigen will. Dabei bin ich noch gar nicht in dem Alter, in dem die biologische Uhr lauter und schneller zu ticken beginnt.

Ich beschließe ein wenig trotzig, dass ich nicht als alte Jungfer enden werde. Irgendwo da draußen gibt es jemanden, der auf mich wartet.

Hoffe ich.

◆◆◆

»Uh, oh! Ella, du siehst aus wie ein Laus dir über die Leber gelaufen!«, begrüßt mich mein Kollege Mojo in seinem typischen Deutsch. Er grinst breit und entblößt beneidenswert weiße, gerade Zähne, die in seinem Gesicht noch strahlender wirken. Ich liebe ihn auf eine rein platonische Art, denn er ist immer gut gelaunt. Mojo kommt ursprünglich aus Ghana, Afrika. Seine Haut hat die Farbe von wunderschönem Ebenholz, und ich bewundere ihn heimlich dafür. Immer wenn ich ihn sehe kann ich nur starren, denn sie ist völlig glatt und makellos. Ich weiß nicht wieso, aber schöne Menschen kann ich stundenlang betrachten. Und ich finde immer irgendetwas an jedem Menschen, was ich schön finden kann. Es gibt einfach Leute auf der Welt, die ich ewig anschauen kann, ohne dass mir langweilig wird. Und ohne, dass ich sie gleich auf eine bestimmte Art attraktiv finde.

Allerdings wird mein Geglotze nicht immer positiv aufgefasst. Die meisten Menschen winden sich peinlich berührt und fragen mich irgendwann ungehalten, ob ich ein Problem habe. Habe ich nicht. Ich bin nur fasziniert von Farben, Formen und generell eigentlich allem, was existiert. Das ist ein komischer Tick von mir. Meine Mutter hat mich einmal in einen Laden mitgenommen, in dem aus Holz geschnitzte Kunstwerke verkauft wurden. Ich habe fast eine Stunde eine fast perfekte Katzenstatue bewundert. Ich mochte alles daran. Sie war nicht perfekt, denn irgendjemand hatte sie einmal umgeworfen und dabei hat sie sich ein Ohr abgebrochen, aber genau das liebte ich an ihr. Ich liebte, wie sie sich anfühlte, wie sie aussah, die weichen Rundungen des Holzes, seine Maserung.

Meine Mutter verstand das nicht. Sie glaubte, ich wäre irgendwie gestört, als ich ihr zu erklären versuchte, wieso ich diese Katze so lange und so fasziniert angestarrt und begrapscht hätte.

Sie meinte nur, ich sollte mich gefälligst nicht so komisch benehmen. Da war ich neun.

Ich starre noch immer gern. Manchmal zucken meine Finger, wenn ich Formen heimlich in die leere Luft nachzeichne.

Ich seufze und lehne mich an die rote Backsteinmauer neben Mojo, der sich auf seinen Wischmopp stützt.

»Ach, es ist nichts«, gebe ich zurück und ringe mir ein Lächeln ab. Mojo lacht nur. Es ist ein melodiöses Lachen, was mich sofort zum Grinsen bringt.

»Du wieder Liebeskummer, ja?«, fragt er. Sein Deutsch ist nicht perfekt – aber wir verstehen uns trotzdem gut.

Ich zucke nur die Achseln. »Dafür müsste ich einen Freund haben, Mojo. Oder zumindest so etwas in der Art.«

Er schüttelt den Kopf. »Liebe kommt zu jedem. Immer, wenn du nicht suchst!« Er zwinkert und winkt mir zu, als er seinen Putzwagen über den Schulhof schiebt und dabei ein Lied pfeift.

Ich schaue ihm nach, ehe ich das Gebäude betrete und auf die Umkleide zusteuere, die den Reinigungskräften zur Verfügung gestellt wird.

Während ich mich umziehe und meinen heutigen Rundgang im Kopf plane, grübele ich über seine Worte nach. Ob das stimmt? Wird mich die Liebe finden, ob ich will oder nicht? Macht es überhaupt Sinn nach ihr zu suchen?

Ich schnappe mir den Staubsauger und packe meinen Putzwagen. Während ich die Spuren beseitige, die hunderte Schüler auf den Böden und Wänden, Türen, Fenstern und in den Sanitäranlagen hinterlassen haben, lässt mich dieser Gedanke nicht mehr los. Aber am Ende des Tages, als ich den Müll rausbringe, habe ich das Gefühl, dass gar nichts zu tun nicht richtig ist.

Ich bin schließlich nur eine Putzfrau. Ein Bücherwurm, der nie rausgeht. Wie soll mich denn die Liebe finden, wenn ich nur zuhause bin?

Schließlich klingelt der Traummann doch nicht einfach so an der Haustür. Ich muss es weiter versuchen. Von nichts kommt nichts, heißt es ja nicht umsonst.

Und wenn es doch passiert, dann kann ich, laut Mojo, ja sowieso nichts dagegen tun. Dieser Gedanke gibt mir ein wenig Hoffnung, als ich meine Arbeitskleidung ausziehe und mir den Schweiß vom Gesicht wische. Mir tut der Rücken weh, aber das ist normal. Ich wasche mir gründlich die Hände und sehe mich noch einmal überall um, ob ich auch nichts vergessen oder übersehen habe. Das mache ich immer. Eine Schule nach Schulschluss ist immer unheimlich. Es ist total still und die Beleuchtung der kalten Neonröhren wirft manchmal komische Schatten.

Als ich den Job angenommen habe, kam mir der erste Arbeitstag unendlich lang vor. Jedes noch so winzige Geräusch ließ mich zusammenzucken. Besonders schlimm fand ich die Toiletten. Ich habe immerhin genug Horrorfilme gesehen, um zu wissen was geschähe, wenn ich dort jemanden vorfinden würde. Direkt nach dem ersten Arbeitstag habe ich darum aufgehört, mir diese Filme anzusehen. Dass Mojo mir in unseren Arbeitspausen auch noch gruselige Geschichten von dem Mädchen erzählt hat, dass sich vor zehn Jahren im obersten Geschoss erhängt haben soll, hilft auch nicht gerade. Laut ihm spukt ihr Geist noch immer dort herum. Er behauptet sogar, dass er sie schon einmal gesehen hat. Das hat mir grauenvolle Alpträume beschert, aber irgendwann habe ich aufgehört daran zu denken.

Mittlerweile ist es normal für mich, alleine in diesem Gebäude zu sein, in dem tagsüber unendlich viele Stimmen erklingen, zusammen mit dem Scharren der Stühle, die über das Linoleum geschoben werden, oder den trampelnden Füßen und quietschenden Sohlen. Ich genieße die Ruhe fast sogar. Ich fühle mich ohnehin unwohl, wenn ich von zu vielen Menschen umgeben bin. Und wenn der Geist dieser Schülerin tatsächlich herumspukt, interessiert sie sich nicht für mich.

Ich bin fertig. Alles ist sauber und glänzt, so wie es sein soll. Zufrieden und erschöpft mache ich das Licht aus und schließe die Tür ab.

Morgen können die Schüler wieder in einen neuen, sauberen Schultag starten. Ich bezweifle, dass sie das wirklich zu schätzen wissen, aber so ist das nun einmal.

Es ist schon dunkel und kühl als ich wieder den Schulhof überquere, auf dem Stunden zuvor noch die Sonne geschienen hat. Jetzt bin ich doch ein wenig froh über den warmen Pulli. Ich beschließe noch nicht gleich nach Hause zu gehen. Ich habe Lust auf einen Kaffee oder vielleicht auch auf ein Eis. Er wird heute sowieso nicht dort sein, also besteht kaum die Gefahr, dass ich mich blamiere.

Ich lächele bei dem Gedanken und mein Verhalten von neulich und gehe zielgerichtet auf das Café zu, das von meinem Arbeitsplatz nur einen Katzensprung entfernt liegt.

Heute ist es ziemlich voll, obwohl es ein Montagabend ist, und ich muss kurz warten, ehe ein Tisch frei wird.

Abends gefällt mir die Lebhaftigkeit des Cafés gut. Es ist laut und es wird viel gelacht. Pärchen sitzen an den Tischen, völlig ineinander versunken flüstern sie sich Dinge zu, die nur für ihre Ohren bestimmt sind. Obwohl ich mir einen Freund wünsche, schaue ich nicht mit Neid auf die glücklich Verliebten. Ich freue mich sogar für sie. Bei dieser immensen Anzahl an Menschen, die auf diesem Planeten wohnen, erscheint es mir beinahe unmöglich, den Richtigen zu finden. Oder ist das vielleicht gerade deswegen einfacher? Ich grübele noch darüber nach, als sich ein Kellner lautstark neben mir räuspert.

»Was darf's denn sein?« Seine Stimme klingt amüsiert und gleichzeitig charmant, so dass ich automatisch zu ihm hochsehe; etwas, das ich normalerweise selten tue. Ich finde Augenkontakt nämlich unangenehm. Entweder, ich starre so intensiv, dass ich das Unbehagen auf den Zügen meines Gegenübers sehen kann (was mich noch unsicherer macht), oder ich fange an hektisch zu blinzeln und ständig andere Dinge anzusehen, was anderen das Gefühl geben muss, dass ich paranoid bin.

Ich blinzele kurz. Diesen Kellner habe ich noch nie gesehen. Er muss wohl neu sein. Mein Blick bleibt an seinen rauchgrauen Augen hängen, und ich bin wie hypnotisiert. Ich kann nicht wegschauen und spüre wie die Haut zwischen meinen Schulterblättern feucht wird. Verflixt.

»Ähm, ich nehme einen Kaffee. Schwarz«, bringe ich hervor. Ich schaffe es sogar, dabei das Gesicht so zu verziehen, dass es möglicherweise als Lächeln durchgehen könnte. Ich warte darauf, dass er verlegen wird oder Anzeichen von Unbehagen zeigt, wie die meisten anderen Menschen, doch er lächelt nur schief und zwinkert. »Noch etwas?«, fragt er.

Mein Mund wird ganz trocken bei diesem Lächeln. Ein Grübchen bildet sich in seiner Wange und ich habe die Frage halb vergessen, als mir wieder einfällt, was ich wollte.

»Einen Kirschbecher!«, platze ich heraus. Ich beiße mir innerlich in den Hintern. Ich mag gar keine Kirschbecher. Die sind nämlich oft mit Likör und ich werde sogar von dieser geringen Menge beschwipst.

Er sieht irgendwie enttäuscht aus. »Und ich dachte eher, du wärst eine Schokoliebhaberin. Kommt sofort.«

Er ist weg, ehe ich ihn fragen kann, wie er denn darauf kommt. Verwirrt bleibe ich zurück und suche mit den Augen nach ihm, aber es ist, als wäre er vom Erdboden verschwunden. Ich muss mir eingestehen, dass er ziemlich gut aussieht. Gleichzeitig wird mir heiß vor Scham, weil ich ihn so angestarrt habe. Der Vorteil daran ist jedoch, dass ich mir sein Gesicht dadurch ziemlich gut merken konnte. Seine Nase ist ein bisschen schief, als ob er sie sich irgendwann gebrochen hätte, und er hat eine kleine, dreieckige Narbe über dem linken Auge. Seine Haut ist gebräunt wie bei jemandem, der viel Zeit draußen verbringt. Der Gedanke an die Dating-Profile die ich angesehen habe versetzt mir einen Dämpfer. Bestimmt ist er auch so einer, der nur eine schlanke Frau möchte, die sportlich und schick ist. Außerdem hat er garantiert schon eine Freundin. Hübsche Jungs bleiben nie lange allein.

Ich seufze und starre auf den Tisch vor mir. Ob seine Haare von der Sonne so ausgebleicht sind? Sie haben die Farbe von hellem Honig und locken sich leicht. Wenn er sie nicht so kurz tragen würde, hätte er bestimmt eine richtige Mähne ...

Ich erschrecke fast zu Tode, als ein gigantischer Eisbecher vor mir abgestellt wird. Ich kann kaum über ihn drübergucken.

Mein Blick fliegt zur Seite, wo er auf die schelmischen Augen des Kellners trifft. Am Rande bemerke ich, dass sein weißes Hemd nicht bis oben zugeknöpft ist.

»Einen Kirschbecher, und hier ist der Kaffee. Schwarz und ohne Extras.«

»Was wären denn Extras?«, frage ich abrupt. Ich blinzele wieder und beiße mir auf die Lippe. Normalerweise habe ich überhaupt keinen Redebedarf.

Er grinst und sieht mich einen Moment nur an. »Sahne, vermute ich.« Seine Augen funkeln amüsiert und sein Mundwinkel zuckt.

»Ach«, fange ich an, weil ich glaube, irgendetwas sagen zu müssen, »ich stehe nicht so auf Extras.«

»Dann hattest du noch nicht die richtigen.«

Mir bleibt der Mund offen stehen. Aber der Kellner zwinkert nur, deutet eine kleine Verbeugung an und taucht wieder in der Menge unter. Meine Wangen sind so rot wie die Kirschen auf dem Eisbecher.

## 4

Mir ist eiskalt und übel. Die Eiscreme aus diesem gigantischen Becher schwappt in meinem Magen umher wie ein Gletscher. Außerdem bin ich von diesem verflixten Kirschlikör beschwipst, genauso, wie ich es befürchtet hatte.

Und sauer bin ich auch. Wieso habe ich auch einen Kirscheisbecher bestellt, statt dem Schoko-Nussbecher, den ich sonst immer ordere? Dieser neue Schönling aus dem Café hat mich total aus dem Konzept gebracht.

Ich fluche leise vor mich hin, während ich nach Hause laufe. Die Straßen sind gut beleuchtet, trotzdem fühle ich mich unwohl. Ich bin vielleicht übertrieben vorsichtig, aber als alleinstehende Frau ohne Begleitung auf der Straße habe ich bei Nacht einfach immer ein ungutes Gefühl. Daran ist meine Mutter nicht ganz unschuldig. Den Satz: »Geh nicht mit Fremden mit, nimm keine Süßigkeiten von Unbekannten an und geh nachts nicht allein auf die Straße!«, predigte sie mir jedes Mal, wenn ich das Haus verlassen wollte, als wäre dies eine Art Schutzzauber. Sogar dann noch, als ich schon achtzehn war und bei ihr auszog.

Aus den umliegenden Restaurants und Kneipen dringt das geschäftige Stimmengewirr der Gäste und Bedienungen. Ich bin nur heilfroh, dass mein Tag endlich vorbei ist.

Jetzt freue ich mich auf mein Buch, das noch immer darauf harrt, ausgelesen zu werden. Und auf einen großen Kaffee. Ohne Extras, füge ich im Stillen hinzu.

Meine Gedanken schweifen ab, zu irgendeinem Film, in dem eine Frau von einem heißen Kerl mit Schlagsahne bekleckert wurde, die er dann von ihrer Haut abgele – Halt! Ich schüttele stumm mit dem Kopf und betaste unauffällig meine Wangen. Was denke ich da bloß? Das hat der Kellner doch bestimmt nicht mit den Extras gemeint. Oder? Ich grübele noch immer darüber und analysiere sein Zwinkern und den dazugehörigen Augenaufschlag, als ich die Treppe zu meiner Wohnung hochlaufe. Ich habe viel zu wenig Erfahrung mit der unbekannten Materie, die sich flirten nennt, um es genau sagen zu können.

»Na endlich!«

Ich zucke zusammen und schreie vor Schreck auf. Beinahe rutsche ich auf den Treppenstufen aus, ehe ich die Stimme erkenne. »Eva!«

Meine beste Freundin rappelt sich vom Boden hoch, auf dem sie gesessen hat, und wischt sich über den Mantel. »Ich dachte schon, du kommst gar nicht mehr heim!«, meint sie mit anklagend erhobenem Finger in meine Richtung.

Ich stoße einen Seufzer aus und versuche, mein rasendes Herz wieder in den Griff zu kriegen. »Wieso hockst du da rum?«, frage ich säuerlich. So lieb ich Eva auch habe, eigentlich wollte ich heute allein sein. Und außerdem fällt mir wieder ein, dass ich eigentlich noch sauer auf sie bin.

»Hatten wir doch so abgemacht, ich hab doch gesagt, dass ich heute vorbeikomme!« Sie mustert mich, als wäre ich minderbemittelt. Eine Mischung aus Unverständnis, Ungeduld und Mitleid, die in dieser Form nur Eva hinbekommt, und bei der ich mich jedes Mal wieder wie damals fühle, als ich als fünfjährige im Sandkasten saß und zu diesem gleichaltrigen Mädchen aufschaute. Eva, pummelig und mit wild abstehenden Locken, die mit dem Finger auf mich zeigte und sagte: »Du und ich sind jetzt Freunde. Und zwar für immer!« Sie sah dabei aus, als hätte sie beschlossen einen hässlichen, einäugigen Welpen zu adoptieren – allein deswegen, weil es sonst niemand anders tun würde. Nicht weil sie es wollte, sondern aus einer Art Pflichtgefühl heraus.

Meinem fünfjährigen Selbst fiel damals die blaue Plastikschaufel aus der Hand, so überrascht war es. Aber Eva machte ihre Drohung wahr: Seitdem waren wir unzertrennlich. Auch wenn ich mir manchmal nicht sicher war, ob ich nur ihr eigenes, eigenartiges Projekt darstellte und die Rolle der besten Freundin nur eine Tarnung war, damit andere nicht gleich ihr Spiel durchschauten.

Mit sechzehn hatte sie mir verkündet, dass es Zeit sei, rebellisch zu werden. Wie auch immer sie darauf gekommen war wusste ich nicht, aber ehe ich darüber nachdenken konnte, fand ich mich im Bad wieder, mit einer Tönungscreme im Haar, die sich nach dem Auswaschen als Türkis herausstellte. Meine Mutter hatte mir, nachdem sie nach ihrem Schreikrampf wieder sprechen konnte, verboten, das Zimmer zu verlassen bis ich nicht mindestens dreißig und vernünftig geworden wäre. Und wieso ich mir die

Haare nicht wenigstens hatte rot färben können, so wie andere durchgeknallte Teenies in meinem Alter. Eva hatte nur zustimmend genickt, während sie ihr tröstend die Schultern rieb.

Damals wie heute machten mich Evas Aktionen meist sprachlos. Man will so viele verschiedene Dinge gleichzeitig sagen, die sich dann irgendwie gegenseitig den Weg im Hals blockieren, dass am Ende gar nichts zu hören ist, außer empörtem Quieken und Schnaufen.

Ungefähr das Gleiche passiert auch gerade. Ich, noch immer beschwipst und noch immer angefressen von Evas unsensiblen Äußerungen zum Thema Liebesromane, bringe keinen Ton heraus.

»Nein, eigentlich war das gestern«, erinnere ich sie, während die Wut in mir hochkocht. Ich funkele sie wütend an – aber das hat noch nie funktioniert. Sie scheint immun gegen meine bösen Blicke zu sein. Leider.

Eva seufzt theatralisch und streicht sich eine Haarsträhne aus dem Haar. »Ist doch gehupft wie gesprungen. Heute, morgen, gestern, egal!« Sie schüttelt sich, als wollte sie unangenehme Erinnerungen vertreiben. »Also, machen wir dich hübsch und gehen auf Männerjagd!«, verkündet sie mit einer Bestimmtheit, die mir den Mund offenstehen lässt.

»Aber es ist doch erst Montagabend!«, protestiere ich schwach. Plötzlich muss ich mich am Geländer der Treppe festhalten. Irgendwie scheint sich alles ein bisschen zu drehen und ich muss kurz die Augen schließen.

Eva schnalzt nur missbilligend mit der Zunge. »Papperlapapp, ist doch egal welcher Tag oder Nacht oder was auch immer«, wiegelt sie meinen Protest ab. Sie zwinkert, was immer ein schlechtes Zeichen ist. Sie heckt dann nämlich wieder irgendetwas aus. Ich schlucke.

»Ich habe nämlich einen richtig heißen Kerl für dich, meine liebe Ella!« Sie packt den Ärmel meines Pullis, während sie gleichzeitig die Nase darüber rümpft, dass ich so ein Ungeheuer an meine Haut lasse (sie ist definitiv der modischere und elegantere Teil von uns beiden) und zerrt mich die letzten Treppenstufen nach oben.

»Zack, zack!«, treibt sie mich an, während ich wie ferngesteuert die Tür aufschließe. »Aber ich bin echt müde …«, beginne ich lahm eine Ausrede. Das war's mit einem Kaffee und einem netten Abend auf der Couch.

Eva verdreht nur die Augen. »Ja, ja«, meint sie ungehalten. »Du kannst schlafen, wenn du tot bist!«

Dann fällt mir wieder ein, dass sie sagte, einen heißen Kerl für mich zu haben. Meine Alarmglocken fangen an zu schrillen und ich bekomme von einer Sekunde zur nächsten Panik.

»Warte mal!«, meine ich hektisch, während Eva an meinem Pulli zerrt. Meine Stimme klingt dumpf, als sie mir das Teil über den Kopf zieht und dabei missbilligend mit der Zunge schnalzt.

»Meine Liebe, du brauchst dringend sexy Unterwäsche!«, tadelt sie mich. Beschämt versuche ich, meine überdimensionierte Blöße zu bedecken. Als der Pulli endlich zu Boden gleitet, starre ich meine beste Freundin wütend an.

»Ich kriege keine Klamotten in meiner Größe!«, fauche ich. »Sexy schon mal gar nicht«, setze ich noch hinzu, als ich ihren Blick sehe, der sagt: »Komm mir nicht mit solchen Ausreden!«

Eva nimmt beschwichtigend die Hände hoch. »Komm schon Süße, ich kenne genug Läden, die tolle Klamotten für Plus Size haben!«

Wie bitte? Plus Size? »Was soll das denn sein?«, frage ich völlig verdattert. Den Ausdruck habe ich noch nie gehört.

»Das sind Frauen mit Kleidergrößen über normal!«, verkündet Eva lächelnd.

»Was heißt über normal?«, frage ich etwas bissig.

»Na ...«, sie zögert kurz, irritiert von meinem angespannten Gesichtsausdruck. »Eben Frauen, die etwas mehr auf den Hüften haben. Rundlicher. Größer?«, fügt sie zögernd an, als ich mit den Zähnen knirsche.

»Ich bin halt kein Hungerhaken, das bedeutet doch noch lange nicht, dass ich eine extra Einteilung brauche!«, knurre ich wütend. Eva lacht gekünstelt und wedelt mit den Händen, als wolle sie unsichtbare Fliegen verscheuchen. »Nein, so ist es doch gar nicht! Komm, ich zeig dir, was Plus Size Models sind, dann bist du bestimmt begeistert!«

Ah ja, denke ich. Begeistert. Plus Size klingt für mich eher, als würde man mich in eine Art Schublade stecken. Eine extra große Schublade. Für fette Aliens.

Eva schwingt sich elegant und lässig hinter meinen Computer und lächelt mir aufmunternd zu, während er keuchend hochfährt. Dann tippt sie etwas in die Suchleiste des Browsers ein und zeigt auf die Bilder.

Misstrauisch trete ich näher, innerlich darauf gefasst, mir die wahren Ausmaße von »Plus Size« ansehen zu müssen. Cellulite auf dreihundert Kilo Schenkeln zum Beispiel. Aber nichts davon ist zu sehen. Meine Gesichtsmuskeln entspannen sich und ich trete noch etwas näher.

Wunderschöne, füllige Frauen, gehüllt in wirklich heiße und edle Klamotten flimmern mir vom Monitor entgegen. Ihre Kurven sehen mehr als verführerisch und schön aus. Und statt wabbelnder Cellulite sehe ich nur unglaublich (und beneidenswert) straffe Körper. Sie sehen so ... prall aus. Ich werfe Eva einen ungläubigen Blick zu, ehe sich mir ein Gedanke aufdrängt. »Photoshop?«, frage ich misstrauisch.

Eva lacht und schüttelt den Kopf. »Nein, jedenfalls nicht so krass, wie du glaubst. Diese Models sind zwar ungewöhnlich, aber sie arbeiten genauso hart für ihr Geld, wie die »normalen«, wenn nicht sogar härter. Und sie sehen toll aus, findest du nicht?«, fragt sie mich. Sie scheint diese Frauen wirklich zu bewundern, und ich komme nicht umhin mich zu fragen, ob ich auch so … prall aussehen könnte.

»Also, gehen wir shoppen?«, fragt sie zwinkernd. Sie ist schon wieder vom Stuhl aufgesprungen und in mein Schlafzimmer geflitzt, wo ich hören kann, wie sie die Türen des Kleiderschranks öffnet.

»Aber sagtest du nicht, dass du einen heißen Kerl hättest?«, wage ich kleinlaut zu fragen. Ich werde mir plötzlich bewusst, dass ich nur in einem scheußlichen, verwaschenen BH hier herumstehe, während meine beste Freundin undefinierbare Laute von sich gibt. Ich höre, wie Kleidung zu Boden fällt. Vermutlich sortiert sie gerade die Klamotten aus, die ich auf keinen Fall tragen sollte. Weder als Plus Size noch als sonst was.

Mein Magen beginnt zu knurren und mein Schwips lässt langsam nach. Kurz überlege ich, ob ich mich in die Küche stehlen kann, um etwas Notproviant aus meiner geheimen Schublade zu stehlen als Eva zurückkommt.

Mit einem schwarzen BH und passendem Slip. Die ich noch nie getragen habe, weil ich dachte: »Ich kaufe mir das, nehme ab, und dann passt es mir wie angegossen!« Nur, dass ich nie wirklich abgenommen habe. Eine dieser Lügen, die sich Frauen wie ich vorbeten, um der Wahrheit nicht ins Gesicht sehen zu müssen.

»Ähm …«, beginne ich, doch Eva schneidet mir mit einer Geste das Wort ab, während sie mir eine weiße Bluse und einen dunkelroten Faltenrock in die Arme drückt, dazu ein breites Mieder, das ich aus offensichtlichen Gründen noch nie anhatte. Ebenfalls Kategorie: »Das ziehe ich an, wenn es mir nach dieser Diät passt, die ich ganz bestimmt morgen anfange!«

»Also, ich glaube kaum ...«, setze ich erneut an, aber Eva schnaubt nur ungeduldig und setzt ihren Du-tust-was-ich-dir-sage-sonst ... - Blick auf.

Also tue ich, was sie sagt. Ich zwänge mich in die viel zu enge Unterwäsche, während Eva irgendetwas in der Küche tut. Meine Brüste quellen aus dem schwarzen Stoff wie überlang gegangener Hefeteig aus einer Schüssel, der Slip schneidet mir in die empfindliche Haut an den Hüften, und mir steht schon der Schweiß auf der Stirn, weil ich schon dachte, er würde einfach reißen. Das Material hat einige Male geknackt und geknarzt, aber dann war er angezogen. Falls ich jemals in dieser Unterwäsche in die Lage kommen würde Sex zu haben, hat der Glückliche hoffentlich einen Bolzenschneider dabei. Oder verdammt scharfe Zähne.

Ich kichere, was sich als Fehler erweist, denn schon höre ich, wie sich der Stoff des BHs unter meiner Erheiterung streckt und bedrohliche Geräusche von sich gibt.

Sofort werde ich ernst und schlüpfe langsam und vorsichtig in den Faltenrock, der mir nur bis zu den Knien geht. Ich zwänge mich in die viel zu enge, weiße Bluse und schließe die Knöpfe so weit, wie es geht. Nicht sehr weit. Man braucht jetzt nicht mehr viel Fantasie, um zu erahnen wie mein Vorbau aussieht. Ich habe noch nie einen so tiefen Ausschnitt an mir gesehen. Ich rede mir ein, dass es schon dunkel ist und man bestimmt nicht so viel sieht, da, wo wir hingehen.

Eva kommt zurück und strahlt mich an, als ihr Blick bewundernd über mich gleitet.

»Wow, du siehst super aus!«, meint sie. Ich bin mir fast sicher, dass sie das nur heuchelt. Ich fühle mich nämlich wie eine Presswurst. Oder wie ein Rollbraten.

Dann kommt das Mieder. Und ich denke in diesem Moment, dass es gar nicht so schlecht ist. Eigentlich ein bisschen wie ein Rollbratennetz, das alles an seinem Platz hält, damit nichts verrutscht. Aber der gemeine Rollbraten wird auch nicht durch die halbe Stadt geschleift und muss, gottbewahre, auch noch tanzen. So wie ich Eva kenne, wird das nämlich auch Teil ihres Plans.

Mir bleibt keine Zeit mehr für weitere Gedanken, denn Eva zieht das Mieder stramm und mir bleibt die Luft weg.

»Ella, komm schon, das Ding ist ja noch gar nicht zu, zieh mal den Bauch ein!«

Ich würde ja lachen, wenn ich könnte, aber dazu bräuchte ich genug Atem. »Ist doch längst eingezogen!«, keuche ich. Ich versuche, in den Brustkorb zu atmen, aber der BH knirscht. Ein weiterer Knopf geht an der Bluse auf, weil meine Masse irgendwo hinmuss. Eva zieht noch strammer und knotet endlich das verdammte Ding zu, doch aufatmen kann ich deshalb trotzdem nicht.

Ich bin im Rücken jetzt so steif wie eine Achtzigjährige mit Hexenschuss.

Eva muss mir bei den Highheels helfen, die sie mir mitgebracht hat, weil jegliches Bücken gefährlich wäre, wie auch sie nach einem ausgiebigen Blick auf mich feststellt.

»Ok, Ella«, beginnt sie, während sie mich mit Kennerblick analysiert, »du siehst saugeil aus, aber ich glaube es ist besser, wenn du dich nicht bückst, oder hinsetzt.«

Ich nicke stumm.

Eva hat ein Einsehen. »Und das Shopping machen wir morgen, heute treffen wir nur dein Date.«

Mein Date? Ich könnte nicht einmal atmen, selbst wenn ich wollte. Wie soll ich mich da ungezwungen und charmant einem heißen Kerl gegenüber geben?

»Ich schminke dich noch und mache dir die Haare, dann wird das richtig gut!«

Oh mein Gott ... das auch noch.

Eva hat nicht lockergelassen. Eines muss ich meiner besten Freundin lassen: Wenn sie sich etwas vornimmt, dann tut sie es auch. Und zwar richtig.

Meine Augen sind dezent aber wirkungsvoll geschminkt und erinnern mich an das Make-up von Christina Aguilera im Film »Burlesque«; langer, schwarzer Lidstrich, dunkler Lidschatten und ein hellerer auf dem beweglichen Lid. Meine Augen scheinen zu strahlen und gleichzeitig wirken sie verführerisch und geheimnisvoll.

Der dunkelrote, matte Lippenstift sticht aus meinem ebenmäßig geschminkten Gesicht hervor und lässt meine Lippen größer und voller aussehen als sie eigentlich sind.

In meinen Wimpern ist so viel Mascara, dass sie sich beinahe unecht und schwer anfühlen. Meine Haare hat Eva zu kunstvollen Locken gedreht, die elegant über meine Schultern fließen und mein Gesicht einrahmen, wie man es so oft bei Hollywood-Stars sieht.

Ich starre in den Spiegel und kann es einfach nicht glauben. In Kombination mit dem Outfit scheint mir eine absolut fremde Person entgegen zu starren.

»Also los!«, meint Eva, die neben mir steht und in den Spiegel grinst. Sie zwinkert und ich umarme sie kurz und ungelenk, weil der Stoff über meiner Oberweite protestierend spannt.

»Danke«, flüstere ich und plötzlich habe ich einen Kloß im Hals.

Eva lacht und nimmt meine Hand, an der sie mich aus dem Bad zieht. »Gern geschehen, Süße. Und jetzt machen wir, dass wir dich zu deinem Date kriegen!«

Auf viel zu hohen Absätzen stolpere ich hinter ihr die Treppe hinunter, nachdem wir uns nur noch schnell unsere Taschen geschnappt haben. Zugegebenermaßen hat mir meine liebe Freundin vorher noch ein Glas mit Sekt in die Hand gedrückt und gesagt: »Austrinken, sonst bist du nachher zu steif!«

Ich wollte ihr noch erklären, dass ich noch nichts gegessen habe (abgesehen von der Eiscreme), und mir der Magen in den Kniekehlen hängt, davon abgesehen, dass ich gar keine Wahl habe als steif zu sein, so eng wie die Klamotten sitzen, doch ihr Blick hat mich zum Verstummen gebracht.

Jetzt stehe ich mit ihr vor dieser schicken Bar in der kühlen Abendluft, während der Sekt in meinem Magen randaliert. Ich bete innerlich nur, dass ich meinem Date nicht vor die Füße kotze.

Der Duft des Parfüms »Sex & the City«, den meine Freundin mir großzügig in den Ausschnitt und fast ins Auge gesprüht hat, umhüllt mich wie eine Wolke.

»Sex ist genau das, was du brauchst, und wir sind in der City – also perfekt für dich!«, hat sie ihre Wahl begründet.

Ich besitze zwar auch eigene Parfüms, benutze jedoch lieber weiche, blumige Düfte, die eher unscheinbar sind.

Plötzlich fühle ich mich unwohl. Will ich das wirklich? Bin ich dafür bereit? Und was tue ich, wenn der Typ wirklich Interesse an mir hat? Ich habe ja nicht einmal Kondome dabei! Und was, wenn es ernst wird, ich mich aber total daneben benehme? Ich weiß zwar theoretisch, was auf mich zukommt, genug Liebesromane habe ich ja gelesen, aber in echt ist das doch etwas anderes …

Die Panik lässt meinen Magen erzittern und ich glaube kurz, einfach dort, an Ort und Stelle, zusammenzuklappen wie ein Wäscheständer.

Eva unterbricht meine hektischen Gedanken und nimmt wieder meine Hand. Sie ist warm und trocken und beruhigend, während meine feucht und kalt ist.

»Ganz ruhig, Ella«, beruhigt sie mich ohne mich dabei anzusehen. »Walther ist wirklich nett!«

Walther? Vor meinem geistigen Auge taucht das Bild eines sechzigjährigen, bebrillten Mathematikprofessors in sandfarbenem Mantel und mit Halbglatze auf.

»Ähm«, beginne ich, »wie alt ist denn Walther?« Ich werde keinen Rentner daten. Auf keinen Fall. So verzweifelt bin ich noch nicht.

Eva scheint zu überlegen, während sie die Tür zur Bar aufdrückt. Schwüle Wärme schlägt uns entgegen und mir bricht augenblicklich der Schweiß aus. Ein Ozean aus lauten Stimmen, Gelächter und klirrenden Gläsern schwappt über uns hinweg. Die Beleuchtung an den weiß gestrichenen Holztischen besteht aus kleinen Windlichtern, die warmes aber spärliches Licht verbreiten. Es ist offen und gemütlich. Durch eine große Glasfront kann man nach draußen schauen. Die Lichter der Stadt schimmern verheißungsvoll in der Dunkelheit.

Ich hatte mir die Bar irgendwie anders vorgestellt. Eine verqualmte Spelunke, düster, und mit grimmig dreinblickenden Typen an der Bar, während irgendwo im Hintergrund Billard gespielt wird.

Ich gucke eindeutig zu viele Filme.

Eva ignoriert meine Frage einfach, lässt meine Hand los und sieht sich suchend um. Dann erhellen sich ihre Züge und sie winkt euphorisch. Ich versuche zu sehen, wem ihr Gruß gilt, erkenne aber nichts.

»Komm!«, meint sie nur, während sie mich vorwärts schiebt. Ich schaue in die Gesichter der Gäste, doch niemand beachtet mich. Plötzlich befinde ich mich vor einem Tisch an dem drei freie Stühle stehen und Eva setzt sich neben mich. Während sie ihren Schal ablegt, klopft sie auf den freien Sitz neben sich.

»Setz dich, er ist gleich da. Er besorgt uns gerade etwas zu trinken«, verkündet sie lächelnd.

Ich tue wie mir geheißen und lasse mich auf dem weißen Stuhl nieder. Meinen Mantel behalte ich dabei auf dem Schoß und halte ihn mir schützend vor die Brust. Falls dieser Walther aussieht wie eine schräge Version von Hugh Hefner kann ich sofort davon sprinten. Na ja, zumindest so schnell mich meine Highheels tragen. Das sollte für einen so alten Knacker reichen.

Ich sehe mein Date erst, als mich Eva in die Rippen stößt und zischt: »Das ist er, also sei nett!«

Mir klappt kurz der Mund auf und zu, ehe ich mich an meine Manieren erinnere und ihm meine Hand entgegenstrecke, die ich vorher schnell am Rock trocken gewischt habe. Der Mann vor mir ist zwar keine sechzig, dafür aber mindestens vierzig. Sein mausbraunes Haar wird an den Schläfen schon grau und seine freundlichen braunen Augen sind von tiefen Lachfalten umgeben. Er hat ein rundliches, nettes Gesicht. Nur der monströse Schnauzer wirkt deplaziert und erinnert mich an die Barthaare eines Walrosses.

Walther grinst breit und schaut mir tief in die Augen, ehe er je einen Cocktail vor mich und Eva stellt.

»Freut mich sehr dich kennenzulernen, Ella«, begrüßt er mich schnarrend. »Eva hat mir ja schon so viel von dir erzählt!« Dabei starrt er gierig auf meine Oberweite.

Walter konnte mir darum besonders tief in die Augen schauen, weil er stehend gerade so groß ist, wie ich sitzend. Eva hätte sagen sollen, dass wir das deutsche Pendant zu Tom Cruise und Nicole Kidman wären. Nur, dass Walter viel kleiner als Tom Cruise ist.

Eva schaut plötzlich auf ihre Armbanduhr, nachdem sie den Cocktail in nur drei Zügen ausgetrunken hat, und verkündet, was man in so einer Situation nicht hören will: »Oh, so spät schon, nun muss ich aber!« Sie flüstert mir ein »Viel Spaß!«, ins Ohr und verduftet winkend und Handküsse werfend.

Und ich bin alleine mit Walther, der sofort seinen Stuhl dichter neben meinen rückt. Er klettert etwas umständlich darauf und mustert mich dann interessiert.

Ich zwinge mich zu einem Lächeln, als er das Gespräch beginnt: »Also, Ella und du bist echt Single?«

◆◆◆

Es ist mittlerweile kalt geworden und ich ziehe meinen Mantel enger um meine allzu üppige Figur. Nicht nur, weil ich friere, sondern auch, um meine Brüste zu verbergen die sich während des Dates befreit haben. Walther ist zwar klein, hat aber einen gigantischen Humor. Damit hat er mich so zum Lachen gebracht, dass mein BH gesprengt wurde. Gott sei Dank hat er davon nichts bemerkt, da ich diese Peinlichkeit mit meinen verschränkten Armen verdecken konnte.

Als mein Date kurz die Toilette aufgesucht hat, konnte ich mir schnell den Mantel überwerfen und ihn bis zum Hals zuknöpfen.

Das kommt eben davon, wenn man sich in Klamotten zwängt, die nicht passen.

Ich seufze und nehme mir vor, diese Woche wirklich anständige Garderobe zu bestellen. So etwas will ich nicht noch einmal erleben. Zumal ich in den ersten Sekunden geglaubt hatte, dass wirklich jeder in der Bar meine missliche Lage genau beobachtet hätte. Natürlich war das nicht so.

Trotzdem habe ich mich danach recht schnell von Walther verabschiedet. Nicht nur, weil ich mich zu Tode geschämt habe, sondern auch, weil wir überhaupt keine gemeinsamen Interessen haben. Wir haben auch politisch sehr verschiedene Einstellungen. Und er liest nicht gern.

Dabei hat er wirklich alles versucht, um mich zu erobern. Er weiß genau, dass er klein ist. Daraus macht er auch kein Geheimnis. Er benutzt diese Tatsache sogar als Eröffnungsgag.

»Wie du siehst, bin ich etwas kurz geraten. Aber ich kann dir sagen, dass nicht alles an mir klein ist!« Walt, wie ich ihn nennen durfte, grinste breit und ich lachte etwas zu sehr darüber. Ich hoffte in diesem Moment, dass er nicht sah, wie rot ich wurde. Was soll man dazu sagen?

Weiterhin sagte er Dinge wie: »Es ist nicht schlimm, dass du größer bist als ich. Ich kenne da gewisse Dinge, die wir trotzdem tun können. Sogar in aller Öffentlichkeit. Und es würde fast niemandem auffallen.«

Nachdem er merkte, wie verlegen mich diese Anspielung machte und wie schnell ich aus Nervosität meinen Caipirina trank, wurde er etwas weniger offensiv.

Wir sprachen über Filme die wir mochten (er fand tiefgründige Dramen und historische Filme gut), unsere Lieblingsbands und welche wir live gesehen hatten, und unsere Vorstellungen von Beziehungen. Er war ein wirklich netter Kerl, und seine Größe störte mich überhaupt nicht. Aber da war kein Funke, kein Kribbeln oder irgendetwas in der Art. Es fühlte sich eher an, als würde ich mit einem Kumpel einen lockeren Abend verbringen. Und genau darauf lief es schließlich auch hinaus. Im Laufe der fast zwei Stunden wurden wir so etwas wie Freunde.

Das merkte er dann auch und meinte, als wir uns verabschiedeten und er darauf bestand die Rechnung zu übernehmen: »Es hat mich sehr gefreut, Ella. Ich glaube nicht, dass wir ein Paar werden, aber ich würde mich freuen, wenn wir uns vielleicht ab und an auf einen Cocktail treffen würden. Ich weiß, wann ich keine Chance habe.« Er lächelte und bot mir die Hand – eine sehr kleine Hand, aber sehr männlich – die ich schüttelte, ebenfalls lächelnd. Einerseits vor Erleichterung, dass es vorbei war, andererseits mit etwas Bedauern, dass es nicht gefunkt hatte.

»Und, Ella?«, begann er, als ich mich schon zum Gehen wandte, »falls du mal gewisse Bedürfnisse hast – ruf mich an!« Er zwinkerte und grinste anzüglich, ehe er kicherte.

Ich lachte und antwortete, falls das jemals passierte, wäre er der Erste, der es erfahren würde.

Allerdings schwor ich mir, es nie so weit kommen zu lassen. Gleichzeitig wünschte ich ihm, dass er eine Frau finden würde, die ihn zu schätzen wusste.

Dieser Abend zeigte mir, dass ein großes Herz auch in einem kleinen Körper stecken konnte und dass es nicht die Körpergröße war, die einen Menschen attraktiv machte.

Mir meines kaputten BHs schrecklich bewusst, eilte ich durch die kühle Nachtluft nach Hause. Jetzt wollte ich nur noch eines: Mich aus diesen schönen aber unbequemen Sachen schälen, die viel zu kleine Unterwäsche in den Mülleimer feuern und mir etwas zu essen machen. Mein Magen knurrte nämlich inzwischen wie ein Rudel wilder

Hunde. Außerdem schmerzten meine Füße wie die Hölle und ich war absolut sicher, dass ich schon mehrere Blasen haben musste. Dazu kam noch, dass ich noch immer einigermaßen betrunken war. Walt hatte nämlich einen Cocktail nach dem anderen geordert. Ich hatte vermutlich drei Caipirinas intus und irgendwann kam noch ein Glas wunderbar lieblicher Rotwein hinzu. Ich hatte heute genug Alkohol getrunken, dass es für den Rest der Woche reichte. Mindestens. Dabei trank ich normalerweise so gut wie nie. Höchstens an Geburtstagen oder Weihnachten mal ein Glas Wein. Oder, notgedrungen, wenn Eva Sekt mitbrachte. Seit ich mich einmal mit achtzehn nach einem richtig schlimmen Liebeskummer alleine in meinem Zimmer mit zwei Flaschen Rotwein vollaufen lassen hatte, kannte ich meine Grenzen. Die Nacht und der Tag danach waren schlimm gewesen. Ich hatte das volle Katerprogramm abbekommen, und das natürlich zu recht.

Und all das nur, weil ich damals unheimlich verliebt in einen Jungen aus meiner Klasse gewesen war, der anschließend mit einer anderen zusammenkam. Dabei hatte ich mir echte Hoffnungen gemacht. Dass er in der Schule immer nur neben mir sitzen wollte, um abzuschreiben, fiel mir erst später auf. Danach sagte ich ihm, wohin er sich sein »Komm schon Ella, was hast du denn bei dieser Aufgabe für ein Ergebnis? Ich will nur sichergehen, dass ich es richtig hab!«, stecken könne.

Ab da galt ich gemeinhin als Zicke. Zusätzlich zu meinen üppigen Kurven, die mir ganz andere Schimpfnamen einbrachten.

Ich komme gerade an dem Café vorbei, als eine männliche Stimme ertönt, die mir bekannt vorkommt.

»So spät noch unterwegs?«, fragt sie mich. Ich kann das Lächeln darin hören und drehe mich um.

Der Kellner steht draußen und raucht lässig eine Zigarette, die zwischen zwei schlanken, wohlgeformten Fingern steckt. Die Ärmel seines Hemds hat er bis zu den Ellbogen hochgekrempelt und er lehnt an der Hauswand. Er sieht aus wie ein Model in dieser Pose.

»Sexiest Kellner alive«, zuckt es durch mein benebeltes Hirn. Ich lächele und bin mir dabei absolut sicher, wie eine betrunkene Vollidiotin auszusehen. »Hi«, meine ich, während ich mir gerade wünsche, ich wäre stocknüchtern und das Licht aus dem Café wäre nicht so hell.

Er grinst schief und mustert mich. Seine Augenbraue wandert anerkennend nach oben und er gibt einen bewundernden Laut von sich. »Der Kerl muss der glücklichste Mann der Welt sein.«

Ich verstehe nicht, was er meint, bis ich bemerke, dass ich die Hände in den Manteltaschen vergraben habe. Dummerweise hatte ich aber den Mantel einige Straßen zuvor geöffnet, weil mir plötzlich viel zu heiß war.

Meine Oberweite ist es, die seine Blicke auslöst, und die größtenteils unbedeckt in die Welt lugt. Nur gehalten von zwei Knöpfen und bedeckt von den Überresten des kaputten BHs. Gott sei Dank hatte der keinen Vorderverschluss, kommt es mir in den Sinn, während ich hastig den Mantel vor meine Blöße ziehe und einen Schritt zurück mache.

Das geht nicht gut, denn mein linker Schuh, an dem noch immer dieser verflixt hohe Absatz dran ist, verfängt sich in einem Gulli und ich stürze nach hinten. Ein Schrei entfährt mir und der Schreck zuckt durch mich hindurch wie ein Blitz.

Doch statt auf die kalte, harte Straße zu stürzen, zieht mich plötzlich jemand nach vorn.

An eine warme, ziemlich harte Männerbrust.

»Na, na!«, macht der Kellner, dessen Gesicht ich plötzlich viel zu nahe bin. Seine Augen sind wirklich grau, mit einem Hauch von goldenen Sprenkeln darin, wie ich fasziniert feststelle. »Ganz ruhig, Fräulein. Dein Freund bringt mich sonst noch um, wenn ich dich fallenlasse.«

Freund? Mein betrunkenes Hirn bringt diesen Satz nicht in einen vernünftigen Zusammenhang und so stehe ich nur da, an diesen hübschen Mann mit der schiefen Nase und der kleinen Narbe über dem Auge gelehnt, und atme ein wunderbar duftendes Aftershave ein.

»Ohne Make-up bist du schöner. Aber so ist es auch nicht schlecht.«

Ich blinzele und kann mich nicht von seinem Blick losreißen. Meint er das ernst? Sein Mund ist auf einmal erschreckend nah und real und seine Lippen sehen weich aus.

»Ganz schön üppige Ausstattung, jedenfalls«, meint er plötzlich, als ich schon glaube, dass er mich gleich küssen wird. Seine Lippen streifen beinahe meine, und irgendetwas in seinem Blick verändert sich. Dann zuckt etwas über sein Gesicht und der Moment ist vorbei. Er stellt mich gerade hin und geht einen Schritt zurück, als er meinen Fuß aus dem Gulli befreit hat. Dabei habe ich das Gefühl, dass seine Finger länger auf meinem Knöchel ruhen, als nötig wäre. Ich stehe auf einmal alleine da und blinzele verwirrt wie ein Reh, das in zu helles Scheinwerferlicht schaut.

»Ich mach mal weiter. Pass gut auf dich auf!« Er hebt lässig die Hand zum Abschied und drückt die Tür des Cafés auf. Dann ist er weg.

Wie stark ich zittere und wie schnell mein Herz klopft merke ich erst, als ich den Türschlüssel zuhause nicht in das verdammte Schloss bekomme. Mir ist ganz heiß und ich fühle mich, als wäre mein Innerstes zum Zerreißen gespannt.

Was war das bloß für ein komischer Auftritt? Ich starre in den Spiegel im Flur und erkenne mich selbst kaum.

Irgendetwas in mir wünscht sich, er hätte mich geküsst.

Aber dann wird mir übel, und die Gedanken lösen sich auf wie Morgennebel, als ich ins Bad stürze.

♦♦♦

Oh, wie ich die Welt und all ihre schrecklichen Kloschüsseln hasse! Es ist mitten in der Nacht als ich wieder einigermaßen nüchtern bin und den fürchterlichen Gestank beseitigt habe, der wie giftiges Gas in meiner Wohnung hing. Und an mir.

Frisch geduscht und mit nassen Haaren stehe ich in der Küche und versuche mir etwas trockenes Brot hineinzuzwängen. Der Hunger ist mir vergangen, aber irgendetwas muss meinen leeren Magen ja füllen.

Lustlos zupfe ich etwas fettarmen Käse ab und kaue auf dem Zeug, das irgendwie nach gar nichts schmeckt und die Konsistenz von Autoreifen hat.

Als ich denke, dass ich endlich genug gegessen habe, trinke ich fast einen ganzen Liter Wasser und gehe ins Bett.

Flüchtig kommt mir in den Sinn, dass der Kellner dachte, ich hätte einen Freund. Ich rätsele, wieso er das denken könnte, doch ich komme zu keinem Ergebnis, denn ich schlafe darüber ein.

Meine Träume werden von heißen Kellnern heimgesucht, die mich küssen wollen, es dann aber doch nicht tun, und von Walt, der nur den Kopf darüber schüttelt und mir weitere Cocktails einschenkt, während Eva ständig neue Dates für mich anschleppt. Darunter unter anderem Tom

Cruise, der mir aber sagt, er würde nicht auf kleine Frauen stehen. Er zieht mit Eva auf und davon, beide lachend, auf einem roten Teppich, der sich auf magische Weise direkt vor ihnen ausbreitet. Irgendwo piept irgendetwas unmelodiös dazu und übertönt die gesichtslosen Männer, die sich wie eine Wand vor mir ausbauen und mich anbetteln, ihre Freundin zu sein.

Der Wecker reißt mich ungnädig aus diesen völlig wirren Szenarien und ich schlage nach dem verdammten Ding, damit der Krach endlich aufhört.

Mein Kopf fühlt sich an, als wäre er zwei Nummern zu groß für den Rest von mir und ich quäle mich aus dem Bett.

Eigentlich habe ich die perfekten Arbeitszeiten. Ich hasse es nämlich früh aufzustehen. Meine Schicht fängt immer erst am späten Nachmittag an, was sich ganz besonders an Tagen wie diesen auszahlt.

Ich habe nämlich genug Zeit, um meinen Kater wieder loszuwerden. Und um meine Frisur in Ordnung zu bringen. Dadurch, dass ich mit nassen Haaren schlafen gegangen bin, stehen sie nämlich in alle Richtungen ab und sind so verknotet, dass ich sie schon jetzt lieber abschneiden als auskämmen würde.

Mein Magen knurrt und fühlt sich gleichzeitig flau und unsicher an, dennoch wanke ich in die Küche, auf schmerzenden Beinen und noch viel schlimmer schmerzenden Füßen, die von den viel zu hohen Schuhen mit Blasen übersät sind.

Draußen ist es grau in grau, ein trüber Tag mit tiefhängenden, dunklen Wolken, die regenschwer aussehen. Passend zu meiner Stimmung, wie ich finde.

Ich fühle mich als wäre ich mindestens einhundertsiebzig Jahre alt und würde am liebsten sofort wieder ins Bett kriechen, um mich vor den beschämenden Erinnerungen zu verstecken, die mich jetzt überfallen.

Was hatte ich mir dabei gedacht, mich so an diesen Kellner zu pressen? Und wieso hatte ich den verdammten Mantel nicht anständig zugemacht? Ich kann nie wieder einen Fuß in dieses Café setzen, beschließe ich im Geiste.

Ich nage nachdenklich an meiner Unterlippe, während der Kaffee hustend und sprotzend durch die Maschine läuft. Sein Duft breitet sich in der gesamten Wohnung aus und ich fühle mich schon etwas besser.

Als ich klein war hat meine Mama immer Frühstück für uns gemacht. Ich bin immer von dem Duft frischen Kaffees und backender Brötchen aufgewacht. Noch heute lösen diese Gerüche in mir sofort das Gefühl von Geborgenheit aus. Ich starre aus dem Fenster und beobachte Vögel, die tief über die Bäume hinwegsegeln. Damals war meine Familie noch ganz. Mein Vater, ein Mann von mittlerer Größe und dunklem Haar, hat uns verlassen, als ich fünf war. Ich habe natürlich immer wieder gefragt, wieso. Meine Mutter hat irgendwann zu mir gemeint, eine Familie wäre nicht das Richtige für ihn gewesen. Es sei besser, dass er gegangen wäre. Heute weiß ich nicht einmal mehr, wie er ausgesehen hat oder wo er jetzt lebt. Ich erinnere mich vor allem an die Streitereien der beiden, die ich in meinem Zimmer hören konnte, wenn sie dachten, dass ich schlafen würde. Tat ich nicht. Ich lag ängstlich und mit weit aufgerissenen Augen in der Dunkelheit und hoffte nur, dass sie aufhören würden.

Diese Erinnerungen deprimieren mich und ich schüttele den Kopf, als könnte ich sie damit vertreiben. Ich habe mich oft gefragt, was ich von ihm geerbt haben mag. Die Haare und die Augen, sagt meine Mutter. Aber ob das stimmt? Was, wenn ich am Ende nur seine Beziehungsunfähigkeit mitbekommen habe? Wenn ich gar keine richtige Beziehung hinbekomme?

Ich stecke den Kopf in den Kühlschrank und suche nach etwas Essbarem, während meine Überlegungen immer düsterer werden. Das Nahrungsmittelangebot, das vor mir liegt, macht es auch nicht besser.

Fettreduziert, wenig Kalorien, ohne Zucker und weitere Aufschriften prangen mir entgegen.

Als wäre meine momentane Situation nicht schon schrecklich genug.

Lustlos greife ich nach dem fettreduzierten Käse und etwas Magerquark, über den ich mir einen Teelöffel Honig zu träufeln gedenke.

Ich überlege kurz mein Gewicht mit diesem fiesen Folterinstrument namens Waage zu kontrollieren, aber das bringe ich dann doch nicht fertig. Sonst laufe ich doch noch Gefahr, meinem Leiden ein Ende zu bereiten. Genug Sekt wäre noch vorhanden, denn Eva bunkert immer eine Flasche im Küchenschrank. Für Notfälle, wie sie sagt.

Ich bereite mir ein deprimierend fettfreies und kalorienarmes Frühstück zu, das ich ohne jeglichen Genuss hinunterschlinge, ehe ich ins Bad schlurfe. Diäten machen keinen Spaß. Ich frage mich, wie lange es dauert, bis sich dieser Zustand ändert. Irgendwie bezweifle ich, dass das jemals passiert. Ich sehne mich in diesem Moment jedenfalls nach richtigem Essen.

Aber die Worte meiner Mutter hallen durch mein Hirn: »Reiß dich etwas zusammen, Ella! Sonst findest du nie einen Mann!«

Ich knurre etwas, als ich mir die Zahnbürste in den Mund schiebe. Eine grummelige, unzufrieden wirkende Version meiner selbst mit wüst abstehenden Haaren blinzelt mir aus verquollenen Augen entgegen. Sogar die Falte des

Kopfkissens prangt noch auf meiner Wange wie ein Mahnmal. Ich sehe in diesem Spiegel extrem unvorteilhaft aus, finde ich. In dem Morgenmantel, den ich mir im Halbschlaf übergeworfen habe, sehe ich doppelt so breit aus, und über meiner Oberweite spannt der Stoff. Die Worte des Kellners kommen mir in den Sinn: »Ganz schön üppige Ausstattung!«

Während ich mir die Zähne putze und der Geschmack zu vieler Caipirinas und Scham langsam dem von Minze und Salbei weicht, frage ich mich, ob diese sogenannten Plus Size Models auch eine schwere Kindheit hatten, in der sie gehänselt wurden. Und wie sie zu der Entscheidung gekommen sind, dass sie, anstatt abzunehmen, einfach das Beste aus sich machen. Sozusagen schon aus Trotz mit ihren Kurven Geld verdienen.

Ich seufze und wasche mir das Gesicht. Das Dumme am Leben ist, dass man zwar immer kluge Ratschläge bekommt und andere ihre Erfahrungen mit einem teilen, man am Ende aber eigene Entscheidungen treffen muss, ohne genau vorhersehen zu können, was sie bewirken.

Manchmal wünschte ich, es gäbe eine Anleitung, wie man Dinge richtig macht.

Aber das kann ich nur herausfinden, wenn ich es tue. Und als ich mir die endlosen Knoten aus den Haaren fummele, bin ich entschlossen dazu, genau das zu tun. Ich werde noch heute ein Date im Internet finden. Ich habe mich schließlich nicht umsonst auf dieser Plattform angemeldet. Ich ignoriere die leise Stimme in meinem Kopf, die mich daran erinnert, dass ich fast den Kellner geküsst hätte – oder er mich, was das Ganze auch nicht besser macht. Aber es war eben nur ein Fast-Kuss, kein richtiger. Und ich meine mich zu erinnern, dass es ihm wahnsinnig peinlich war. Warum sonst hätte er so ein Gesicht ziehen sollen? Und ich war schließlich betrunken und eine absolut Fremde für ihn, also gleich doppelter Punktabzug. Ich verdränge das merkwürdige Kribbeln im Bauch, was sich bis hinunter in meine Beine zieht und meine Knie in Wackelpudding verwandelt. Ich beschließe, dass ich diese Kellner-Geschichte abhaken muss. Es war nur ein peinlicher Fehler, ein unglücklicher Zufall, eine blöde Entscheidung, mich so an ihn zu lehnen.

Menschen treffen nun einmal unkluge Entscheidungen, die oft nicht rational sind, das habe ich spätestens aus meinen Büchern gelernt.

Ich werde einen netten Kerl im Internet finden. Die Seite wirbt bestimmt nicht umsonst damit, dass sich alle paar Sekunden Mitglieder verlieben.

Was kann da schon schiefgehen?

# 5

Ich starre ungläubig auf meinen Monitor. Mir flimmert die Mitteilung entgegen, dass ich neunundachtzig neue Nachrichten und vierundachtzig neue Kontaktanfragen habe.

Derart in Schockstarre kann ich für einige Minuten gar nichts tun, außer blinzeln. Sogar mein Kaffee scheint in der Tasse irritiert vor sich hinzudampfen.

Wie kann das möglich sein, dass ich gleich so viele Nachrichten bekomme?

Mein angeborenes Misstrauen, genährt durch jahrelange Hänseleien in der Schule, erwacht schnüffelnd. Bestimmt sind mindestens die Hälfte davon Nachrichten mit unhöflichem Inhalt. Unmöglich, dass so viele Männer Interesse an mir haben.

Mir klopft das Herz bis zum Hals und schon ringe ich mit dem Impuls, einfach den Computer wieder herunterzufahren und mich im Bett zu verstecken. Aber ich muss noch arbeiten, also fällt das aus.

Ich straffe die Schultern und wische mir die Hände an der abgetragenen Jeans ab, die ich mir für heute angezogen habe. Ich habe beschlossen, auf einen Pulli zu verzichten, und mich stattdessen für eine blaukarierte Bluse entschieden, unter die ich zur Sicherheit noch ein weißes T-Shirt angezogen habe. Meine Knopfphobie gebietet, nicht schutzlos aus dem Haus zu gehen. Ich weiß ja, was sonst passieren kann.

Nervös wickele ich eine Locke meines Haares um den Finger und lasse den Mauszeiger über dem Nachrichtenfach schweben, ehe ich die Augen fest zukneife und klicke.

»Oh mein Gott!«, entfährt es mir, als ich wieder hinschaue.

Die Liste der Nachrichten scheint gar kein Ende zu nehmen. Und überraschenderweise scheinen sie tatsächlich nett gemeint zu sein …

Zumindest bis ich auf eindeutig anzügliche Nachrichten stoße, die mir gewisse Dienste anbieten, bestimmte Körperteile von mir eingeschlossen.

Angewidert und erschrocken klicke ich diese ungelesen sofort weg. Mit solchen Männern will ich nichts zu tun haben!

Nachdem ich die Nachrichten alleine von der Beurteilung der Betreffzeile in »vielleicht« und »auf keinen Fall!«, unterteilt und letztere sofort gelöscht habe, lichtet sich der Nachrichtendschungel. Jetzt sind es nur noch knapp über vierzig Nachrichten.

Das lässt meinen Mut sinken. Das Internet scheint doch nicht das zu sein, was ich erwartet hatte. Vielleicht urteile ich aber auch nur vorschnell.

Ich atme einmal tief durch, trinke einen großen Schluck Kaffee und klicke auf die erste vollständige Nachricht, die eine harmlose Betreffzeile namens »Hallo!«, vorweisen kann. Ich merke allerdings schon recht schnell, dass dies nur eine Tarnung war. Der Verfasser lobt mein Badezimmerbild und fragt, ob er das auch ohne Handtuch sehen kann, und »mit Nahaufnahmen«?

»Nein, kannst du nicht!«, fauche ich den Computer an, der natürlich völlig unschuldig ist. Ich antworte dem Schreiberling knapp aber höflich, dass dies ausgeschlossen sei und hake damit die ganze Sache ab. Weiter mit der zweiten Nachricht …

Eine Stunde später sind noch genau neun Nachrichten übrig, die einen, sagen wir, unbedenklichen Inhalt haben. Der Rest hat mehr oder minder nach Nacktbildern und sexuellen Vorlieben gefragt und danach, ob man sich »unverbindlich« treffen könne, was immer das nun wieder heißen soll.

Ich lösche daraufhin mein Badezimmerbild. Dabei hatte ich mir solche Mühe gegeben, aber es scheint eindeutig falsche Signale zu senden.

Stattdessen beschränke ich mich auf Bilder, auf denen ich angezogen bin. Gut, dass ich davon noch welche gemacht habe.

Von den neun übrigen Nachrichten ist der Inhalt meist ähnlich. Alle finden mich von »süß« bis »heiß«, was mich überrascht und verlegen macht, und möchten gern mehr über mich wissen. Ich schaue mir die Profilbilder der Kandidaten an und bin überrascht, wie unterschiedlich diese sind. Manche posen darauf, als wäre das hier ein Coolness-Wettbewerb und keine Datingseite. Ein paar davon sind unter achtzehn und damit eigentlich schon aus dem Rennen. Auf manchen Fotos sind gar keine Gesichter, sondern nur Waschbrettbäuche oder Arme zu sehen. Gut trainierte Arme

– aber dennoch: nur Arme. Ich möchte einen Mann kennenlernen, nicht nur eine Auswahl seiner Körperteile …

Es ist deprimierend. Ich antworte den verbliebenen Kandidaten und erzähle ihnen, was sie wissen wollen. Viele fragen gleich nach meinem Beruf, was mich zögern lässt. Trotzdem beantworte ich es ihnen ehrlich. Zu lügen hat keinen Sinn für mich.

Einer antwortet prompt, was mich total erschreckt, denn ich habe nicht damit gerechnet.

»Was, du bist eine Putze?!«, fragt er. Mein Herz klopft laut, als ich meine Antwort tippe. »Ja, ist das schlimm?«, frage ich zurück.

»Ich geh nicht mit einer dreckigen Putze!« Das »Kling« mit dem mich dieser Nachricht erreicht, erscheint mir hämisch.

Das hat gesessen.

»Schön, und ich nicht mit überheblichen Idioten!«, feuere ich zurück, ehe ich den Chat mit dieser Person blockiere.

Ich bin fassungslos und das Adrenalin, das durch meine Adern schießt, lässt meine Hände zittern. Ich bin sauer und verletzt und fahre den Computer herunter.

Ich bin es ja gewohnt, dass die meisten Menschen mich wegen meines Berufes ignorieren, manche sogar bemitleiden, aber offener Hass und eine derartige Abwertung schlägt mir selten entgegen.

Was der Kellner wohl getan hätte, wenn er gewusst hätte, was für einen Beruf ich habe? Hätte er mich dann überhaupt aufgefangen? Ich sinke auf meinem Stuhl zusammen und seufze. Ich habe schon oft daran gedacht, etwas anderes zu machen, aber das, was ich wirklich will, kostet viel Geld. Ich verdiene nicht gerade Unsummen, aber ich spare, was ich kann.

Ich tröste mich damit, dass dieser Typ aus dem Chat absolut kein Verlust für mich ist. Mit so jemandem, der andere wegen ihres Berufs diskriminiert, würde ich nicht zusammen sein wollen.

Egal wie hart seine Bauchmuskeln sind.

Er hätte lieber seinen Charakter trainieren sollen, anstatt seines Sixpacks.

Immer noch empört, schenke ich mir einen weiteren Kaffee ein, ehe ich es mir mit meinem Buch auf der Couch gemütlich mache.

In meinen Liebesromanen fühle ich mich gerade einfach wohler als in der Realität, denn hier sind die Männer noch Gentleman und wohlerzogen. Jedenfalls meistens. Zumindest habe ich noch nicht erlebt, dass in einem meiner Bücher eine Frau wegen ihres Berufs verspottet wurde.

Ich ziehe beleidigt eine Schnute, ehe ich mich in die Geschichte fallenlasse. Wenigstens habe ich jetzt Zeit, das Buch zu beenden.

Doch ich kann mich nicht wirklich konzentrieren, wie ich nach wenigen Minuten feststellen muss.

Ich klappe den Roman wieder zu und starre aus dem Fenster. Inzwischen haben sich die grauen Wolken verzogen und der blaue Himmel kommt zum Vorschein. Aber diese Neuigkeit dringt kaum zu mir durch, da mich eine Frage beschäftigt: Wenn wir Frauen uns durch Diäten quälen, um schlanker zu sein und dem vorherrschenden Schönheitsideal zu entsprechen, gilt das dann auch für die Männer? Posten die Jungs nur deswegen halb nackte Bilder von sich, weil sie zeigen wollen, dass sie fit und schön sind? Ist es womöglich gar nicht zwingend ihre Eitelkeit? Vielleicht unterliegen ja beide Geschlechter diesem Gefühl, ein bestimmtes Aussehen haben zu wollen oder zu müssen, um attraktiv für die anderen Menschen zu sein. Und wenn das so ist, macht auch der Beruf einen Punkt auf dieser Liste aus?

Schön, schlank, fit, guter Job?

Was, wenn ich völlig umsonst abnehme, und am Ende trotzdem unattraktiv bin, weil ich den falschen Beruf habe?

Ich grübele darüber und finde doch keine Antwort. Dabei stelle ich fest, dass mir Muskeln eigentlich ziemlich egal sind. Es nützt mir ja nichts, wenn ich einen gut aussehenden, durchtrainierten, beruflich erfolgreichen Freund habe, mit dem ich dann nicht klarkomme. Ich möchte jemanden, der Humor hat, der auch mal das Leben genießt, und nicht ständig an sich herumbastelt.

Ich stöhne genervt. Habe ich am Ende zu viele Ansprüche? Oder zu wenig? Gibt es solche Männer überhaupt?

Es ist doch zum Heulen!

Ich muss mir eingestehen, dass es viel schwieriger ist einen Partner zu finden, als ich dachte.

Das sieht meine Mutter offensichtlich auch so, denn als ich später an diesem Tag von der Arbeit nach Hause komme, noch immer trüber Stimmung, habe ich eine Nachricht von ihr auf meinem Anrufbeantworter:

»Kind, ich bin´s!«, schallt es mir etwas blechern entgegen, nachdem ich das Blinken des Geräts bemerkt und den Knopf gedrückt habe, »ich habe gute Neuigkeiten! Heute Abend bist du von einem netten jungen Mann zum Essen eingeladen. Komm um acht Uhr in das italienische Restaurant an der Ecke. Du weißt schon, wo wir auch immer hingehen!« Die Leitung knarzt kurz, als überlegte sie noch etwas, und ich lausche angespannt. »Ach, und zieh etwas Schönes an, ja?«, dann ertönt die Meldung, dass dies das Ende der Nachricht sei.

Mir läuft ein Schauer des Unbehagens über den Rücken, als mir klar wird, dass meine Mutter nicht länger darauf warten wird, dass ich durch Glück oder Zufall einen Mann finde.

Sie hat offensichtlich beschlossen, die Dinge selbst in die Hand zu nehmen. Das ist das Letzte, was mir jetzt noch gefehlt hat. Meine Mutter als Kupplerin.

Ich habe diese Schreckensmeldung noch gar nicht verdaut, als das Telefon klingelt und mich fast zu Tode erschreckt. Ich werfe schnell einen Blick auf die Uhr, die mir verkündet, dass ich bis acht Uhr nur noch eine Stunde habe. Na toll! Genervt nehme ich das Gespräch entgegen.

»Ja bitte?«, melde ich mich. Vor Aufregung vergesse ich sogar, mich anständig zu melden. Frustriert sinke ich auf das Sofa.

»Ella? Wie gehst du denn neuerdings ans Telefon?«, fragt Eva. Sie klingt irritiert aber fröhlich. Kurz beiße ich mir auf die Lippen, um nicht laut aufzustöhnen. Auch das noch. Eva ist nicht gerade eine Schnelltelefoniererin. Wenn man sie an der Strippe hat, kommt man unter einer Stunde nicht davon. Ich weiß es. Ich habe es erlebt.

»Oh, hey du«, begrüße ich sie und übergehe dabei gleichzeitig ihre Frage. »Ich habe gar keine Zeit, ich muss nachher noch weg«, versuche ich sie abzuwimmeln. Ich kann quasi hören, wie Eva einen Blick auf ihre Armbanduhr wirft und die Stirn runzelt. »Weg? Wohin?«, fragt sie wachsam.

Ich habe geahnt, dass sie das fragen würde. Aber es war unausweichlich. Ungefähr so, wie wenn man bei einem gleich stattfindenden Autounfall Zeuge ist. Man weiß, dass es krachen wird, aber man kann es nicht verhindern.

»Ich habe ein Date.«

Eva schweigt, in ihrem Kopf arbeitet es. »Mit wem?«, fragt sie fassungslos. Ich grinse ein wenig, ehe ich meine Mimik wieder unter Kontrolle bringe. »Niemand den du kennst«, weiche ich aus.

Sie atmet etwas lauter in den Hörer, belässt es aber dabei.

»Und wie lief es mit Walther?«, fragt sie dann.

Ich gebe ihr eine schnelle Fassung der Ereignisse, spare aber die Szene mit dem Kellner aus. Das muss sie nicht erfahren. Und mir bleiben weitere Erklärungen erspart.

Eva seufzt tief. »Ach, wie schade, dass es nicht geklappt hat, dabei ist er echt nett!«, meint sie nur bedauernd.

Ich brumme zustimmend. »Du, ich muss mich jetzt fertigmachen«, versuche ich das Gespräch dem Ende entgegenzuführen, aber da horcht Eva noch einmal auf: »Ach, wohin geht ihr denn?«, fragt sie.

Da ich keine Zeit habe, um mir etwas auszudenken, um sie auf eine falsche Fährte zu locken, und da ich einfach zu gutgläubig bin, erzähle ich es ihr. Noch während die Worte aus meinem Mund strömen, wird mir klar, dass ich die Klappe hätte halten sollen.

»Ah, alles klar!«, meint meine beste Freundin knapp, »dann mal viel Spaß!« Ich kann hören, wie sie grinst.

Verflixt.

Ich starre kurz auf den nutzlos gewordenen Hörer, aus dem das vertraute Tut-tut-tut ertönt, nachdem sie aufgelegt hat.

»Das kann ja was werden!«

Ich habe keine Zeit, um mir darüber Gedanken zu machen, dass Eva ganz bestimmt zum Spionieren vorbeikommen wird, denn ich muss duschen, mich umziehen und einigermaßen präsentabel aussehen.

In mir macht sich nur die bange Angst breit, dass meine Mutter möglicherweise nur eine völlig andere Vorstellung von jungen Männern hat als ich.

Ich kann froh sein, wenn mein Date keine eigenartige Version von Hugh Hefner ist.

Während die böse Uhr gnadenlos weiterläuft und ich eigentlich überhaupt keine Lust auf dieses aufgezwungene Treffen habe, versuche ich ein Outfit auszusuchen. Ich habe keinen blassen Schimmer, was ich tragen soll. Schließlich presse ich mich in mehrere Oberteile und Hosen, die zwar gut aussehen, aber nicht richtig passen. Ich muss unbedingt ein Wörtchen mit dem verflixten Magerquark reden, denn er macht mich alles, nur nicht magerer.

Wütend reiße ich Klamotten aus dem sowieso chaotischen Schrank. Schließlich fällt mein Blick auf ein Kleid, das ich mir letztes Jahr gekauft habe. Es ist ein knielanges Cocktailkleid in schwarz, mit großen weißen und roten Blüten bedruckt und einem breiten Stoffgürtel, der zu einer Schleife gebunden werden kann.

Verzweifelt schaue ich auf meinen Wecker. Wenn das Kleid nicht passt, muss ich in den Klamotten losgehen, die ich bis vor kurzem anhatte; kariertes Hemd und abgetragene Jeans. Ich weiß genau, dass meine Mutter mir dafür die Hölle heiß machen würde.

So schnell ich kann, schlüpfe ich in das Kleid. Und bin total überrascht, als es sogar passt. Zu irritiert, um mich darüber zu freuen, sende ich einen Dank an das gnädige Universum und ziehe eine blickdichte schwarze Strumpfhose an, dazu die viel zu hohen Schuhe von gestern, trage noch einen Hauch Parfüm auf und stürze ins Bad, wo ich ein dezentes Make-up auflege. Für die Haare habe ich keine Zeit mehr, also mache ich mir lediglich einen Zopf, der mir seitlich über die Schulter fällt.

Dann muss ich auch schon los. Ich kann nur hoffen, dass dieser Abend den Stress wert ist.

Während ich auf hohen Hacken durch die Straßen zum Restaurant hetze, ärgere ich mich insgeheim. Meine Diät scheint gar nichts zu bringen, denn eigentlich müsste es mir inzwischen zu groß sein. Ich schwöre mir, ein ernstes Wörtchen mit dem verdammten Magerquark UND der Waage zu reden, die wie eine Aussätzige unter meinem

Badezimmerschrank steht. Ganz hinten an der Wand, in der staubigsten Ecke.

Derart aufgebracht sehe ich auch nicht, wer da vor mir an der Ampel steht. Aber in meinem Magen zieht sich etwas zusammen.

Diese Rückansicht kommt mir bekannt vor. Nur, dass er diesmal abgetragene Jeans und ein weißes T-Shirt anhat. Dazu sandfarbene Boots. Ich schlucke und trete näher, will aber eigentlich kein unnötig peinliches Gespräch. Aber ich kann jetzt auch nicht mehr umkehren, denn meine Mutter wartet mit einem Date auf mich.

Mutig stelle ich mich neben ihn und starre intensiv geradeaus, den Blick fest auf die rote Ampel gerichtet. Mein Atem klingt laut und wenig damenhaft, aber das kann ich ebenfalls nicht ändern.

Ich spüre, wie mir die Hitze in die Wangen schießt.

»Oh, Hallo auch!«, begrüßt er mich.

Ich blinzele und versuche überrascht zu wirken, was ich dann trotzdem bin.

Seine grauen Augen blicken verschmitzt und ich kann die goldenen Sprenkel darin sehen. Mein Herz pocht schwer und laut gegen meine Rippen und ich glaube kurz, in Ohnmacht fallen zu müssen.

Er hat einen Dreitagebart auf den Wangen. War das gestern auch schon so? Ich weiß es nicht, aber im hellen Tageslicht hat sein Gesicht kantigere Konturen, sind seine Haare verwuschelt und auf sexy Weise unordentlich.

Er grinst, als ich ihn anlächele, weil ich plötzlich nicht anders kann. »Hallo«, erwidere ich scheu.

Ich spüre, wie mir noch mehr Röte ins Gesicht schießt und ich streiche unnötigerweise über das Kleid, als gäbe es dort Falten, die ich glätten müsste.

»Danke für gestern, normalerweise bin ich nicht betrunken.«
Meine Worte sind kaum hinaus, da bereue ich sie auch schon.

Er lacht. Ein volles, samtweiches Lachen. »Schade.« Die Ampel wird grün und er schlendert an mir vorbei, während er mir ziemlich heiße Blicke über die Schulter zuwirft.

»Schönes Kleid übrigens!«, ruft er mir zu, als er schon die andere Seite erreicht hat. Ein lässiger Gruß noch, dann ist der Kellner um die Ecke verschwunden.

Und ich stehe da wie eine Vollidiotin.

Ich fühle mich gar nicht sexy oder weiblich, als ich die nächste Grünphase abwarte. Mein Magen macht Luftsprünge und ich zittere. Plötzlich fühle ich mich in meinem Outfit unwohl und wie auf dem Präsentierteller. Ich wünschte, ich hätte meinen albernen Kuschelpulli an, dann könnte ich wenigstens den Kragen bis über die Ohren hochziehen.

Aber das geht leider nicht, denn er ist nicht da, und meine Ampel wird gerade grün, so dass ich wenigstens wieder in Bewegung komme und meine Gedanken vollauf darauf fokussiert sind, nicht in den Hackenschuhen umzuknicken, nicht in irgendwelche Gullis zu treten und vor allem sämtlichen Hindernissen auszuweichen.

Ich erreiche das Restaurant zwei Minuten vor acht.

Wie nach einem Marathonlauf bleibe ich kurz davor stehen, um zu verschnaufen. Meine Beine schmerzen und zittern vor Anstrengung, meine Füße pochen wie die Hölle, und ich habe mindestens drei neue Blasen und die alten scheinen alle aufgeplatzt zu sein.

Ich hasse hohe Schuhe, denke ich in diesem Moment. Wozu gut aussehen, wenn man sich dabei scheußlich fühlt? Ich würde am liebsten wieder nach Hause laufen. Barfuß. Und mich die nächsten zwanzig Jahre in einen Dornröschenschlaf fallenlassen.

Eine komische Stimme in meinem Kopf klatscht begeistert Beifall, weil sie der Meinung ist, der Kellner könnte mich dann wachküssen.

Ich schnaube, sauer auf mich selbst und drücke die Tür zum Restaurant auf. Dieser Kellner ist wie ein Gespenst. Taucht immer dann auf, wenn ich ihn am wenigsten erwarte. Ist das ein Zeichen?

Ich suche nach dem vertrauten Gesicht meiner Mutter, entdecke sie aber nicht gleich. Dafür sehe ich aber jemand anderen, der mir breit entgegen grinst.

Eva.

Eva mit einem Glas Rotwein in der Hand, die mir zuprostet. Und ihr gegenüber irgendein fremder Haarschopf, der mir nicht bekannt vorkommt. Vielleicht ein neuer Verehrer?

Ich werfe ihr bitterböse Blicke zu, aber sie lacht nur.

Dann entdecke ich meine Mutter an einem Tisch nicht weit entfernt von meiner besten Freundin, die offensichtlich jedes Wort mithören wird.

Ich straffe die Schultern, verdränge alle unangenehmen Gedanken und Vorahnungen und begebe mich zu meiner Mutter, die mir hektisch zuwinkt.

Ihre aschblonden Haare hat sie zu einem eleganten Knoten hochgesteckt, das dunkelblaue Kleid sitzt perfekt, und ihre Perlenkette schimmert im weichen Lampenschein. Sie kleidet sich stets sehr stilvoll und hat einen guten Sinn für Ästhetik, den sie mir leider in Sachen Kleidung nicht vermacht zu haben scheint.

Das spiegelt sich an ihren missbilligend zusammengekniffenen Lippen wider, wie ich von ihrem Gesicht ablesen kann. Perfekt geschminkte Lippen, auf denen ein Hauch von dunkelrot schimmert, der in ihrem blassen Gesicht wie eine erblühende Rose in einer Winternacht wirkt.

Ich sehe mein Date erst, als ich direkt neben ihr stehe und sie auf den freien Stuhl an der Wand weiterrückt, damit ich ihm gegenüber sitze.

»Na endlich, Ella! Ich dachte schon, du kommst nicht mehr!«, begrüßt mich meine Mutter. Sie lächelt strahlend, jedoch nicht in meine Richtung, sondern die des Herren vor mir, der mir höflich die Hand entgegen streckt.

Ich ergreife sie und lächele mechanisch. Sie ist trocken und fühlt sich an wie Pergament.

»Guten Abend meine Liebe«, ergreift er das Wort, und seine Stimme klingt schnarrend durch den dichten, hellgrauen Schnauzer, »ich bin froh, dass sich das Warten gelohnt hat! Ihre Mutter ist ja bereits eine entzückende Gesellschaft, aber Sie …« Er macht eine Pause und rückt seine Nickelbrille zurecht. Ich sinke auf den Stuhl und lächele verkrampft weiter, während die blassblauen Augen unter den buschigen Brauen meine Oberweite in Augenschein nehmen, ehe sie zu meinem Gesicht zurückkehren. » … Sie sind wirklich eine Augenweide!«

»Ella, das ist Eduardo, ein alter Schulfreund von mir!«, erklärt mir meine Mutter. Ein verträumter Ausdruck legt sich über ihr Gesicht und ich fühle mich, als wäre ich im falschen Film.

»Ach, ihr wart in einer Klasse?«, frage ich vorsichtig, während ich den schwarzen Mantel meines Gegenübers mustere. Er sieht aus wie ein Bestatter. Nicht, dass ich etwas gegen Bestatter hätte, du liebe Güte, nein. Aber … ich hatte mir ein etwas, nun, jugendlicheres Date gewünscht. Keinen alten Knacker, der sich einen Hexenschuss holt, wenn er sich vorbeugt um meine Hand mit einem altmodischen Kuss zu bedenken.

Eduardo lacht keuchend und meine Mutter stimmt mit einem verlegenen Kichern hinter vorgehaltener Hand mit ein. Gänsehaut jagt über meinen Körper und ich suche fieberhaft nach einer Ausrede, um zu verschwinden. Doch dann ertönt wieder diese kleine Stimme in meinem Kopf, die wohl die Stimme von Vernunft und Nachsicht sein muss, denn sie tadelt mich dafür, dass ich solche gemeinen Vorurteile habe. Bestimmt ist er ein netter alter Opa. Ein Kellner eilt herbei und bringt uns Getränke. Ich trinke sofort durstig von dem Wasser, um meine ausgetrocknete Kehle zu befeuchten.

»Nein, eigentlich war er einer meiner Lehrer.«

Ich verschlucke mich, als ich meine Mutter das in einem Tonfall sagen höre, den keine Tochter jemals so von ihrer Mutter hören will. Mir schwant, dass sie vielleicht mehr damit meint, als nur, dass er ihr Lehrer war. Ich will nicht wissen, was er ihr möglicherweise noch beigebracht hat.

»Oh, meine liebe Dhalia, du musst doch deiner Tochter erklären, was du damit meinst. Sonst versteht sie es noch falsch.« Eduardo lächelt mich breit an. Er zwinkert und irgendwie sieht das falsch und anzüglich aus. Ich lache gekünstelt.

»Nun, Ella«, meint meine Mutter nickend, »Eduardo hat damals Philosophie und Rhetorik unterrichtet und ich war seine beste Schülerin.« Sie klingt stolz und ich schäme mich für meine Gedanken. Also doch nur Schüler und Lehrer, alles ganz normal, denke ich.

»Na ja, du warst ja nicht nur meine Schülerin«, meint Eduardo dann lachend.

Die Kohlensäure des Wassers randaliert in meinem leeren Magen und ich sitze wie zur Salzsäule erstarrt vor diesem uralten Kerl, der mir und meiner Mutter gleichzeitig schöne Augen macht. Er streicht sich gedankenverloren über sein schütteres weißes Haar, als blicke er in die Vergangenheit. »Du musst wissen, Ella, dass deine Mutter und ich eine kurze Zeit lang ein Paar waren.« Er lächelt entrückt und mir vergeht auf einen Schlag jeglicher Appetit. Mein Blick fliegt zu Eva, die nur zwei Tische weiter sitzt und ganz rot im Gesicht ist. Vor unterdrücktem Lachen. Ich presse die Zähne zusammen und hoffe, sie erstickt an ihrem Essen.

Eduardos kratzige Stimme lässt mich zusammenzucken, als er weiterspricht. Dabei sieht er mir tief in die Augen.

»Aber leider hat es nicht sollen sein. Sonst wärst du vielleicht meine Tochter geworden. Dein Vater kam nämlich dazwischen.« Eduardo seufzt und schaut zu meiner Mutter, die lächelnd mit den Achseln zuckt. »So war das eben damals«, nuschelt sie, während sie an den Perlen ihrer Kette spielt.

»Aber das ist Vergangenheit und jetzt ist jetzt«, lenkt sie vom Thema ab.

Eduardo nickt und schaut wieder zu mir. »Und jetzt bin ich wieder Single«, verkündet er lachend.

Was heißt wieder? Ist seine Frau gestorben? Diese Frage zuckt durch mein Hirn. Vielleicht ist er wirklich Bestatter und hat das Ganze beschleunigt. Bis der Tod uns scheidet, oder so ähnlich.

Ich nehme einen großen Schluck von meinem Wasser, um nichts dazu sagen zu müssen. Gott sei Dank kommt in diesem Moment der Kellner, um unsere Bestellungen aufzunehmen.

Eduardo und meine Mutter nehmen beide den Lachs an Nudeln und frischem Blattspinat, während ich blind vor Verzweiflung auf die Karte starre. Die Buchstaben ergeben gar keinen Sinn, und ich ende mit einem Salat, als ich schon merke, dass der Kellner ungeduldig wird.

»Wirklich, nur Salat?«, fragt meine Mutter besorgt. »Du wirst doch nicht etwa krank?«, setzt sie nach und legt dabei ihre Hand auf meinen Arm.

Ich lächele gezwungen. »Nein, ich … habe nur keinen großen Appetit.« Die Lüge gleitet über meine Lippen wie eine Schlange über morastigen Untergrund.

»Nun, wenn Sie es sich anders überlegen, können sie auch etwas von meinem Fisch bekommen. Der ist wirklich gut hier!«, bietet mir mein Date an.

»Nein!«, sage ich schnell und völlig unbedacht. Eduardo schaut verdutzt und ich greife mir an den Hals, auf der Suche nach einer Ausrede. »Ich meine, das ist wirklich nett, aber ich esse keinen Fisch.« Da war sie. Die zweite Lüge innerhalb von Sekunden. Meine Mutter neben mir klappt den Mund auf und zu, mindestens so erstaunt wie ich selber.

»Seit wann isst du keinen Fisch?«, fragt sie verdattert.

»Ach weißt du«, setze ich an, während mir ein Gedanke durch den Kopf schießt, »ich bin einfach gegen den Verzehr von Fisch, wegen der Belastung der Ozeane.«

Ich setze ein Pokerface auf. Eine Maske eiskalter Gelassenheit, während ich mein Wasser austrinke. Dabei vermeide ich es, Augenkontakt zu Eduardo herzustellen.

Er und meine Mutter tauschen befremdliche Blicke.

»Aber …«, ergreift er erneut das Wort, als das Essen gebracht wird, »Sie essen schon Fleisch oder?« Er wirkt beinahe hoffnungsvoll.

»Nein!«, meine ich fröhlich. »Ich esse gar keine tierischen Produkte mehr.«

Ich höre meine Mutter schnaufen und sie tritt mir unter dem Tisch kräftig gegen das Schienbein. Ihre Hackenschuhe sind gemeine Waffen und kurz überlege ich, sie wegen Körperverletzung anzuzeigen. Und wegen Nötigung. Ich presse die Kiefer zusammen, um meinen Schmerzlaut zu unterdrücken.

Eduardo bekommt davon nichts mit. Traurig und irritiert starrt er auf den Teller vor sich.

»Dhalia, ist es dann überhaupt in Ordnung, wenn wir Fisch bestellen?«, wendet er sich an meine Mutter. Er wirkt wie ein kleiner Junge, der gerade erfahren hat, dass er erst Süßigkeiten bekommt, wenn er sein Zimmer aufgeräumt hat. Zerknirscht und schicksalsergeben.

Meine Mutter, viel energischer als sonst, haut mit der flachen Hand so stark auf den Tisch, dass die unechte Blume in der angestaubten Glasvase erzittert. »So ein Quatsch«, empört sie sich, während sie mich wütend anstarrt, »Meine Tochter ist doch keine von diesen vegetararischen Hippies!«

»Es heißt Veganer oder Vegetarier«, werfe ich ein, aber sie wischt meinen Einwand einfach beiseite. »Ella«, fährt sie fort und erhebt dabei drohend ihren Zeigefinger, als wäre ich noch sieben Jahre alt und unartig gewesen, »du hörst sofort mit diesem Blödsinn auf! So findest du nie einen Mann!«

Ich schenke Eduardo ein falsches Lächeln, während ich den köstlichen Duft ignoriere, der von seinem Fisch ausgeht. Hinten höre ich schon die Kellner tratschen. Ich habe ein Gehör für so etwas.

»Na ja, ich habe ja noch Zeit oder?«, frage ich bissig. Mit der Gabel stochere ich in dem geschmackvoll angerichteten Salat herum, ohne etwas davon zu essen.

Eduardo, der inzwischen etwas betreten wirkt, sieht mir dabei zu, während meine Mutter bitter auflacht. »Was meinst du denn, wie viel Zeit du noch hast?«, fragt sie mich.

»Mama, ich bin erst zweiundzwanzig!« Meine Stimme klingt lauter, als ich beabsichtigt habe, aber die Wut darin habe sogar ich gehört. »Ich bin nun einmal nicht wie du!«, setze ich nach.

Die kurze Stille lastet schwer über unserem Tisch, während die Blicke anderer Gäste zu uns fliegen. Ich kann die Spannung beinahe greifen.

»Was willst du damit sagen?«, fragt meine Mutter. Ihre Stimme klingt gefährlich leise.

»Meine Damen ...«, beginnt Eduardo, aber meine Mutter schneidet ihm mit einer Geste das Wort ab. »Nein, lass sie sagen, was sie zu sagen hat.«

Ich rutsche unbehaglich auf meinem Stuhl herum. »Ich weiß nicht. Ich bin eben nicht bereit so früh Mutter zu werden oder eine Beziehung zu haben.«

Meine Mutter schweigt kurz. »Und an mich denkst du wohl gar nicht?«, fragt sie kühl. »Du bist mein einziges Kind und ich erwarte Enkelkinder von dir, und zwar nicht erst, wenn ich fünfundachtzig und senil bin!«, faucht sie.

Ich werde rot vor Scham. Scham über diese ganze Situation, über mich, über sie, einfach alles. Und ich werde wütend.

Noch während ich von meinem Stuhl aufspringe und die Serviette auf den unberührten Teller schleudere, starre ich sie böse an. »Und was ist mit mir? Das ist mein Leben!«, fauche ich zurück, »Ich will nicht mit irgendwem ein Kind kriegen, den ich nicht liebe! Ich will nicht ein Leben leben, so wie du es für gut befindest! Ich will mein Leben leben, meine Entscheidungen treffen, und wenn ich meine«, füge ich leiser hinzu, während ich mich zu ihr beuge und sie mich geschockt ansieht, »wenn ich meine, dass ich keine Kinder kriegen will, dann kriege ich eben keine!«

Der Mund steht ihr offen und ihre Augen sehen glasig aus. Ich bin zu wütend, um Mitleid darüber zu empfinden. »Es hat mich gefreut«, sage ich an Eduardo gewandt und nicke ihm kurz zu. Er nickt höflich zurück, aber ich kann sehen, dass seine Meinung über mich jetzt eine andere ist. Tröstend greift er nach der Hand meiner Mutter und redet beruhigend auf sie ein, als ich gehe.

»Ella!« Eva kommt hinter mir her, doch eigentlich will ich niemanden sehen. Ich hämmere wütend auf den Ampelknopf, was mir schräge Blicke anderer Fußgänger einbringt.

»Was ist?«, belle ich eine ältere Dame an, die naserümpfend an mir vorbeigehen will. Sie gibt ein empörtes Geräusch von sich und hastet weiter.

»Ella!« Eva packt mich am Handgelenk, jegliche Belustigung ist aus ihrem Gesicht verschwunden. Hinter ihr taucht ihr neuer Freund auf, wie ich annehme. Er wirkt unruhig und hält Abstand zu mir, als könnte ich ihn jede Sekunde anfallen. So wie ein tollwütiger Hund.

Meine Freundin schaut mich mitleidig an. »Es tut mir leid«, meint sie, während sie meine Hand zwischen ihren hält. »Das wollte ich nicht.«

»Du hast ja auch nicht versucht, mich mit einem Achtzigjährigen zu verkuppeln«, meine ich eingeschnappt.

Eva schüttelt den Kopf. »Nein, aber deine Mutter meinte es bestimmt nur gut …«

Ich schnaube und reiße meine Hand von ihrer los. »Ja, genau. Sie meint ja alles nur gut! Dass ich zu fett bin, ihrer Meinung nach, dass ich schon zu alt für einen Freund bin und dass ich ein Kind kriegen soll, nur um sie glücklich zu machen!« Ich spüre, wie die Adern an meinem Hals anschwellen. Passanten starren mich eingeschüchtert an und ich erdolche sie mit meinen Blicken.

»Ella, jetzt beruhige dich mal!« Eva streicht sich ungeduldig eine Haarsträhne aus dem Gesicht. »Du weißt ja, ich bin immer für dich da, aber deine Mutter macht sich bestimmt nur Sorgen, weißt du?« Sie beißt sich auf die Lippe, während die Ampel auf grün springt. Sie sieht ebenfalls besorgt aus, erkenne ich.

Ich atme tief durch und nicke langsam. Bestimmt hat Eva recht. Plötzlich kommt mir meine Reaktion kindisch vor.

»Sie will bestimmt nur nicht, dass du ganz alleine bleibst. Jeder braucht doch jemanden ...« Etwas ratlos lässt sie diesen Satz stehen. Ihr Freund hinter ihr murmelt ihr etwas zu und sie nickt.

»Ich muss jetzt gehen, aber ich rufe dich später an, ja?« Sie zwingt mich, sie anzuschauen, fast so, als wolle sie sichergehen, dass ich mir nichts antue, und ich nicke. So blöd bin ich auch wieder nicht.

»Ja, klar.«

Ich frage mich, ob das wahr ist. Braucht wirklich jeder jemanden? Bisher war ich alleine doch recht glücklich. Natürlich habe ich niemanden zum Kuscheln, oder der mir die Einkäufe hochträgt, der mit mir frühstückt oder mit dem ich lachen kann, aber ... ist es diesen ganzen Stress wirklich wert?

Ich warte die nächste Grünphase ab, ehe ich über die Straße laufe.

Bis jetzt haben Diäten und Beziehungssuche jedenfalls eines gemeinsam: Beides nervt mich und beides macht keinen Spaß.

Nicht einmal ein bisschen.

# 6

»Also wirklich Ella«, ertönt die Stimme meiner Mutter am nächsten Tag aus dem Telefon, »Eduardo ist so ein netter Mann und du hast dich so unmöglich benommen!«, wirft sie mir weiter vor, während ich genervt aus dem Fenster starre. Es ist Vormittag und ich wollte gerade frühstücken, als sie anrief. Nun sitze ich hier, während mein Kaffee kalt wird, und höre mir an, was für eine schlechte Tochter ich bin.

»Ella, er ist vielleicht nicht ganz dein Alter«, lenkt sie plötzlich mit weicher Stimme ein, »aber er ist ein echter Gentleman und außerdem wohlhabend …«, sie seufzt und ich spüre, wie der Trotz in meinem Bauch zu einem Knoten wird.

»Ich will aber keinen alten Tattergreis, der sich nach der Hochzeitsnacht die Radieschen von unten anguckt!«, murre ich sauer.

Meine Mutter stößt einen spitzen Schrei aus. Normalerweise rede ich nie so mit ihr. Aber ihr Verkupplungsversuch hat mich so wütend gemacht, dass ich die Worte nicht mehr im Griff habe, die meinen Mund verlassen.

»Ella!«, ruft sie entsetzt.

»Nein, Mama!«, wehre ich ihren erneuten Versuch ab, mir ein schlechtes Gewissen einzureden. »Ich bin erst zweiundzwanzig Jahre alt, ich bin noch jung! Wenn ich einen netten Mann kennenlerne, der mich heiraten will, dann wird das passieren, aber ich kann mich nicht mehr so von dir unter Druck setzen lassen!« Ich zwinge mich zur Ruhe, während ich den vorbeifliegenden Vögeln zusehe. Auf einmal fühle ich mich sehr alleine und sehr eingesperrt.

»Ich will mein Leben so leben, wie ich es will. Und ich werde nichts tun, nur um dich glücklich zu machen, tut mir leid. Wenn du irgendwann Enkel bekommst, weil es das Schicksal so will, dann sei es so. Aber ich …«, ich stocke, weil ich im Begriff bin, etwas Unverzeihliches zu sagen.

»Aber du was?«, fragt sie angespannt. »Du meinst, du willst nicht werden wie ich?«

Ich schweige und schließe die Augen, so fest ich kann, bis Lichtpunkte vor ihnen flimmern, als ich sie wieder öffne.

Genau diese Diskussion wollte ich nicht.

»Ich habe dich bekommen, weil ich ein Kind wollte. Unbedingt. Das war immer mein größter Wunsch. Und, weil ich deinen Vater sehr geliebt habe.« Ihre Stimme klingt bedauernd und traurig. »Ich habe diese Entscheidung nie bereut«, sagt sie ernst. »Nur das mit deinem Vater hielt leider nicht für immer, so wie ich geglaubt habe. Und es ist schwer, einen neuen Partner zu finden. Vor allem, wenn man eine Mutter ist.«

Sie schweigt kurz und einen Moment herrscht nur Stille. Ich will dieses Gespräch nicht führen. Ich kenne das schon alles.

»Ja«, greife ich den Faden wieder auf, »aber du wolltest ein Kind. Ich will erst einmal mein Leben auf die Reihe kriegen«, widerspreche ich, so sanft ich kann.

»Ich habe Träume, ich will Grafikdesign studieren, etwas von der Welt sehen und mich verlieben.« Ich seufze und reibe mir über das Gesicht.

»Ich hatte auch Träume.«

Ich schweige. Ich weiß schon, was gleich kommt.

»Aber dann warst du unterwegs.« Es klingt in meinen Ohren wie eine Anklage.

»Dafür kann ich nichts«, meine ich trotzig.

Sie lacht leise, sanft. »So war das nicht gemeint. Du bist doch meine kleine Ella, mein Ein und Alles!«, widerspricht sie mir.

»Ich habe immer von einer glücklichen, zufriedenen Familie geträumt, von einem eigenen Haus mit Garten und vielen Enkelchen. Und das habe ich mir auch für dich gewünscht. Es gibt nichts Schlimmeres, als alleine zu bleiben, Ella.« Sie seufzt und ich kann hören, wie sie sich in ihrem Ledersessel zurücklehnt. »Es ist heutzutage so schwierig einen netten, zuverlässigen Mann zu finden, der treu ist und ehrlich.«

Da gebe ich ihr recht. Das ist es.

»Aber du hast recht«, meint sie plötzlich, als hätte sie eine Erleuchtung gehabt. »Es war falsch, dich Eduardo vorzustellen. Ich muss akzeptieren, dass du erwachsen bist. Es tut mir leid, Ella. Ich sehe dich immer noch als meine süße Kleine, die geflochtene Zöpfe trägt und mit ihrem Teddybären kuschelt.«

Ich schlucke. Das hat meine Mutter noch nie zu mir gesagt. Sie ist stur und dickköpfig wie ein alter Esel.

»Warum gehst du nicht mit Eduardo aus?«, frage ich sie plötzlich. Die beiden haben gut zusammen ausgesehen, und ich bin mir sicher, dass sie sich ziemlich gern haben.

Meine Mutter schweigt und ich kann hören, wie sie an der Halskette herumfingert. »Ach ... meinst du wirklich?«, fragt sie. Ich kann beinahe sehen, wie sie errötet. Meine Mutter ist eine richtige Lady – im Gegensatz zu mir. Trotzdem bin ich sicher, dass sie daran gedacht hat.

»Würde es dir denn gar nichts ausmachen?«

Ich überlege kurz und komme zu dem Schluss, dass es mir nichts ausmacht. Warum auch. Er ist ein netter Mann, nur eben nicht für mich. »Nein, mach du nur«, ermutige ich sie. »Das tut dir doch bestimmt auch gut. Und wie du sagtest: Er ist nett und zuverlässig.«

Außerdem bin ich dann vorerst sicher vor ihren Kontrollanrufen und ihren ständigen Mäkeleien, die sie sich garantiert nicht verkneifen kann.

»Na schön«, meint sie dann schließlich zögernd. »Aber du musst mir versprechen, dass du nicht aufgibst einen netten Mann zu finden!«

Ich rolle mit den Augen, etwas, dass sie ganz besonders hasst, und stöhne gequält auf. »Ja, von mir aus.«

»Gott sei Dank«, entfährt es ihr. »Ich dachte nämlich schon, du wirst noch lesbisch oder sowas Neumodisches!«

Mir bleibt kurz die Spucke weg. »Wie bitte?«, erkundige ich mich schließlich fassungslos.

»Na, heutzutage werden doch alle bisexuell, lesbisch, schwul, oder pervers!«, verteidigt sich meine Mutter.

Ich schüttele kurz den Kopf und frage mich, woher sie solche Informationen hat. »Wie kommst du denn darauf?«, frage ich irritiert.

»Schaust du etwa kein Fernsehen, Ella?«, schnaubt meine Mutter verständnislos. »Da läuft doch dauernd was über

Sex, und wild herumhurende Leute, die es mit allem und jedem treiben!«

Ich lache so sehr, dass ich minutenlang nichts sagen kann.

»Mama«, ächze ich endlich, »Schwule und Lesben sind keine Modeerscheinung, sondern genetisch bedingt!«, erkläre ich ihr. »Und du solltest lieber nicht so viel Schweinkram im Fernsehen gucken!«, rate ich ihr noch, als sie nur mit einem abfälligen Schnauben antwortet. »Es gibt noch ein paar nette, nicht perverse Männer da draußen«, verteidige ich diese imaginären Gestalten, von denen ich selbst nicht weiß, ob es sie gibt oder nicht. Ungefähr so wie Drachen und Einhörner. Deren Existenz ist ja auch nicht komplett widerlegt.

»Na gut«, gibt sich meine Mutter geschlagen. »Wenn du das sagst.«

Bei ihr klingt das meisten so, als würde sie mir nicht wirklich glauben. Dieses Mal ist keine Ausnahme.

»Ich finde einen. Ganz bestimmt. Und falls nicht, kaufe ich mir einen Hund.« Ich versuche, witzig zu sein, aber meine Mama hat es nicht so mit Sarkasmus.

»Ella, was willst du denn mit dem Hund?«, fragt sie mich mit einem komischen Unterton. »Ich habe da nämlich schon ganz komische Sachen gehört, von Hunden und Frau …«

»Nein, MAMA!«, brülle ich. So etwas will ich nicht wissen! Niemals! »Hör auf mit dem verdammten Fernsehen!«, schreie ich, während ich wie Rumpelstilzchen durch die Wohnung renne.

»Ich weiß nicht, wieso du dich so aufregst«, erwidert sie beleidigt, »Ich meine nur, mir kommt kein Hund ins Haus, der irgendwelche gestrickten Pulloverchen oder Schühchen trägt!«

Oh … ach so. Ich schäme mich sofort zutiefst und werde so rot wie die Tomaten auf meinem Fensterbrett.

»Was dachtest du denn?«, hakt sie ahnungslos nach, aber ich will nicht mehr darüber reden.

»Nichts ... du, ich muss dann arbeiten und so«, winde ich mich heraus.

Wir verabschieden uns, beide irritiert, und ich gieße den kalten Kaffee in den Abguss.

Um dieses seltsame Gespräch zu verdauen brauche ich jetzt erst einmal frische Luft. Und außerdem ist mein Kühlschrank leer. Jedenfalls bis auf diesen verflixten Magerquark, aber dieses Zeug kann ich nicht mehr sehen. Ich will richtiges Essen und ich finde, das habe ich mir nach diesen verrückten Tagen auch verdient. Ich bin ohnehin kaum zum Essen gekommen.

◆◆◆

Im Supermarkt angekommen, muss ich mich ganz schön beherrschen, um nicht wahllos den Inhalt der Regale in meinen Einkaufswagen zu verfrachten. Hungrig einkaufen zu gehen soll ja sowieso nie eine gute Idee sein – aber jetzt weiß ich auch, wieso.

Mich springen die vielen leckeren und ungesunden Sachen förmlich an. Schokolade, Chips, Pommes, tiefgekühlte Torten, Limonade, es ist alles da. Ich muss es nur nehmen. Nur eine kleine Sünde, bettelt die Stimme der Versuchung in meinem Kopf. Das ist schlimmer als jede Folterkammer für mich. Ich atme tief durch, setze meinen speziellen Scheuklappenblick auf (nicht nach rechts oder links schauen, nur geradeaus, stur auf das Ziel gerichtet), und bahne mir den Weg zum Gemüseregal.

Traurig schweift mein Blick über die gesunden und kalorienarmen Sachen. Ich sollte mich lieber darüber freuen und schäme mich, dass ich es nicht tue. Abnehmen ist für mich wie Mathe; ich strenge mich an wie verrückt, aber die Lösung ist so unerreichbar für mich wie der wissenschaftliche Abschluss in Quantenphysik für einen Goldfisch.

Einen außergewöhnlich begriffsstutzigen Goldfisch.

Reiß dich mal zusammen, Ella, befehle ich mir stumm. In Afrika hungern Kinder und du denkst nur an Süßkram. Ernähr dich gesund und maßvoll, dann klappt das auch mit deiner Diät. Während ich das vor mich hin bete, als wäre das mein neues Mantra und Diät meine Religion, fällt mir wieder ein, dass ich eigentlich auch noch neue Klamotten kaufen sollte.

Alleine dieser Gedanke treibt mir schon den Angstschweiß auf die Stirn.

Mit fest zusammengepresstem Kiefer eile ich durch die Gänge und schaufele in den Wagen, was lebensnotwendig ist. Die spaßigen, leckeren, kalorienträchtigen Lebensmittel ignoriere ich. Ich sprinte beinahe am Süßwarenregal vorbei, um nicht stehenzubleiben. Das ist ungefähr so, als wenn man vor einem aggressiven Hund wegrennt. Da darf man auch nicht stehenbleiben, sonst schnappt er zu und hat einen am Allerwertesten. Das ist exakt das Gleiche, wenn man auf Diät ist und an so einem Regal der süßen Versuchungen vorbeikommt; einmal hingesehen, schon hat es einen! Und dann nimmt man »nur diese eine Packung Schokolade«, und dann noch eine, »nur für alle Fälle«, und irgendwann steht man da, mit vier oder fünf Tafeln Schokolade, drei Tüten Karamellbonbons und denkt sich »Ach, Scheiß drauf!«, und räumt noch mehr von dem verbotenen Zeug in den Wagen. Das ist die erste Phase des Sündigens. Ich nenne sie:

»Schwachwerden«. Man bereut das natürlich sofort, noch während man nach den Verlockungen greift. Das ist die zweite Phase des Sündigens. Die Reue. Die ist sehr schlimm und verfolgt einen wie ein Schatten. Und sie beginnt unmittelbar, und zwar schon an der Kasse, noch während man bezahlt. Man ist wieder schwach geworden, hat doch nicht durchgehalten. Und dann, weil man so frustriert darüber ist, dass man so einen schwachen Geist hat, isst man alles restlos auf. Das ist die dritte Phase. Die Beseitigung aller Beweise des eigenen Scheiterns, durch das man aber nur noch tiefer in den Sumpf aus Selbstmitleid gezogen wird. Na ja, zumindest ich. Und darum renne ich weg. Ich bringe sozusagen meinen Geist in Sicherheit, ehe er schwach werden und meinen Körper in Abgründe aus Selbstmitleid und Frust stürzen kann, die nur wieder in Fressattacken enden, die dann wiederum einen Kreislauf aus Frust und Selbstmitleid hinter sich herziehen, so wie einen Rattenschwanz aus negativen Emotionen. Also laufe ich und hoffe, dass ich schneller bin als das Verderben, das unweigerlich aus dem ungezügelten Süßigkeiten-Genuss folgt.

Der Einkauf wird mit dieser Methode zu einem Horrorszenario und gleichzeitig zu einem Fitnesslauf. Als wäre ein irrer Serienkiller hinter mir her, eile ich an den Cornflakes vorbei, lasse die Marmeladen links liegen und greife nach einem gesunden Vollkornbrot. Weiter geht es mit Bananen und anderen Dingen. Glücklicherweise kenne ich mich gut in diesem Supermarkt aus und weiß genau, wo alles steht. Ich fühle mich, als würde ich über ein Minenfeld laufen bei dem ich genau weiß, wo die schlimmen Dinge lauern. Knifflig wird es dann immer erst, wenn irgendjemand mal wieder beschließt, den ganzen Markt umzuräumen. Das ist heute Gott sei Dank nicht der Fall.

Je näher ich der Kasse komme, desto unruhiger werde ich.

Ich weiß genau, dass es da ist, denn das machen sie immer. Sie wiegen einen in Sicherheit und dann schlagen sie zu. Sehr, sehr hinterhältig.

Und wie ich es geahnt habe, da ist es. Die Süßigkeiten im Sonderangebot. Die Schlange an der Kasse ist lang, das bedeutet, ich habe viel zu viel Zeit darüber nachzudenken, dass ein bisschen was von den leckeren Schokokeksen doch nicht schaden kann. Und natürlich sind sie im Angebot und kosten nur die Hälfte.

Und natürlich, wie immer an einem Vormittag, habe ich die Supermarkt-Rentneredition abbekommen.

Ich mag alte Leute, das vorweg. Sie haben viel Lebenserfahrung, sind gewiefte Einkäufer, Sparfüchse und meistens sind sie nett.

Sie sind aber auch verdammt langsam, da sie erstaunlicherweise alles in Kleingeld bezahlen. Zwei niedliche alte Damen sind vor mir dran, an der einzigen geöffneten Kasse. Sie unterhalten sich gerade darüber, welches Waschmittel das beste ist.

Dabei schreien sie sich gegenseitig an, weil offensichtlich beide ein Hörproblem haben.

Ich atme tief durch, wiederhole das Mantra von wegen ich bin stark, es macht mir gar nichts aus zu warten, ich werde nicht schwach bei den Keksen werden und sehe mich verzweifelt nach einem Kassierer um, der gerade sonst wo steckt.

Geschlagene fünf Minuten später trudelt endlich ein Kassierer ein. Er ist ziemlich jung, vielleicht achtzehn, pickelig und hat extrem abstehende Ohren. Und es ist sein erster Tag, wie es aussieht.

Er nimmt jede Ware einzeln, betrachtet sie eingehend, als hätte er noch nie Karotten gesehen, und zieht sie im Schneckentempo über den Scanner.

Biep. Als hätte er alle Zeit der Welt, nimmt er sich den nächsten Artikel. Dabei summt er unmelodiös einen Song, der sich nach einer sehr freien Interpretation eines Bob Marley Titels anhört. Biep. Der Kassierer schüttelt sich leicht, als er nach der Packung Linsen greift, die als nächstes dran ist. Ob er wohl schlechte Erfahrungen mit Linsen hat? Ich versuche, mich mit diesem Gedanken abzulenken, und starre krampfhaft nach vorn, vorbei an dem Aufsteller mit den Sonderangeboten. Linsen sind total gesund, machen lange satt und ich liebe sie besonders als Eintopf. Ich versuche, mich weiter mit dem Thema zu beschäftigen, aber leider befindet mein Geist, dass die Kekse interessanter sind. Und ich habe nach zehn Minuten jede erdenkliche Linsengeschichte in meinem Erinnerungsvermögen durchgespielt, die ich je erlebt habe. Es ist zwecklos.

Die Kekse lächeln mich an. Meine Hände werden feucht. Ich knirsche mit den Zähnen. Nein, sei stark, predige ich mir. Nicht nachgeben!

Aber der Typ braucht ewig, und ich zittere, als wäre ich auf Turkey. Wie eine Drogensüchtige, die den Stoff nicht bekommt, der direkt vor ihrer Nase liegt.

Das Ende vom Lied: Nach fast fünfzehn Minuten haben die verdammten Kekse gewonnen.

Und sie haben nur die Hälfte gekostet. Und ja, ich hasse mich dafür, aber ich konnte einfach nicht mehr widerstehen.

Wieder zurück in meiner Küche mampfe ich schon allein aus Trotz die ganze Packung Kekse zum Sonderpreis. Wenn ich es schon nicht schaffe, Kalorien zu sparen, dann spare ich wenigstens beim Gelausgeben. Das rede ich mir jedenfalls ein. Aber die Kekse sind einfach himmlisch, und nach über einer Woche ohne Zucker (abgesehen von dem Eis, das zählt nicht!), brauche ich das einfach.

Während ich kaue und der Kaffee röchelnd durch die Kaffeemaschine läuft, wandern meine Gedanken zu diesem Eisbecher zurück.

Ich bin mir ausgesprochen sicher, dass dieses Monster keine Standardgröße war. Bezahlt habe ich am Ende aber nur einen normalen Preis. Und der hübsche Kellner war auf wundersame Weise verschwunden. Zum Abrechnen kam ein Kollege von ihm, der mir einen komischen Blick zugeworfen hat.

Vielleicht war er auch nur beeindruckt, dass ich wirklich das ganze Ding geschafft habe.

Zu beschämt von mir und meiner Verfressenheit, habe ich nicht einmal nach dem Kellner gefragt. Ich weiß weder seinen Namen noch irgendetwas anderes über ihn. Abgesehen davon, dass er mir seither ständig zu den seltsamsten Momenten über den Weg läuft.

Während ich mir einen weiteren Schokoladenkeks in den Mund schiebe und mir eine große Tasse Kaffee einschenke, frage ich mich, ob das nur ein Zufall ist oder ob das Schicksal einen Plan für mich ausgeheckt hat.

Als das Telefon klingelt, bin ich darüber so erschrocken, dass ich mich am Rest des Kekses verschlucke und beinahe daran ersticke.

Hustend und röchelnd nehme ich endlich ab. Ich weiß nicht genau, woran es liegt, aber ich spüre, wenn Eva anruft. Das Telefon klingelt dann irgendwie einfach … penetranter.

»Ella?«, fragt sie am anderen Ende. Ich wusste es ja.

»Ja?«, krächze ich und trinke hastig einen Schluck Kaffee hinterher.

»Hör mal, ich habe eigentlich gestern anrufen wollen, aber Mike und ich … waren dann irgendwie noch beschäftigt.«

Ich brumme etwas, das weder ja noch nein ist. Sie ruft grundsätzlich nie an dem Tag an, an dem sie es mir verspricht. Genau so, wie sie grundsätzlich nie an dem Tag zu Besuch kommt, an dem sie sich anmeldet. Ich kann mich also absolut darauf verlassen, dass ich mich nicht darauf verlassen kann.

Und das bin ich schon lange gewohnt. »Kein Problem«, meine ich nur. Ehrlichgesagt habe ich sogar vergessen, weshalb sie anrufen wollte.

»Hast du heute Zeit, wegen shoppen?« Sie klingt fröhlich wie immer. Manchmal nervt mich das richtig. Bestimmt liegt das an diesem Mike, denn immer wenn sie einen neuen Freund hat, ist sie allerbester Laune. Ich muss kurz an den armen Adrian denken, den sie so fies abserviert hat. Eva hat einen größeren Verschleiß an Männern als eine frischgebackene Mutter von Siebenlingen an Windeln.

Shoppen also. Ich seufze innerlich, weiß aber, dass das unabänderlich ist, wenn ich nicht weiterhin in lachhaft engen Klamotten herumlaufen will. Damit sind meine Pläne, erst dann einkaufen zu gehen, wenn ich abgenommen habe, dahin.

Und sie hat recht, also stimme ich zu. »Ja, klar. Treffen wir uns irgendwo?«

Eva teilt mir die Adresse eines angeblich tollen Ladens mit, in dem es auch Plus Size gibt. »Schick und edel und echt heiß, keine Angst!«, waren ihre letzten Worte, ehe sie sich verabschiedet hat.

Ich kann nur hoffen, dass sie recht damit hat. Seufzend schiebe ich mir den letzten Schokoladenkeks in den Mund und schiele auf die Uhr. Noch genug Zeit, ehe ich wieder arbeiten muss.

Dann mal los.

◆◆◆

Ich stehe vor der Adresse, die Eva mir gegeben hat. Etwas ratlos verharre ich vor dem riesigen Laden und schaue mich suchend um. Eva kommt nie pünktlich, das wird auch diesmal nicht anders sein.

In den großen Schaufenstern stehen Kleiderpuppen mit eleganten, schicken Outfits. Die Puppen sind etwas fülliger als die normalen, was mich irgendwie verunsichert.

Niedliche Blumenkübel stehen an beiden Seiten des Eingangs und das Schild verkündet, dass es hier alles für richtige Frauen gäbe. Meiner bescheidenen Meinung nach macht nicht der Körperumfang eine Frau aus, sondern einiges mehr, aber das ist wohl nicht so werbewirksam. Nebenan befindet sich ein kleines Café und einige Gäste sitzen draußen und genießen den warmen Frühlingstag bei Eis und Getränken.

In diesem Teil der Stadt war ich noch nie. Alles sieht sehr ordentlich und fein aus und ich fühle mich wie ein Schmutzfleck auf einem reinlichen weißen Teppich, als gehöre ich einfach nicht hier her. In etwa so wie ein Fastfood Burger auf ein exotisches Buffet erlesenster Speisen bei einer hochkarätigen Gala.

Ich fange an, Evas Plan in Frage zu stellen, aber da kommt sie schon um die Ecke und meine Chancen noch erfolgreich zu verduften und mir eine Ausrede zu überlegen wie: »Oh, ich hab den Weg nicht gefunden!«, sind dahin.

»Hey Süße«, begrüßt sie mich und drückt mir einen Kuss auf die Wange. Eva sieht wie immer toll aus und ich fühle mich noch unwohler. Der lange Seidenschal, der um ihren Hals gewunden ist, unterstreicht die Eleganz ihres gut geschnittenen Kostüms in Marineblau.

»Ach, Eva«, seufze ich bei ihrem perfekten Anblick, »wieso sehen Frauen wie du nur immer so schick aus?«

Ihr Blick wechselt von überrascht zu weich. »Das kannst du auch«, meint sie mit einem verschmitzten Lächeln, als sie mich am Ellbogen nimmt. »Ich zeige dir auch wie!«

Mir bleibt nichts anderes übrig als ihr zu glauben und so finde ich mich wenige Minuten später mit Armen voll Kleidung wieder, die ich mir niemals ausgesucht hätte.

Eva hat mehrere Outfits ausgewählt, die nach ihrer Meinung gut zu mir passen würden.

Ergeben habe ich mich in mein Schicksal gefügt und noch nicht einen Blick auf die Preisschilder gewagt, denn alles in diesem Laden sieht sehr hochwertig aus. Normalerweise kaufe ich meine Kleidung bei günstigen Marken. Aber vielleicht hat Eva recht, als sie mir zwischen Blusen in knalligen Farben riet: »Jede Frau ist eine Königin. Sie braucht nur die richtigen Sachen, um das in sich hervorzubringen.« Dabei sah sie so zuversichtlich aus, dass ich nur stumm nickte, während mir der Schweiß ausbrach. Allmählich wog der Berg an Kleidung auf meinen Armen eine ganze Menge und schließlich schickte sie mich in eine der Umkleiden, die ich so fürchtete.

Zu recht. Hier bin ich nun, in verwaschener Unterwäsche, die irgendwann mal weiß war, jetzt aber grau ist, und muss mein Ebenbild im Spiegel ansehen. Meine Cellulite kam mir sonst eigentlich nicht so schlimm vor. Ich fühle mich wie eine fleischfarbene Orange und fummele nervös das erste Kleidungsstück vom Haken.

Der Stoff fühlt sich ganz anders an als alles, was ich sonst besitze. Weich und teuer.

Ich schlüpfe in ein Paar schicke Jeans, die erstaunlicherweise wie angegossen sitzen, dazu eine hübsche Bluse mit einem kleinen Ausschnitt, der nicht zu viel zeigt, aber auch nicht zu viel verbirgt, wie Eva sagte. Sie findet, es ist langsam Zeit, dass ich mich nicht mehr in meinen Kuschelpullis verstecke.

»Du bist eine schöne Frau, das kannst du ruhig zeigen!«, hatte sie mir gesagt. Jetzt tigert sie draußen vor dem Vorhang herum, weil ich ihr verboten habe mir beim Anziehen zu helfen.

Das kann ich, ich bin schließlich schon groß.

Zu dem, was sie mir ausgesucht hat, gehört auch ein schönes Halstuch, ähnlich dem, das sie trägt, aber bunt und gemustert. Als ich alles angezogen habe und mir die Haare aus dem Gesicht streiche, steht mir ein anderer Mensch gegenüber.

»Wow«, flüstere ich. Plötzlich sehe ich selbst aus wie ein Plus Size Model.

Eva, die nicht gerade die geduldigste Person dieser Welt ist, reißt den Vorhang beiseite. »Was machst du denn so lange?«, fragt sie, ehe sie mich in Augenschein nimmt.

»Oh, Wahnsinn!« Anerkennend gleitet ihr Blick über mich und sie grinst breit. »Super, das steht dir echt gut!«

Verlegen drehe ich mich etwas und sie mustert mich kritisch von allen Seiten. »Wirklich Ella, das steht dir viel besser als alles, was du sonst trägst!«

Ich nicke zustimmend. Sie hat nämlich wirklich recht.

Ich zwinkere ihr zu, als ich den Vorhang wieder zuziehe, und beginne mich tatsächlich wohlzufühlen. Dabei hasse ich Klamottenkaufen. Aber diesmal ist es anders, denn diesmal passen mir die Sachen und ich fühle mich nicht wie ein Wal, der sich zu einer Kostümparty verkleidet hat.

»Ach, sag mal? Wer war denn deine Begleitung neulich, war das dieser Mike?«, frage ich, während ich mich in ein todschickes, kirschrotes Kleid gleiten lasse. Der Stoff ist dick genug, um nicht durchsichtig zu sein, was mir sehr wichtig ist, aber dünn genug, um wie ein Frühlingshauch über meine Haut zu streicheln. Ich frage mich nur, wann ich so etwas tragen soll.

Eva brummt zustimmend, während sie weitere Kleidungsstücke zu meiner Umkleide trägt. Ich höre, wie der Stoff raschelt. »Ja, genau. Aber nichts Ernstes«, meint sie nur leichthin.

Ich schweige, während ich in die passenden Schuhe schlüpfe. Der Absatz ist zwar hoch, aber nicht so mörderisch wie der von denen, die ich bei dem Date mit Walther getragen habe. Und sie sind erstaunlich bequem. Zumindest noch.

Lächelnd ziehe ich den Umhang zur Seite und Eva klappt der Mund auf. »Du meine Güte!«, entfährt es ihr, »du siehst ja aus wie eine richtige Frau!«

Wir lachen beide darüber, ein befreiendes, offenes Lachen, das ich schon lange vermisst habe.

»Ja, nur dank dir«, gebe ich dann zu und sie zwinkert nur. »Dafür bin ich doch deine beste Freundin!«, meint sie. »Und du hast den Preis noch nicht gesehen«, fügt sie grinsend an. Sie lacht, als sie mein besorgtes Gesicht sieht.

»Husch, wieder in die Kabine und probier das Nächste! Und um den Preis mach dir keine Sorgen!«

»Was meinst du denn damit, es sei nichts Ernstes?«, greife ich das Gespräch wieder auf, während ich mich aus dem Kleid schäle und tunlichst den Blick auf das Etikett vermeide.

Eva druckst kurz etwas herum und reicht mir ein weiteres Paar Schuhe durch den Vorhang. Kurz vergesse ich meine Frage und seufze über die Glitzersteine und das elegante Design. So etwas tragen Frauen aus dem Fernsehen, aber doch nicht Ella, denke ich lächelnd.

»Na ja, weißt du«, beginnt sie dann, »er ist zwar ganz süß, aber er nervt mich jetzt schon. Dauernd redet er von irgendwelchen Superheldenfilmen, die er total super findet.«

Ich kann hören, dass sie kurz davor ist, Mike abzuschießen.

»Aber du sagst mir doch immer, dass es da draußen die große Liebe gibt«, wende ich ein, während ich in ein anderes Outfit und diese wahnsinnig tollen Schuhe schlüpfe. Das Trägertop mit verspielter, aufgenähter Stoffblüte fällt elegant an meinem Körper herab, als wäre es für mich gemacht. Es ist leicht und schick und passt hervorragend zu dem eng anliegenden Rock. In dem fühle ich mich zwar etwas unsicher, aber die Schuhe machen das alles wett.

»Du, Eva?«, frage ich durch den Vorhang, als ich mich kritisch im Spiegel mustere, »wann bin ich eigentlich ein richtiges Mädchen geworden?«

Eva lacht und zieht den Vorhang weg. »Vor so fünfzehn Minuten?«, beantwortet sie kichernd meine Frage. »Macht Spaß, endlich mal wie eine Frau auszusehen und nicht wie ein Buch-Nerd oder?«

Sie lächelt und nickt anerkennend, als ich die Schuhe bewundere. »Und was die Liebe angeht …« Sie zuckt die Achseln. »Vielleicht finde ich sie ja, vielleicht auch nicht.«

Ich schaue sie an, und auf einmal wirkt sie traurig und verloren.

»Wieso glaubst das auf einmal nicht mehr?«

Eva zuckt die Achseln und stupst mich an. »Ich weiß nicht. Irgendwie halte ich es einfach nicht lange mit den Männern aus, ehe sie mich verrückt machen. Nicht auf die gute Art«, ergänzt sie schmunzelnd. »Ich denke, die große Liebe zu finden ist Schicksal. Und vielleicht ist es nicht mein Schicksal.«

So philosophisch kenne ich sie gar nicht. »Alles in Ordnung?«, frage ich besorgt, als sie sich abwendet und ich sehe, wie sie sich über das Gesicht wischt. Schnell eile ich zu ihr und umarme sie von hinten.

»Ich hatte Adrian, weißt du«, beginnt sie und ihre Stimme zittert dabei ein bisschen, was mich mehr erschüttert als alle Preise in diesem Laden zusammengerechnet es je könnten, »und ich glaube, mit mir muss etwas nicht stimmen, wenn ich jemanden verlasse, der mich so geliebt hat, dass er mich sogar heiraten wollte!«

Da war sie. Die Erkenntnis, einen schlimmen Fehler gemacht zu haben. Und er trifft Eva zwischen Spitzen-BHs und Halstüchern.

Ich schweige, weil ich nicht weiß, was ich darauf antworten soll, und streichele ihr nur weiter den Rücken.

»Mit dir ist alles in Ordnung«, meine ich beruhigend, als sie sich wieder umdreht und sich eine Träne von der Wange wischt. »Bestimmt hast du nur Angst.«

Sie schaut mich einen Moment an und nickt dann zaghaft. »Ja, vielleicht hast du recht. Ziemlich dumm, oder?« Sie lächelt vorsichtig.

»Nein«, sage ich kopfschüttelnd, »das ist es nicht. Ich habe auch Angst.« Das Geständnis kommt ganz von alleine und es ist die Wahrheit. Ich habe tatsächlich Angst. Vielleicht finde ich nie einen Freund. Vielleicht sterbe ich ganz alleine und einsam, ohne die Liebe je gekannt zu haben. Vielleicht werde ich so eine komische alte Tante, die Katzen sammelt. »Weißt du«, fange ich an und streiche ihr eine Haarsträhne aus dem Gesicht, »ich glaube, die Liebe kann einem Angst machen, weil sie das Größte ist, was uns passieren kann. Sie verändert unser ganzes Leben. Da ist es ganz normal sich zu fürchten.«

Eva lächelt. »Ja, vielleicht.« Wir sehen uns einen Moment nur an, ehe wir beide gleichzeitig anfangen zu lachen.

»Und wenn er es nun war?«, fragt sie dann plötzlich.

»Du meinst, der Richtige?«, hake ich nach, während sie mich wieder in die Umkleide schiebt und den Vorhang zumacht.

»Ja, genau. Was, wenn er es war und ich habe nun meine große Liebe vergrault und finde nie wieder eine andere?«

Ich denke kurz darüber nach. »Meinst du, dass es irgendwie nur ein paar Chancen im Leben dafür gibt und sie irgendwann verbraucht sind?« Die Vorstellung macht auch mir Angst. Ungefähr so, als gäbe es nur eine gewisse Anzahl an Liebeslosen, die jeder aus einem Hut zieht, den das Leben einem vor die Nase hält. Irgendwann sind die Hauptgewinne alle weg und es gibt nur noch Nieten. Oder gar nichts mehr.

»Ja«, antwortet Eva nachdenklich, »was, wenn ich schon alle tollen Typen verbraucht habe, sie aber nicht als meine große Liebe erkannt habe? Und jetzt sind meine Chancen weg.«

Ich atme tief durch. Ich weiß genau, dass ich jetzt irgendetwas Aufmunterndes sagen muss. Das ist meine Pflicht als beste Freundin.

»Ich glaube, die Liebe ist unendlich und es ist immer genug für alle da. Die Liebe verzeiht auch Fehler, und wenn du den Richtigen triffst, erkennst du ihn, da bin ich mir sicher!«

»Du klingst wie Buddha.« Eva lacht, und ich lächele hinter dem Vorhang.

Das wäre nicht gerade schlimm, denn ich finde, Buddha war ein sehr, sehr weiser Mann. Auf den Bildnissen, die wir heute kennen, sieht er stets zufrieden und glücklich aus, wenn auch nicht ganz in Topform, aber dafür mit sich und der Welt im Reinen.

Ich aber bin nur eine moppelige Frau mit echt heißen Schuhen hinter einem Vorhang. Das ist ja auch immerhin etwas.

# 7

Eva hat darauf bestanden mir die Klamotten zu schenken, die sie mir ausgesucht hat. Das kann ich immer noch nicht fassen.

»Du hast doch sowieso diesen Monat Geburtstag und ich schenke dir sonst nur wieder irgendein Parfüm oder irgendwelchen anderen Quatsch«, meinte sie, als ich sie an der Kasse total geschockt angestarrt hatte, während die nette Verkäuferin den gigantischen Kleiderberg sorgfältig gefaltet in extra großen Plastiktüten verstaute. In dem Laden ist wirklich alles Plus Size.

»Aber das geht doch nicht!«, erwiderte ich, während ich mich zwang nicht auf die Kassenanzeige zu schauen.

Eva schüttelte nur den Kopf. »Klar geht das, und du nimmst es und sagst Danke, so wie sich das gehört.« Sie grinste dabei und ich musste unwillkürlich lächeln.

»Danke, Eva!«

»Gern geschehen, Ella. So, und jetzt brauchst du zu deinem Glück nur noch einen süßen Kerl!«

Ah, ja. Diese Männersache. Ich stehe an der Ampel, während mir die Tüten Schneisen in die Hände schneiden und ich krampfhaft versuche, einfach bis zuhause durchzuhalten. Die Klamotten sind echt schwer. Und die Schuhe. Und die ganzen Halstücher, Gürtel, Haarspangen und was weiß ich alles. Ich schleppe quasi den Inhalt eines durchschnittlichen Kleiderschranks mit mir herum.

Es ist komisch, aber obwohl mir die Füße wehtun, mich mein Rücken fast umbringt und meine Schultern total verspannt sind, fühle ich mich zufrieden und zuversichtlich. Jetzt verstehe ich, wieso Shoppen so beliebt ist. Dabei habe ich es sonst immer leidenschaftlich gehasst, aber wie es scheint, muss man nur den richtigen Laden für sich finden.

Meiner war bis vor kurzem der Buchladen, in dem ich Stunden verbringen - und Unsummen an Geld lassen konnte.

»Na, Hallo auch!«

Die mir bekannte Männerstimme reißt mich aus meinen Tagträumereien und ich zucke zusammen.

Da ist er schon wieder. Der Kellner.

»Hallo«, antworte ich irritiert. Er lächelt dieses schiefe Lächeln und ich werde prompt rot.

Er deutet auf meine unzähligen Tüten. »Großeinkauf gemacht?«, fragt er schmunzelnd.

Ich lache nervös und nicke. »Ja, das war nötig.«

»Trennung?«, fragt er, während ich nervös von einem Fuß auf den anderen trete. Plötzlich erscheint mir meine Last noch schwerer. »Ähm, was?«, frage ich verständnislos.

Er legt den Kopf schief und schaut mich direkt an. Ich fühle mich, als würden tausend Schmetterlinge in meinem Bauch umherflattern und mir wird ganz heiß.

»Die meisten Frauen gehen doch so groß Klamotten einkaufen, wenn sie eine Trennung hinter sich haben. Das Alte kommt weg, das Neue kommt rein.«

Ich blinzele kurz, ehe ich verstehe, was er meint. »Ich habe mich nur vom Inhalt meines Kleiderschranks getrennt«, gebe ich zurück und lache nervös dabei.

Ach du liebe Zeit, denke ich, lass mich nicht noch mehr Blödsinn reden. Wenn ich nervös bin, versuche ich oft, Witze zu reißen und besonders schlagfertig zu sein.

Er sieht mich mit einer Mischung aus Irritation und Belustigung an.

»Wenn das so ist, würde ich gerne mal mit dir Essen gehen.« Ich starre ihn an, völlig überrumpelt. Er fragt nicht. Er sagt nicht: »Hättest du Lust?«, oder »Hast du Zeit?«, er stellt fest. Er scheint gar nicht erst in Erwägung zu ziehen, dass ich ablehnen könnte. Er verkündet das so locker, als würde er sagen »Oh, es ist heiß heute.«

»Oder hat dein Kleiderschrank noch was dagegen?«, fragt er schelmisch, als ich verdutzt den Mund auf und zu klappe.

Ich schüttele den Kopf. »Nein, nein, ich glaube nicht. Also, dass er etwas dagegen hat«, erwidere ich schüchtern. Ich bin so rot wie ein Feuerlöscher und meine Zunge kommt mir ungeschickt vor.

»Und es gibt auch sonst niemanden, der etwas dagegen haben könnte?«, fragt er mit einem neckenden Unterton.

Ich schüttele nur stumm den Kopf.

»Na dann. Samstag um acht?«, fragt er, während er sich lässig an den Ampelmast lehnt. Wir haben schon zwei Grünphasen verpasst.

Er genießt richtig, wie unbehaglich ich mich fühle. Ich kann es daran sehen wie seine Augen funkeln. Plötzlich kommt er noch etwas näher an mich heran und streicht mir eine Locke aus dem Gesicht.

Seine Finger sind ganz warm und sanft auf meiner Haut und an ihnen haftet ein schwacher Duft nach Seife, frisch und sauber, wie eine Meeresbrise.

Mein Gesicht kribbelt, wo er mich berührt hat, und ich kann nichts weiter tun als in seine grauen Augen zu starren.

»Ich hole dich ab«, murmelt er.

Ich kann nicht wegsehen, aber er anscheinend auch nicht, denn er macht keine Anstalten sich zu rühren. Es ist wie verhext. »Ok«, nicke ich. Eine million Fragen, Anmerkungen und Einwände tobt in meinem Kopf herum, aber ich kann nicht einem davon zuhören. Die kommen später dran. Jetzt muss ich erst einmal meine Adresse korrekt und verständlich formulieren und versuchen, mich nicht zu verhaspeln.

Ich schaffe das sogar.

»Deine Ampel ist grün.«

Verwirrt blinzele ich in sein schönes, kantiges Gesicht, auf dem ein Hauch Bartstoppel sprießen. Belustigung und noch etwas anderes funkeln in seinen Augen. Ist das ein geheimer Code? Ich bin völlig durch den Wind und er nickt seitlich, bis ich wie aus einer Trance erwache und beschämt kichere.

»Oh, ja«, entfährt es mir, während mir die Röte in die Wangen schießt. Mein Kopf scheint in Flammen zu stehen. Wie dumm von mir. »Tja, dann werd ich mal …«

Er deutet eine Verbeugung an und sieht mir nach, als ich über die Straße haste, während die schweren Tüten wie unhandliche Kartoffelsäcke gegen meine Beine schlagen. Plötzlich fühle ich mich plump und ungeschickt.

Als ich mich umdrehe, obwohl ich mir vorgenommen hatte es nicht zu tun, ist er weg.

Und ich weiß noch immer nicht einmal seinen Namen.

Den Rest des Tages verbringe ich wie ich Trance, als hätte mich jemand hypnotisiert. Sogar Mojo sieht mir an, dass irgendetwas passiert war.

»Ella, du siehst heut so verträumt aus. Mann kennengelernt?«, fragt er mich mit einem breiten, strahlendweißen Lächeln. Er lehnt auf dem Stil des Wischmobs und raucht eine Zigarette.

Ich rücke meine Tasche zurecht als ich über den Schulhof auf ihn zugehe und nicke. Ich kann nicht verhindern, dass ich dabei grinse wie ein Honigkuchenpferd.

»Guter Mann?«, fragt Mojo neugierig. Er drückt die Kippe aus und wirft den Stumpen in den Müll. Er hasst Unordnung und Dreck. Einmal hat er mich zu sich nach Hause eingeladen und wir haben ein höllisch scharfes afrikanisches Gericht gegessen, das sehr lecker war, meinen Mund aber in ein flammendes Inferno verwandelt hat. Es war blitzsauber bei ihm, nicht einmal auf den Regalen lag Staub. Und alles stand an seinem Platz. Nicht einmal meine eigene Mutter ist so ordentlich, und ich dachte immer schon, sie wäre die Königin von Reinigungsmitteln und blanken Spiegeln.

Ich frage mich, wieso er noch keine nette Frau gefunden hat. Das habe ich ihn damals auch gefragt und er meinte, er findet keine, die ihn nicht in den Wahnsinn treibt. Offenbar teilen nicht viele Frauen seinen Sauberkeits-und Ordnungsfimmel.

Zu mir habe ich ihn hingegen noch nie eingeladen. Er würde schon im Flur kollabieren. Stattdessen waren wir in einem schicken Restaurant essen, als ich etwas dafür zusammengespart hatte.

»Ja, ich denke schon«, beantworte ich seine Frage. »Wir gehen am Samstag aus!«

Mojo lacht und hält beide Daumen nach oben. »Gut, gut«, meint er begeistert. »Die Liebe findet dich, Ella, nicht vergessen!«

Dann schlendert er davon und macht seine Runde, während ich meine beginne. Dabei grübele ich darüber nach, ob es wirklich in Ordnung ist, sich mit einem völlig Fremden zu treffen, dessen Namen man noch nicht einmal kennt. Im Prinzip ist es so ähnlich wie ein Blind-Date, nur, dass wir uns schon öfter begegnet sind ohne uns dabei kennengelernt zu haben.

Während ich die Tafeln sauber wische, Staub von den Fensterbänken entferne und die Schreibtische saubermache, frage ich mich, ob das wirklich so eine gute Idee ist. Von den wenigen Dates die ich bislang hatte, ist er der Einzige, bei dem es sich anders anfühlt.

Und auch der Einzige, bei dem ich mir wie eine Idiotin vorkomme. Irgendetwas hat er an sich, was mich tollpatschig werden lässt. Ich kann nur nicht benennen, was. Und dabei habe ich noch nicht einmal Eva von ihm erzählt. Sonst erzähle ich ihr so etwas doch immer.

Während ich den Boden wische und den Mob auswringe, werde ich nervös. Vielleicht ist er auch ein verrückter Stalker, der mich heimlich verfolgt. Vielleicht treffen wir uns gar nicht zufällig.

Der Gedanke ist so beunruhigend, dass ich noch schneller arbeite. In dem leeren Schulgebäude fühle ich mich plötzlich gar nicht mehr so allein. Vor allem nicht, als ich wieder an die Geistergeschichte denken muss. Verflixter Mojo und seine gruseligen Legenden, die gar nicht stimmen. Ich habe ja nachgeforscht. Es gab nie einen mysteriösen Todesfall an der Schule. Und trotzdem ... der Gedanke ist in meinem Hirn verankert und so präsent wie ein fieser Sonnenbrand im Gesicht.

Das ist natürlich vollkommen absurd. Es ist genau so ruhig und menschenleer wie immer und ich bin die Einzige, die da ist.

Trotzdem bleibt das miese Gefühl. Ich beende meine Arbeit so schnell ich kann und bin heilfroh, als ich endlich mit allem fertig bin. Wieder einen Tag geschafft.

Als ich auf dem Weg nach Hause bin, komme ich mir albern vor. Diese ganze Männersache macht mich noch verrückt, denke ich, während ich mich auf Zuhause freue. Ein heißes Bad und ein Abend voller Ruhe und Entspannung, ganz für mich allein. Und ich kann vielleicht endlich das Buch auslesen. Das habe ich immer noch nicht getan, obwohl ich es mir fest vorgenommen hatte.

Aber heute klappt es ganz bestimmt. Jeden Tag Dates zu haben und unterwegs zu sein schlaucht mich. Heute will ich mich einmal ordentlich verwöhnen und etwas Richtiges essen, nachdem ich auch gestern nicht dazu gekommen bin. Im Geiste gehe ich die Zutaten durch, die ich noch im Kühlschrank habe.

Meine Laune sinkt. Es läuft wieder auf Hähnchen und Gemüse hinaus.

Es sei denn …

◆◆◆

Die Pizza ist göttlich. »Gaumensex« ist das Wort, das mir dazu einfällt und das ich irgendwann bei einem Fernsehkoch gehört habe, an dessen Namen ich mich nicht mehr erinnern kann. Ich habe aufgehört diese Sendungen zu schauen, als ich mit meiner Diät angefangen habe. Mich verleitet so etwas nämlich immer dazu, mir etwas zu Essen zu machen.

Der Käse ist üppig und würzig, die herrliche Tomatensoße ist cremig und aromatisch und die Salamischeiben sind einfach perfekt.

Ich weiß, ich sollte das nicht tun, aber ich habe das ganze gesunde Zeug einfach satt! Und ein bisschen sündigen muss einfach erlaubt sein. Reuevoll denke ich an die Schokoladenkekse, lösche diese negativen Gedanken aber schnell mit einem weiteren Bissen Pizza aus.

Irgendwo in meinem Kopf schimpft eine schrille Stimme, die vermutlich meiner Mutter gehört, dass ich überhaupt keine Selbstdisziplin besitze und mich total gehen lasse. Und wenn schon. Heute Abend lasse ich mir meine gute Laune nicht versauen. Und außerdem will ich mich so richtig verwöhnen, nach all dem Stress.

Das Wasserrauschen aus dem Bad verkündet mir, dass meine Wanne bald bereit ist. Es duftet schon nach diesem tollen Aromaschaumbad, was schon ewig in meinem Schrank steht und das mir einmal Eva zu Weihnachten geschenkt hat.

Ich habe einige Duftkerzen aufgestellt und ihr weiches Licht hüllt meine Wohnung in Gemütlichkeit und Entspannung, während ich meine Lieblings-CD laufenlasse.

Das wird ein perfekter Abend! Genüsslich vertilge ich die komplette Pizza und bin danach so zufrieden wie schon lange nicht mehr. Die Gedanken an meine Waage verdränge ich dabei erfolgreich, während ich die Musik noch etwas lauter mache, damit ich sie auch im Bad hören kann.

Ich setze schnell noch einen Kaffee auf, ehe ich aus den Klamotten schlüpfe und das Wasser im Bad abdrehe. Riesige Schaumkronen treiben auf der Wasseroberfläche und der wunderbare Duft nach Kirschblüten steigt mir in die Nase.

Ich prüfe die Temperatur und lasse mich mit einem wohligen Aufseufzen in das warme Wasser gleiten. Es ist himmlisch und ich schließe genussvoll die Augen. Endlich ein perfekter Abend, ganz für mich.

Da klingelt das Telefon.

Mir klappt die Kinnlade herunter und ich starre fassungslos und mit weit aufgerissenen Augen in Richtung Wohnzimmer.

Das war bestimmt nur eine Einbildung, versuche ich mich selbst zu beruhigen. Ich mache wieder die Augen zu und bin wild entschlossen, mich zu entspannen als das verdammte Ding erneut läutet.

»Ach, verflucht noch mal!«, schnaube ich. Schnell greife ich mir ein Handtuch, während ich mich aus dem Wasser erhebe und tropfend und grummelnd zum Telefon stapfe.

Als ich gerade ein »Was ist?«, in den Hörer fauche, ist die Leitung tot.

»Oh, super!« Sauer werfe ich die Hände in die Luft. Bestimmt hatte sich jemand verwählt. Und dafür bin ich nun extra aus meiner wohlig warmen Wellness-Oase gestiegen.

Murrend werfe ich das Handtuch auf den Badezimmerboden und klettere wieder ins Wasser. Jetzt aber! Entspannen, Kopf ausschalten und genießen, sage ich mir selbst.

Minutenlang will mir das nicht recht gelingen, da meine Gedanken um den Anrufer kreisen. Dann, endlich, lösen sich meine Grübeleien auf, so wie die Schaumbläschen auf der Oberfläche des Wassers.

Endlich Ruhe. Ich seufze und strecke mich genüsslich. Dass ich so klein bin, ist in der Badewanne ein Vorteil. Ich verschwinde fast restlos im warmen Wasser, im Gegensatz zu Eva, die immer darüber mosert, dass stets entweder Schultern oder Füße frieren.

Ich erreiche gerade einen Zustand seliger Zufriedenheit und vollkommener innerer Ruhe, als mich ein energisches Klopfen an der Haustür aus der Entspannung reißt.

»Ella?«, erklingt es dumpf durch das Holz.

Ich verdrehe genervt die Augen und wickele mich in das Handtuch. Das kann nur Eva sein.

Nun ist es mit der Ruhe dahin.

»Hey Süße«, begrüßt sie mich lächelnd. Neben ihr steht ein fremder Mann und ich haue ihr fast die Tür vor der Nase zu, während mir ein erstickter Schrei entfährt. »Was zum …?«, frage ich noch, als sich Eva an mir vorbei in die Wohnung drängelt.

»Du wartest kurz, wir sind gleich da!«, erklärt sie ihrem Begleiter.

»Was ist los?«, zische ich genervt, während ich mir das Handtuch enger um den Körper ziehe.

Eva inspiziert mit einem kurzen Blick meine Wohnung und zieht fragend eine Braue hoch. »Erwartest du Besuch?«

»Nein, tue ich nicht! Ich wollte einen Abend Ruhe haben«, knurre ich.

Eva macht eine wegwerfende Geste und betrachtet den leeren Pizzakarton mit Skepsis. »Papperlapapp«, meint sie nur, »Ruhe kannst du haben, wenn du tot bist! Wir gehen aus, mach dich schick!« Sie zwinkert, »Gebadet hast du ja schon!«

Das kann nur Eva. »Aber ich will gar nicht«, protestiere ich, während sie mich wieder ins Bad schiebt.

»Da wartet ein wirklich heißes Date auf dich draußen vor der Tür, und er ist ganz versessen darauf, dich kennenzulernen!« Ihre Stimme duldet keinen Widerspruch.

»Aber ich will gar nicht, ehrlich, ich bin auch als Single glücklich!« Das klingt sogar in meinen Ohren kläglich, aber ich wollte doch nur ein bisschen baden und mich entspannen.

»Ach, nun mach mal hinne, Ella! Du bist jung und knackig, wenn du dreißig bist, kannst du häuslich werden!«

Das Einzige, was knackig an mir ist, ist heute mein Rücken. Der tut mir vom vielen Bücken und Bodenwischen nämlich weh und macht jedes Mal üble Geräusche, wenn ich mich zu hastig bewege.

Da hilft alles nichts. Eva ist unerbittlich und lässt nicht locker, bis sie bekommt, was sie will.

Schließlich habe ich eine schicke, tief ausgeschnittene Bluse an, eine dunkelblaue Stoffhose, die an den Beinen leicht ausgestellt ist, und meine Funkelschuhe. Dazu einen halbdurchsichtigen Seidenschal als Accessoire, darauf hat Eva bestanden. »Das verleiht dir Klasse!«, hat sie gesagt.

Einige Spritzer Parfüm und ein wenig Make-up später, stehen wir uns gegenüber.

»Er heißt Tom und ist echt süß, also versau es nicht. Er ist sechsundzwanzig, Immobilienmakler und Sternzeichen Stier.« Eva gibt mir seine Daten, als wäre das hier ein Spionage-Thriller und ich eine Agentin, die auf ihn angesetzt ist.

»Fertig?«, fragt sie mich, während sie mich am Ellbogen zur Haustür bugsiert.

»Nein«, antworte ich wahrheitsgemäß. Ich habe eine ganz dumme Vorahnung, die in meinem Magen zu einer brodelnden Masse zusammenklumpt. Oder war die Pizza vielleicht schlecht?

Der Gedanke lässt sich nicht mehr weiterverfolgen, denn ich stehe plötzlich *ihm* gegenüber.

Strahlend blaue Augen, nussbraunes Haar. Heute hat er einen schwarzen Anzug an, dazu eine passende Krawatte. Er sieht eher aus wie ein Rechtsanwalt und sogar ich kann sehen, dass er ziemlich wohlhabend sein muss. Der Anzug sitzt wie angegossen und der Stoff fühlt sich teuer an, als ich ihn versehentlich streife.

Er ist der Typ aus dem Café, den ich eine Weile beobachtet und angeschmachtet habe.

Ich drehe mich schockiert zu Eva um, die nur lächelnd die Achseln zuckt und mir einen bedeutungsvollen Blick zuwirft, der ungefähr lautet: »Mach jetzt bloß keine Szene, sei lieber dankbar!«, während mein Blick sie fragt: »Bist du noch ganz dicht?!«

»Hey, ich bin Tom«, stellt er sich vor. Er wirft mir einen charmanten Blick zu und ergreift meine Hand, ohne dass ich sie ihm entgegen gestreckt hätte.

»Aha«, antworte ich ungeschickt und lächle höflich. Ich warte auf das gewohnte Kribbeln, dass ich immer bei seinem Anblick bekommen habe, aber es bleibt aus. »Ich bin Ella.«

»Du siehst hinreißend aus, Ella«, schmeichelt er mir, als er meine Hand ergreift und mich mit sich zieht.

»Viel Glück!«, flüstert mir Eva zu.

»Kommst du nicht mit?«, frage ich sie, während ich sie mit abwechselnd wütenden und hilfesuchenden Blicken löchere.

Sie schüttelt nur stumm den Kopf.

»Mein Wagen steht unten«, informiert mich Tom. Natürlich tut er das. Jemand, der so angezogen ist, wird kaum zu Fuß gehen.

Mir schlägt das Herz bis zum Hals.

»Und was machst du so beruflich?«, fragt mein ungewolltes Date namens Tom mich nach einer erneuten, quälend langen Pause.

Er hat mich in eine schicke Bar gebracht und wir sitzen auf der Außenterrasse. Der Mond scheint bereits durch die zarten Wolken, aber die Luft ist angenehm warm. Der Frühling ist in ihr zu riechen wie ein zartes, wunderbares Parfüm.

Ich sitze vor meinem dritten Cocktail und trinke eigentlich nur, um überhaupt etwas zu tun zu haben. Und nun hat er, den ich bis vor kurzem so angehimmelt habe, mir genau die Frage gestellt, vor der ich mich bei jedem Date gefürchtet habe. Und es genau genommen auch immer noch tue.

Ich nehme einen tiefen Zug durch den Strohhalm und vermeide dabei Blickkontakt.

»Ich bin Putzfrau.« Ich lasse meine Augen über die anderen Gäste schweifen, meist Paare, die sich auf der Terrasse leise unterhalten und verliebte Blicke tauschen.

Ich brauche nicht hinsehen, um die Überraschung und seine sinkende Sympathie für mich zu bemerken. Ich spüre es regelrecht. Es wird merklich kälter auf seiner Seite des Tisches.

»Oh«, meint er nur. Er rückt seine Krawatte zurecht und trinkt einen Schluck Wasser, da er ja noch fahren muss.

Mein Blick wandert über ihn. Ja, er sieht wirklich gut aus. Aber zwischen uns gibt es gar nichts, keine Chemie, kein überspringender Funke, und ich merke deutlich, dass er mich nicht sonderlich interessant findet.

Die letzte Stunde hat er nur über sich geredet, über seinen Job, seine ständig neuen Freundinnen, und dass er jetzt etwas Festes suchen würde. Aber er hat dabei nicht einmal zu mir gesehen. Es war, als würde man einem Schauspieler zuhören, der seinen eingeübten Text herunter rattert.

»Hör mal«, meine ich, als ich einen weiteren Schluck meines Cocktails genommen habe, »wieso gehst du nicht einfach. Ist schon ok«, beruhige ich ihn, als er protestierend die Hand hebt. »Ich sehe doch, dass das mit uns nichts wird. Und du wärst lieber woanders, das sehe ich doch.«

Er sieht aus wie ein begossener Pudel und fummelt wieder an seiner Krawatte herum. »Ella, ich ...«, beginnt er, aber ich schüttele nur den Kopf.

»Ich steh nicht so auf dich, sorry!« Der Satz kommt mir einfach so über die Lippen. Es ist die Wahrheit und ich bin müde und habe keine Lust mehr, noch länger seine und meine Zeit zu vergeuden. Das war das langweiligste Date, auf dem ich je war. Und meine Erfahrungen sind recht begrenzt, aber ich merke dafür wenigstens, wann es zu nichts führt.

Er starrt mich überrascht an, seine blauen Augen wirken völlig hilflos und sind ohne Verständnis.

»Wie bitte?«, fragt er fassungslos.

Ich zucke entschuldigend die Achseln und trinke meinen Cocktail aus.

Plötzlich beugt er sich vor und ich sehe ihm an, dass meine Antwort so gar nicht das war, was er sich erhofft hatte. Seine Kiefer mahlen aufeinander und ich kann beinahe hören, wie er mit den Zähnen knirscht.

»Jetzt pass mal auf«, zischt er und ich sitze augenblicklich stocksteif da. »Mich hat noch nie eine Frau abgewiesen!«

Aha, denke ich ungerührt, während ich die Kirsche aus meinem Glas fische und das Fruchtfleisch abknabbere.

»Sowas passiert, weißt du«, erwidere ich. Sehnsüchtig denke ich an meine Badewanne, die Duftkerzen und Pizza. Und mir fällt ein, dass ich den Kaffee vollkommen vergessen habe. Eine ganze Kanne, total umsonst gekocht und inzwischen eiskalt. Verdammt.

Sauer starrt er mich an und sieht dabei aus wie ein bockiger kleiner Junge. »Nein, sowas passiert mir nie! Nie, hörst du?«, fragt er mich, als ob das meine Meinung ändern würde.

Verwirrt runzele ich die Stirn. »Ist doch kein Problem, du findest irgendeine andere«, meine ich leichthin. Ich verstehe nicht, was er mir damit sagen will. Aber dann zieht sich ein unheimliches Lächeln über sein Gesicht.

»Ich kriege dich schon.« Er steht auf, wirft einige Scheine auf den Tisch und sieht mich mit schmalen Augen an, als wäre ich sein neuer Erzfeind.

»Schönen Abend noch.« Mit langen Schritten geht er davon und verschwindet im Inneren der Bar, während ich das ungute Gefühl habe, einen riesigen Fehler gemacht zu haben. Stöhnend vergrabe ich das Gesicht in meinen Händen.

Langsam habe ich die Schnauze gestrichen voll von Männern und ihren Spielchen.

Dabei heißt es doch immer, wir Frauen wären anstrengend und schwer durchschaubar.

Dabei ist doch alles ganz simpel! Ich will doch nur einen netten Kerl, der normal ist, so wie ich. Wie schwer kann es denn sein jemanden aufzutreiben, der noch alle Tassen im Schrank hat?

Ich verlasse die Bar und stiefele alleine nach Hause.

So viel zu meinem ruhigen, entspannenden Abend.

Das Geräusch meiner Schritte hallt laut und zornig über die Straße, und je näher ich meiner Wohnung komme, desto aufgebrachter werde ich. Was hat er damit gemeint, er würde mich schon kriegen? Muss ich jetzt auch noch aufpassen, dass ich nicht von einem gekränkten Verehrer entführt werde?

Ich beschließe, sämtliche Türen und Fenster abzusperren. Sicher ist sicher. Mir kommen Zweifel, ob ich nicht vorerst diese ganze Dating-Sache beenden sollte. Ich bin mehr als müde und enttäuscht über die Entwicklung und denke mit Schrecken daran, dass ich meine Nachrichten auf dieser Onlineplattform mal wieder prüfen sollte. Aber dass ich Mr. Right genau dort finde, erscheint mir noch abwegiger, als ein gutes Date zu bekommen.

Dass beste war bislang das mit Walther. Und der ist einfach nicht mein Typ.

Murrend steige ich die Stufen zu meiner Wohnung hoch und habe kaum den Schlüssel ins Schloss gesteckt, als die Tür aufgerissen wird. Ich bin darüber so erschrocken, dass ich mir einen Aufschrei nicht verkneifen kann. »Eva!«

Meine beste Freundin grinst mir erwartungsfroh entgegen. Wegen ihr habe ich das Gefühl, gleich einen Nervenzusammenbruch zu erleiden. »Was treibst du denn da?«, frage ich sie, als ich mich wieder gefasst habe.

»Ich hab gewartet«, meint sie nur, während der Duft nach frisch gekochtem Kaffee in meine Nase steigt.

»Los, komm schon rein und erzähl!«

Zehn Minuten später sitzen wir uns auf meinem Sofa gegenüber, leise Musik ertönt, Duftkerzen tauchen den Raum in weiches Licht, und ich berichte Eva, was für ein eigenartiges Date ich hatte.

»Er meinte, er würde mich schon kriegen«, beende ich meine Erzählung. »Das klang wie eine Drohung.«

Eva nippt an ihrem Kaffee und verzieht nachdenklich das Gesicht. »Komisch. Eigentlich schien er ganz nett zu sein.«

»Er hat, wenn er denn geredet hat, nur von sich erzählt. Er ist ja so toll, so erfolgreich, so ein unwiderstehlicher Frauenschwarm …« Ich seufze und atme den köstlichen Duft ein, der aus meiner großen, mit Blumen verzierten Tasse aufsteigt. Endlich kann ich mich etwas entspannen.

»Hat er dir denn gar keine Fragen gestellt?«, fragt Eva verwundert.

Ich überlege kurz. »Doch. Er fragte nach meinem Job.«

Eva nickt langsam. »Hat ihm wohl nicht gepasst?«, erkundigt sie sich vorsichtig.

Ich schüttele den Kopf. »Nein, hat es nicht. Ich konnte richtig sehen, wie seine Laune in den Keller sackt. Und dabei war sie vorher schon nicht wirklich hoch.«

Eva seufzt. »Komisch, dabei war er eigentlich Feuer und Flamme, als ich von dir erzählt habe. Und er meinte, er hätte dich schon öfter im Café gesehen und bemerkt, wie du ihn ansiehst.«

»Ja, das war der, von dem ich dir erzählt habe, der mit der Freundin.« Das ist nicht die ganze Wahrheit, aber alles, was Eva wissen muss. Sie nickt, als erinnere sie sich. »Ja, das hattest du erzählt. Darum habe ich ihn ja auch angesprochen. Diese blauen Augen kann man ja auch schwer übersehen«, seufzt sie.

Ich nicke zustimmend. »Aber wieso hast du das eigentlich gemacht?« Die Frage kreist schon die ganze Zeit in meinem Kopf.

Eva lächelt entschuldigend und schlägt die Beine übereinander. »Na ja, ich dachte, vielleicht hättest du Spaß bei einem Date, bei dem du den Kerl von vornherein süß findest. Und bei ihm wusste ich ja, dass er dein Geschmack ist. Na ja«, gibt sie dann zu, »das dachte ich jedenfalls.«

Ich zucke die Achseln und schenke mir Kaffee nach.

»Was ist da eigentlich passiert, dass er auf einmal doch nicht dein Fall war?«, fragt sie plötzlich. Dabei schaut sie mich ziemlich genau an und mir wird heiß. Ohne das ich es will, taucht das Bild des Kellners vor meinem geistigen Auge auf.

»Gar nichts, manchmal passiert das einfach. Du siehst jemanden, den du heiß findest, aber wenn du dann mit ihm redest, verpufft das total. Ist dir das noch nie passiert?«

Eva nickt verständnisvoll. »Ja, zuletzt mit Mike.«

Ich blinzele. »Der Typ von neulich?«, frage ich verdutzt.

Sie lächelt und streicht sich eine Haarsträhne aus dem Gesicht. »Ja, genau. Hat sich rausgestellt, dass er eine Freundin hat.«

»Das tut mir leid.« Dazu fällt mir sonst nichts ein, was ich sagen könnte.

Eva zuckt nur die Achseln. »Ja, mir auch. Aber als ich es rausgefunden habe, habe ich sofort Schluss gemacht. So eine bin ich nicht. Ich spanne doch keiner anderen Frau den Typen aus, egal wie gut er aussieht.«

Ich nicke zustimmend. An das Gesicht dieses Mikes kann ich mich schon gar nicht mehr erinnern, aber bei Evas Männerverschleiß ist das auch unmöglich.

»Wie hast du es denn rausgefunden?«, frage ich. Es interessiert mich eigentlich nicht, aber das gehört dazu, wenn man eine beste Freundin ist. Interesse zeigen, auch, wenn man manchmal eigentlich keines hat.

»Wir waren essen, und als er kurz zur Toilette ist, hat er eine SMS bekommen.« Sie macht eine ausholende Geste, »er hatte es auf dem Tisch liegenlassen. Darin stand: Dauert deine Besprechung noch lange? Warte auf dich, tausend Küsse, deine Süße.«

»Uuh«, mache ich. »Mies!«

»Ja, allerdings. Besprechung, so ein Blödsinn!«, schnaubt Eva.

Ich denke eine Weile darüber nach und wir schweigen. »Wieso sind Männer eigentlich so kompliziert?«, frage ich dann. Ich drehe die leere Kaffeetasse zwischen meinen Händen, als könnte ich damit die Antwort herbeibeschwören.

»Frag mich was Leichteres.« Eva kichert. »Dabei behaupten die Kerle immer, wir wären die, die kompliziert sind.«

Ich brumme zustimmend.

Eva rückt etwas näher und beugt sich zu mir. »Ich hatte mal einen, der fragte mich beim ersten Date, ob es ein Problem wäre, wenn er mehrere Freundinnen hätte, er könne eh nicht treu sein.«

Ich verziehe ungläubig das Gesicht. »Echt?«

Eva nickt ernst. »So ein Idiot, ehrlich. Als ob sich eine Frau, die noch bei Verstand ist, auf so etwas einlassen würde.«

»Entweder ganz oder gar nicht«, stimme ich ihr nickend zu. »Ich teile ja alles Mögliche, aber bei einem Freund ist doch Schluss!«

»Der Knaller war, dass er behauptet hat, mit mehreren Frauen würden die Beziehungen intensiver.«

»Ja, klar. So kann man das auch nennen, wenn die Mädchen sich gegenseitig die Augen auskratzen, während er in der Ecke sitzt und dabei zusieht.«

Eva lacht und ich schenke ihr Kaffee nach.

»Ich hätte nicht gedacht, dass es so anstrengend ist, einen Freund zu finden«, seufze ich. Es ist schon spät und ich fühle mich, als hätte mich ein Auto angefahren.

Meine beste Freundin schweigt und starrt aus dem Fenster.

»Das kannst du laut sagen.« Sie sieht traurig aus und ich wünsche mir, ich hätte meine Klappe gehalten.

»Einen Freund zu finden ist gar nicht das Schlimme, aber man muss ihn auch lieben können, und er dich. Das ist eher das Problem. Einen Partner findet man schnell, nur die Liebe, die macht sich rar.«

So philosophisch kenne ich Eva gar nicht. Normalerweise ist sie die Abgebrühte, Aufgeklärte von uns beiden. Sie muss Adrian wirklich vermissen.

»Woran erkenne ich sie eigentlich?« Ich weiß nicht, ob es die Nachwirkungen der Cocktails sind oder die Stimmung, die die Duftkerzen verbreiten, aber plötzlich habe ich Angst, dass ich sie vielleicht verpassen könnte. Als würde ich sie möglicherweise übersehen, so wie einen Fleck auf einem weißen Hemd, den man erst bemerkt, wenn man es bereits trägt und nicht mehr wechseln kann.

Eva lächelt verträumt. »Du wirst es merken, wenn es dir passiert.«

»Ist es möglich, sie zu übersehen?«, forsche ich beunruhigt nach.

Sie schüttelt den Kopf. »Nein, ausgeschlossen. Das Gefühl erkennt man, auch, wenn man es das erste Mal spürt.«

# 8

Der Rest der Woche verging ohne weitere Dates. Auch den Computer fasste ich nicht mehr an. Zu misstrauisch war ich gegenüber den Suchenden geworden, die online ihre große Liebe – oder zumindest einen temporären Partner für das Bett – finden wollten.
Ich war nicht davon überzeugt, dass eine Beziehung unbedingt erforderlich war, um glücklich zu werden.

Und so fläze ich mich an diesem Freitagabend auf meinem heimischen Sofa, fernab der Beziehungsjagd, und genieße die Ruhe und mein Buch, das ich endlich beenden kann.
In den Romanen, die ich bevorzugt lese, finden immer zwei Menschen zueinander. Oft mögen sie sich am Anfang nicht

einmal, doch es ist immer ein Funke vorhanden, der das Feuer der Liebe schließlich entzündet.

Ich lese die letzte Seite zu Ende und klappe die Geschichte nachdenklich zu. Natürlich gab es wieder ein Happy-End. Aber ist das wirklich real? Es gibt genug Liebesgeschichten, die nicht glücklich enden. Dafür muss ich mir nur Eva anschauen. Oder Romeo und Julia. Wobei ich dies als schlichtweg furchtbares Pech einstufe, das diese beiden Figuren miteinander hatten. Hätten sie sich besser abgesprochen, wäre das nicht passiert.

Ist es am Ende die Kommunikation, die uns ein Happy-End verbauen kann, wenn wir uns nicht deutlich genug ausdrücken? Habe ich Tom vielleicht falsche Signale gesendet oder ihm falsche Antworten gegeben? Hätte es vielleicht klappen können?

Ich quäle mich eine Weile mit diesen und anderen Fragen, ohne zu einem befriedigenden Ergebnis zu kommen.

Vor allem nervt mich die Ungewissheit, ob er mich mit einem anderen Job interessanter oder attraktiver gefunden hätte. Putzfrau ist nun wirklich keine glamouröse Tätigkeit und ich will das ja auch nicht bis an mein Lebensende machen. Andererseits würde es mich aber nicht stören, wenn mein Freund einen unpopulären Job hätte. Es ist mir eigentlich sogar ziemlich egal, ob er Banker, Immobilienmakler, Koch oder Kellner ist. Oder Müllmann.

Meine Mutter hat mir schon früh eingebläut, dass jeder Berufszweig wichtig ist und man niemanden dafür kritisieren soll, wie er seine Brötchen verdient.

Ich seufze und starre an die Decke. Dabei fällt mir ein, dass ich morgen um acht eine Verabredung habe. Mein Magen fühlt sich ganz flau an und ich bekomme feuchte Hände.

Und wenn es genauso scheußlich läuft, wie bei diesem Tom? Was, wenn mein Kellner auch nur eine hübsche Fassade hat, wir aber gar nicht zusammenpassen? Ich verdränge diese beunruhigende Frage lieber und begebe mich in die Küche, wo ich mir eine leichte, gesunde Mahlzeit für eine halbe Portion koche.

Wenn mein morgiges Date schon unter keinem guten Stern steht, will ich wenigstens gut aussehen.

Immerhin habe ich jetzt die passenden Klamotten.

Und, beinahe noch wichtiger als das, ein wenig Erfahrung mit diesen Bewerbungsgesprächen, die sich Dates nennen.

Nur, dass ich bisher nicht gerade die idealen Voraussetzungen erfülle, um den Job als Freundin von irgendjemandem zu übernehmen.

Der Rest des Freitags schleppt sich dahin, wie eine müde Schildkröte, die es ganz besonders gemächlich angehen lässt. Das Fernsehprogramm ist ätzend wie immer, das neue Buch, das ich angefangen habe, liegt aufgeschlagen auf Seite sieben vor mir. Ich kann mich nicht auf die Geschichte konzentrieren und habe auch irgendwie genug von Liebesromanen, in denen immer alles perfekt läuft. Diese Mischung aus Langeweile und nervöser Unruhe zermürbt mich, so dass ich früh ins Bett gehe. Schlafen kann ich deswegen trotzdem nicht. Mein Bett knackt und knarzt, als ich mich von einer Seite auf die andere werfe und mir dabei wie ein gestrandeter Wal vorkomme. Zusätzlich dazu knurrt mein Magen und gibt mir zu verstehen, dass er diese Diät gründlich satt hat.

Ich brauche meine ganze Willenskraft, um mich nicht mit den Süßigkeiten vollzustopfen, die in der Küche in meiner geheimen Schublade auf mich warten.

Ich wache fast jede Stunde aus unruhigem Schlummer auf und starre auf den Wecker, der mir in leuchtend roten Buchstaben verkündet, dass ich noch nicht einmal die Hälfte der Nacht herumgebracht habe.

Es ist schon morgen und die ersten Vögel singen ihre fröhlichen Lieder eines neuen Tages, als ich endlich einschlafe.

»Du wirst es merken, wenn es so weit ist«, dringt Evas Stimme wie eine Prophezeiung durch meine wirren Träume.

Ich werde davon wach, dass mir die Sonne ins Gesicht strahlt und mich blendet.

Irritiert kneife ich die Lider fester zusammen und drehe mich auf die andere Seite. Dann wird mir schlagartig klar, dass ich heute ein Date mit meinem Kellner habe und besser gut aussehen sollte, wenn das kein komplettes Fiasko werden soll.

Der Wecker verkündet, dass es halb sieben ist. So früh bin ich an einem Samstag sonst nie wach.

Aber ich kann nicht mehr schlafen, dafür bin ich zu nervös. Ich quäle mich aus dem Bett, wobei ich mich fühle wie eine alte Schachtel. Ich brauche nicht in den Spiegel zu sehen, um zu wissen, dass mein Gesicht verquollen ist und noch die Abdrücke des Kissens darauf sind, die sich wie eine Landkarte in meine Haut gegraben haben.

Ich stöhne, als ich dann im Badezimmer doch in den Spiegel sehe und dabei zusammenzucke. Entweder ich brauche viel Glück oder jede Menge Make-up, um nachher nicht wie ein Komparse aus »The Walking Dead« auszusehen.

Drei sehr große Tassen Kaffee und eine kleine Schale Magerquark mit Sonnenblumenkernen später sitze ich am Computer und gehe die Nachrichten auf der Dating-Plattform durch.

Es ist keine erfreuliche Nachricht mehr dabei, was in diesem Sinne als keine ohne anzügliche Bemerkungen zu verstehen ist. Ich bin mehr als ernüchtert und beschließe, dass ich niemanden mehr treffen werde, wenn mein Kellner heute ein Schuss in den Ofen wird.

Ich bin so nervös wie nie. Es kann nach all dem, was ich erfahren und erlebt habe entweder sehr gut oder sehr schlecht werden. Aber so oder so, es ist das erste Mal, dass ich wirklich ein Kribbeln im Bauch habe. Wortwörtlich.

Die Stunden schleichen dahin, ich schlage Zeit damit tot, meine komplette Wohnung zu putzen. Das baut nicht nur Stress ab, es ist auch dringend nötig. Und ich erhoffe mir dadurch meine Figur noch ein wenig zu straffen, ehe Mr. Sexy, wie ich ihn im Geiste nenne, auftaucht. Ob er auch wirklich kommt? Und ob er sich noch an unseren Fast-Kuss erinnert? Ich brüte darüber, ob ich in diesen Fast-Kuss am Ende nicht zu viel hineininterpretiere. Ich war schließlich recht angetrunken und nicht mehr so zurechnungsfähig, wie ich nüchtern bin. Vielleicht zeichnet meine Erinnerung die Szene nur weicher und schmückt sie schöner aus, als sie tatsächlich war.

Vielleicht bin ich nur gestolpert und er hat mich nur aus Höflichkeit aufgefangen und gleich wieder auf die Beine gestellt – und den magischen Moment habe ich mir nur eingebildet.

Ich schrubbe den Badezimmerboden noch energischer. So oder so, heute finde ich raus, was es mit diesem Kellner auf sich hat. Ich sage mir, dass alles besser als diese quälende Ungewissheit ist.

Und ich habe mich schon jetzt für ein schönes Outfit entschieden.

Ich werde das kirschrote Kleid tragen, das Eva an mir so umwerfend fand. Dazu eine schlichte Halskette, die passenden, ebenfalls roten Schuhe und ich werde mein Haar hochstecken. Ich will so gut wie möglich aussehen, wenn er mich die Treppe hinunterschweben sieht.

Vermutlich bin ich etwas übereifrig, aber es ist mir wichtig. Auf das Warum habe ich keine passende Antwort, also putze ich weiter.

Nachdem meine Wohnung so sauber ist wie schon lange nicht mehr, wofür ich mich zugegebenermaßen schäme, wo ich das doch hauptberuflich mache, bin ich selbst dran.

Ich lege mich richtig ins Zeug. Ich wachse mir die Beine, was ich noch nie gemacht habe. Eva meinte, sie werden dann glatter. Wie höllisch die Schmerzen sind, hat sie mir allerdings verschwiegen. Ich bin heilfroh, als es endlich vorbei ist, und ich den Rest Wachs von meiner Haut reiben kann. Sie ist wirklich glatt, daran gibt es nichts zu rütteln, aber dafür ist sie krebsrot und heiß. Bis zum Abend sollte das abgeklungen sein, wie ich hoffe.

Augenbrauenzupfen muss ich als Nächstes tun, das habe ich schon eine Weile nicht mehr gemacht. Das sieht man auch, und ich stehe mit tränenden Augen vor dem Spiegel, ärgere mich über das ungünstige Licht im Bad, über die Haut, die mir immer wieder schmerzhaft zwischen die Pinzette kommt, und darüber, dass die andere Seite immer mehr weh tut, als die, mit der man angefangen hat.

Schließlich bin ich, nach geschlagenen drei Stunden, endlich fertig.

Enthaart, gepeelt, eingecremt, frisch geduscht und duftend wie eine ganze Parfümerie. Neidisch denke ich daran, dass Männer es da einfacher haben. Duschen, rasieren, Aftershave drüber und fertig ist der Lack. Jedenfalls stelle ich mir das so vor.

Eva erzählte mir mal von einem Mann, mit dem sie eine Woche zusammen war, der länger im Bad brauchte als sie, und der auch mehr Pflegeprodukte besaß. Er machte sich jeden Abend eine Gesichtsmaske, lauschte den Klängen von einer Reiki-CD, weil es »seine Chakren in Einklang bringen würde« und bestand darauf, sich ausschließlich von Gemüsesäften, Smoothies und Humus zu ernähren. Das war sogar meiner Eva zu viel, die zwar auf ihren Körper achtet, aber trotzdem nicht damit übertreibt. Es setzt nur bei ihr nicht sofort an, im Gegensatz zu mir.

Bei ihrem letzten gemeinsamen Abend überredete sie ihn zu einem Stück Tiramisu als Nachspeise. Prompt lief er direkt nach dem Essen drei Stunden durch die Stadt, um es wieder abzutrainieren, damit er nicht fett würde.

Ich erinnere mich noch genau, wie Eva mir das erzählte, während wir beide jeweils eine große Schüssel Eiscreme verdrückten. Ohne danach auch nur an Sport zu denken.

Als es Abend wird, und die Zeit für mein Date immer näher rückt, bin ich noch immer nicht ruhiger. Im Gegenteil. Meine Hände zittern sogar so stark, dass ich den Lidstrich etwa zehn Mal neu machen muss, ehe er gerade aussieht und mich nicht in eine trashige Version einer Cleopatra verwandelt.

Dank Evas Schminkkünsten, die ich mir beim letzten Mal genau gemerkt habe, sehe ich am Ende wirklich hübsch aus. Mit den hochgesteckten Haaren hatte ich meine Probleme, denn die Vision war viel besser als die Realität, also liegt jetzt nur ein sorgfältig zurechtgemachter Pferdeschwanz über meiner Schulter.

Als ich mich anziehe und es Zeit wird nach unten zu gehen, muss ich mich zusammenreißen.

Zur Sicherheit habe ich Eva Bescheid gesagt, damit wenigstens ein Mensch weiß, was ich heute Abend tue. Sie war ganz aus dem Häuschen.

»Ein Kellner?«, hat sie gerufen.

»Ja, genau.« Ich lächelte, als sie begeistert am anderen Ende der Leitung kreischte.

»Du meine Güte, du hast dir ein Date geangelt, ganz ohne mich? Erzähl!«

Ich wusste, dass ich darum nicht herum kam, also berichtete ich ihr was, es zu berichten gab. Und ich sagte auch, dass es sich anders anfühlen würde.

»Oh, Ella«, seufzte Eva am anderen Ende verträumt. »Wie schön für dich! Das klingt, als ob du wirklich auf ihn stehst!«

»Ja, ich glaube schon«, gab ich widerstrebend zu. Ich wollte mir lieber nicht zu viele Hoffnungen machen.

»Dass du ihn so oft triffst, ist bestimmt ein Zeichen!«

Da war ich skeptisch, aber Eva schien absolut überzeugt. »Das ist Schicksal, Ella! Er steht auf dich! Hab Spaß, Süße, und denk dran, tue nichts, was ich nicht auch tun würde. Also, pass gut auf dich auf.«

Ich versprach es ihr, und konnte förmlich ihr breites Grinsen vor mir sehen, als sie sagte: »Und mach keine Dummheiten, Safety first!«

Ich lachte und meinte, das würde ich beim ersten Date sowieso nicht tun, was mir nur ein brüskiertes Schnauben einbrachte. »Falls es ganz schrecklich läuft, ruf mich an!«

Ich warf einen Blick auf mein Handy, das ich sonst nie benutzte, da mich nie jemand anrief und ich es sowieso meist vergaß.

Ich gehe das Gespräch mit Eva noch einmal durch. Es ist erst zehn Minuten her, aber schon wünschte ich, sie wäre hier. Plötzlich komme ich mir total verlassen vor.

Ich sitze, vollkommen fertig angezogen, mit der Handtasche in der Hand, auf dem Sofa und beobachte den Zeiger der Uhr.

Dann ist es so weit und am liebsten würde ich mich verkriechen. Aber da das nicht geht und da ich Eva nachher etwas erzählen muss, mache ich mich auf den Weg.

Ich schreite die Treppen herunter und mache mich so gerade und groß, wie ich kann. Dieser Abend könnte alles verändern, schießt es mir durch den Kopf. Vielleicht hat Eva ja recht und er ist der Richtige für mich.

Als ich die Tür nach draußen aufdrücke, umweht mich ein milder Frühlingshauch. Der Abend ist warm und verspricht schön zu werden. Die ersten Kirschblüten haben sich an den Bäumen geöffnet und verströmen ihren süßen Duft.

Ich stehe erwartungsfroh da und schaue auf meine Uhr. Es ist Punkt acht. »Ich bin pünktlich«, murmele ich kichernd. Bestimmt kommt er gleich um die Ecke. Die Aussicht darauf, ihn jeden Moment zu sehen, macht mich ganz verrückt. Ich bete nur, dass mein Deo nicht versagt. So eine Katastrophe kann ich nun wirklich nicht brauchen.

Minuten vergehen, aber er ist noch immer nicht in Sicht. Habe ich die Adresse auch wirklich richtig gesagt? Ich wohne schon einige Jahre hier und kann sie im Schlaf, unmöglich, dass ich mich vertan habe.

Vielleicht hat er sich verfahren?

Ein Nachbar kommt den Weg entlang und erkennt mich gar nicht. Er murmelt ein höfliches »Guten Abend«, und wirft mir bewundernde Blicke zu. Ich erwidere den Gruß ebenso höflich und frage mich dabei, wie anders ich wohl aussehe, wenn sogar meine Nachbarn mich nicht erkennen.

Unruhig trete ich von einem Fuß auf den anderen.

Vielleicht hat er sich ja in der Straße geirrt, geht es mir durch den Kopf. Vielleicht kommt er auch nur einfach zu spät. Ich spiele diese und andere Möglichkeiten immer wieder durch, während Leute an mir vorbei gehen die entweder nach Hause kommen oder irgendwo hin auf dem Weg sind.

Es dauert geschlagene zwei Stunden, ehe ich einsehen muss, dass er mich versetzt hat.

Mein Kellner wird nicht mehr kommen.

Am Anfang ist es nur die Erkenntnis. Sie lässt einen erst ungläubig, dann fassungslos zurück. Man ist wie vom Donner gerührt, wie man so schön sagt. Da stand ich also; aufgehübscht, schön angezogen, perfekt geschminkt, wohlduftend und voller Vorfreude und Spannung.

Und er kam einfach nicht.

Ich dachte erst, ich hätte ihn missverstanden, vielleicht irrte ich mich im Tag, vielleicht war die Uhrzeit falsch. Aber auf meinem Kalender in der Küche war es unumstößlich und grellrot umkreist: Samstag, zwanzig Uhr. Es war vollkommen korrekt. Und mir gingen langsam die Ausreden aus, die ich für ihn erfand. Und ich hatte es satt.

Immer noch wie betäubt sitze ich auf dem Sofa und starre ins Leere. Das Telefon auf dem Tisch erscheint mir zu weit weg, um es zu greifen und Eva anzurufen. Alle Kraft und Motivation ist, zusammen mit meiner Nervosität, verflogen wie Morgennebel. Zurück bleibt nur die einzig richtige Frage: Warum? War ich ihm doch nicht hübsch genug? Hatte er irgendwann zwischen Ampel und anderer Straßenseite das Interesse verloren? War es am Ende nur ein dummer Streich, eine Sache, mit der Jungs angeben?

Irgendwann, als ich es nicht mehr aushalte und langsam die aufsteigende Empörung darüber die Oberhand gewinnt und die Verwirrung verdrängt, rufe ich Eva an.

»Er ist nicht gekommen«, begrüße ich sie und stelle bestürzt fest, dass ich bestürzt klinge. Das tue ich nie. Aber ich klinge wirklich bestürzt. Ein Wort, das ich sonst nur aus Büchern kenne.

Eva hatte nicht einmal Zeit, um darauf etwas zu sagen, also sagte sie das Einzige, was man in dieser Situation von seiner besten Freundin hören will.

»Ich bin in zehn Minuten da, tu nichts Dummes!«

Eva braucht genau neun Minuten, hat zwei Flaschen Rotwein dabei und eine Flasche Wodka, dazu Cola und Kirschsaft. Ich habe seit den vergangenen neun Minuten lediglich drei verbrauchte Packungen Taschentücher und völlig ruiniertes Make-up vorzuweisen. Kurz geht mir die Frage durch den Kopf, ob Eva so etwas wie eine Geheimschublade besitzt, so wie ich. Nur mit Alkohol statt Süßigkeiten gefüllt.

»Setz dich«, befiehlt sie grimmig und deutet auf das Sofa. Wortlos schiebt sie die Taschentücher mit dem Arm vom Tisch und verteilt die Flaschen darauf, eilt in die Küche und holt Gläser für uns.

Dann ruft sie den Pizzalieferanten an, bestellt zwei extra große Salami-Pizzen mit extra Käse und dann wendet sie sich mir zu. Ich ziehe geräuschvoll die Nase hoch, während mir die Tränen über die Wangen laufen. Ich heule, als ob ich Geld dafür kriegen würde, und es hört einfach nicht auf.

Wortlos schenkt sie mir ein Glas Wodka ein, mischt Kirschsaft dazu und drückt es mir in die Hand.

Ich nicke dankbar und bekämpfe den Schluckauf, indem ich das ganze Ding hinunterstürze wie ein trockener Alkoholiker sein erstes Glas nach Jahren.

»Brav«, lobt Eva, während sie mitfühlend neben mich gleitet und meine Schulter drückt.

»Jetzt lässt du erst einmal das erste Glas wirken und dann sehen wir weiter, ok?«, fragt sie sanft.

Sie schaltet den Fernseher ein, irgendeine beknackte Sendung ohne Konzept, dreht den Ton so leise wie möglich und streichelt mir den Rücken, während ich ein Taschentuch nach dem anderen voll rotze. Ich heule nie. Vor allem nicht vor Eva. Und es ist mir peinlich und ich werde es später bereuen, aber im Moment bin ich einfach nur dankbar, dass sie für mich da ist.

»Danke«, krächze ich undeutlich und sie macht nur eine wegwerfende Geste.

»Ist doch klar.«

Als der Pizzabote da ist, hat der Wodka schon seine Wirkung getan und ich fühle mich lockerer. Wir essen die Pizza direkt aus dem Karton, trinken Drinks gemischt mit Cola dazu und reden eine Weile erst einmal nicht. Erst als ich zwei Stücke Pizza und ein weiteres Glas Alkohol im Magen habe, kann ich berichten.

»Er hat gesagt, er holt mich Samstag um acht ab«, beginne ich. Eva lauscht mit ausdrucksloser Miene. »Und ich habe gewartet. Draußen, vor der Tür«, erläutere ich. »Und zwar bis um zehn!« Sauer greife ich nach dem nächsten Stück Pizza und gestikuliere wild damit. »Bis um zehn! Zwei Stunden!« Käse und Tomatensoße tropfen auf den Teppich, aber das ist mir egal.

»Das ist sowas von mies«, pflichtet Eva mir bei. Sie ist ebenfalls bei ihrem dritten Stück angelangt und schaut mich aufmerksam an.

»Meinst du, er hat das nur aus Spaß gemacht?«, frage ich sie, während mir wieder die Tränen kommen. Ich muss ein total merkwürdiges Bild abgeben; Schick angezogen, halb betrunken und vollgeschmiert mit Käse und Tomatensoße. Ich fische eine Scheibe Salami aus meinem Ausschnitt und lege es zurück in die Schachtel.

Eva seufzt und kaut zu Ende, ehe sie nachdenklich einen Schluck Wodka nimmt. »Ich weiß es nicht. Man weiß nie, was in den Typen vorgeht. Erst machen sie einen an, geben den heißen Kerl, der scharf auf dich ist, und dann ziehen sie den Schwanz ein.«

»Dabei sah er so gut aus ...« Ich starre bedauernd vor mich hin.

Eva schüttelt den Kopf und meint: »Die Gutaussehenden sind oft die größten Weicheier.«

Ich lasse diesen Satz auf mich wirken. »Aber wieso kann er nicht wenigstens anrufen oder so?«, frage ich hilfesuchend. »Man kann doch wenigstens sagen, wenn man seine Meinung geändert hat. Oder nicht?«, richte ich die Frage direkt an Eva, die heftig nickt.

»Ja, allerdings, das sollte man, wenn man Eier in der Hose hat. Ich hab auch schon einmal ein Date abgesagt«, gibt sie überraschend zu.

»Echt?«

»Allerdings.« Eva lächelt und schenkt mir nach, obwohl ich mein Glas noch nicht ausgetrunken habe. Die Pizza tut gut, der Alkohol auch, obwohl ich das morgen alles bereuen werde, wie ich genau weiß. Aber ich will den Moment genießen, so gut es geht. Und außerdem wurde ich gerade versetzt. Von einem Kerl, den ich wirklich mochte.

»Der Kerl, dem ich abgesagt habe, hat im Internet verkündet, er würde mich flachlegen. So idiotisch muss man erst einmal sein«, meint sie lachend. »Ich war mit einer seiner besten Freundinnen befreundet und die hat mir natürlich Bescheid gesagt, weil sie das unmöglich von ihm fand.«

»Nett von ihr«, meine ich mit vollem Mund. Eva nickt. »Ich habe einen öffentlichen Post dazu erstellt und ihm verkündet, dass er sich das sonst wohin stecken kann und dass er heute einen einsamen Abend verbringen wird.«

»Gut gemacht!«

Eva zwinkert. »Vielleicht hat dein Kellner ja kalte Füße bekommen, weil er in Wahrheit gar kein so harter Kerl ist.«

Ich zucke die Achseln. Ich bin immer noch traurig und verletzt, aber der Schmerz wird langsam taub, so wie eine Stelle, an der man sich gestoßen hat. Dafür sorgt der Wodka, der scharf und warm in meinem Magen brennt.

»Hat dich auch mal einer versetzt?«, frage ich zwischen zwei Bissen.

Eva nickt, und ich starre sie überrascht an. Es erscheint mir unmöglich, dass jemand diese wunderschöne Frau einfach stehenlassen könnte.

»Das war in der Schule. Erinnerst du dich an Jonas?«, fragt sie schmunzelnd. Das Bild eines pickeligen, brünetten Jungen mit Zahnspange und bleicher Haut taucht vor meinem inneren Auge auf.

»Der?«, frage ich schockiert. Jonas galt als echter Außenseiter. Sportlich war er Klassenbester und auch in den anderen Fächern ziemlich gut, dafür hatte er einen miesen Charakter und war unheimlich frech und eingebildet.

»Was wolltest du denn von dem?«, frage ich ungläubig.

»Er war nett. Zu mir jedenfalls. Und er war wirklich charmant.«

Mir klappt die Kinnlade herunter und Eva lacht. »Doch, wirklich. Es kommt nicht immer nur auf das Äußere an, weißt du. Und damals war ich echt verknallt in ihn.«

Ich kaue schweigend. Im Fernsehen laufen gerade Videos von Leuten, bei denen Kunstsprünge mit dem Fahrrad furchtbar schief gehen. Es ist faszinierend, wie manche das Offensichtliche nicht erkennen. Eine zwanzig Meter lange, steile Treppe mit dem Rad hinunterzuspringen kann doch einfach keine gute Idee sein.

Eva erzählt weiter, als wir beide kurz den Unfall dieses wahnsinnigen Radfahrers beobachten. Er fliegt meterweit durch die Luft, mit nichts als diesem Rad und einem billigen Helm, ehe er auf dem Boden aufschlägt. Die Wucht ist so stark, dass es sein Rad komplett zerlegt, und sein Gesicht frontal Bekanntschaft mit dem Betonboden macht.

Er verliert sämtliche Vorderzähne, bricht sich mehrere Rippen und noch einiges mehr. Danach zeigt ihn die Kamera einige Monate später, immer noch das gleiche Hobby, wie er frech in die Kamera grinst. Er hat offensichtlich nichts gelernt, denn er tut genau das Gleiche immer wieder.

Eva und ich schütteln beide den Kopf. Frauen würde so etwas nie einfallen, das können echt nur Männer.

»Jedenfalls«, greift sie das Thema weder auf, »hatte er mich zum Essen eingeladen, kam dann aber nicht. Als ich ihn später fragte, meinte er, er hätte plötzlich einfach keinen Bock mehr gehabt. Er wäre noch jung und wolle sich ausleben.«

Ich lache so heftig darüber, dass mir die Pizza beinahe aus der Nase kommt.

Eva stimmt mit ein und wir können gar nicht mehr aufhören.

»Wir waren zwölf, um Himmelswillen!«, keucht sie prustend.

»Männer sind doch total bescheuert«, stelle ich fest, als ich wieder reden kann. Eva nickt, zuckt gleichzeitig aber die Achseln. »Ja, das sind sie. Man kann nicht mit ihnen, aber auch nicht so richtig ohne sie.«

»Ich schon.«

Eva sieht mich an, mit einer Weisheit im Blick, die weit über ihre jungen Jahre hinausgeht. »Du findest den Richtigen, Ella. Wenn der Kellner dich abserviert hat, ist er eben ein Vollidiot!«

Ich lache über dieses Wortspiel und seufze, als mir wieder die Tränen kommen. »Aber wenn nicht?«, frage ich schluchzend. Plötzlich ist die Angst, ganz alleine zu enden, sehr real. Mir wird klar, dass ich das auf keinen Fall will. Aber ich will mich auch nicht verletzen lassen.

»Der Richtige kommt, hörst du?« Evas Worte hallen noch lange in meinem Kopf nach. Selbst dann, als ich schon im Bett liege und sie auf dem Sofa schläft, weil wir beide vollkommen betrunken sind.

# 9

»Und, wie ist es gelaufen?« Eva schiebt sich ein Stück
Ziegenkäse von ihrem Salat in den Mund und schaut mich
erwartungsvoll an. Wir sitzen in einem kleinen Restaurant
außerhalb der Stadt. Eva macht dort Urlaub mit ihrer
Mutter, einer sehr netten Frau, die ständig auffallend bunte
Stoffe in den leuchtendsten Farben trägt und deren Haare so
lockig sind, dass sie wie kleine Sprungfedern von ihrem
Kopf abstehen. Immer wenn ich bei Evas Mutter zu Besuch
bin, mästet sie mich mit Kuchen, Törtchen und selbst
gemachten Braten.

Ich schneide einen Happen von meinem Steak ab und
schüttele bedauernd den Kopf. »Nicht so gut. Er hat direkt
nach dem ersten »Hallo« davon angefangen, wie sehr er auf
Kamasutra steht.«

Eva verschluckt sich beinahe an ihrem Ziegenkäse und ich
seufze. Draußen beginnen die ersten Kirschen des Jahres reif
zu werden. In den letzten Monaten hatte ich so viele Dates

mit den verschiedensten Männern, dass ich kaum noch weiß, wie viele es genau waren.

Eva hat nach dem Desaster mit dem Kellner darauf bestanden und ich habe mir alle Mühe gegeben, es wieder zu versuchen. Dabei hatte ich mir geschworen es nicht zu tun.

»Also auch wieder ein Reinfall?« Meine beste Freundin sieht mich mitfühlend an und ich nicke.

»Ja. Es sei denn natürlich, ich hätte auf so etwas lust. Aber das ist einfach nicht mein Ding. Und ich will so etwas nicht beim ersten Date vor die Nase geknallt bekommen.«

Sie grinst und beugt sich etwas vor. »So wie bei diesem einen, der dir nach dem Dessert sein Ding zeigen wollte, damit du siehst, wie gut er ausgestattet ist?«

Ich hebe abwehrend die Hände und schüttele mich. »Eva!«

»Ich meine ja nur, der war echt verzweifelt!«, verteidigt sie sich kichernd.

Ich nicke heftig. »Oh ja, das war er allerdings. Ich danach aber auch. So etwas will ich nicht sehen! Und es war helllichter Tag, um Himmelswillen!«

Die Sonne scheint warm und strahlend auf uns und die Luft ist erfüllt vom Zwitschern der Vögel. Es ist ein perfekter Sommertag. Einen Moment schaue ich in den blauen Himmel und frage mich, ob ich es nicht einfach gutseinlassen sollte.

»Erinnerst du dich noch an diesen Studenten, den ich erst so süß fand?«, frage ich plötzlich. Die Erinnerung lässt mich schmunzeln.

»Na klar«, meint Eva. Sorgfältig spießt sie ein Salatblatt auf, während ihre Augen vom Licht der Sonne leuchten. Sie hat Sommersprossen bekommen und sieht in ihrem himmelblauen Kleid einfach zauberhaft aus.

Meine Diätpläne habe ich inzwischen aufgegeben. Stattdessen esse ich, was ich will, treibe aber ein wenig

Sport. Viel abgenommen habe ich nicht, aber ich fühle mich deutlich zufriedener.

»Er war so ein Schatz, aber seine Bude war eine Katastrophe! Überall klebten Essensreste, sogar unter seiner Bettdecke!« Ich schüttele mich für Eva noch ein wenig mehr, weil ich weiß, wie sehr sie diese Geschichte liebt. Sie kringelt sich vor lachen und wischt sich einige Tränen aus dem Augenwinkel.

»Der war echt ekelig«, stimmt sie zu. »Und er wollte dich gleich seinen Eltern vorstellen, was auch total komisch ist. Sowas macht man doch nicht beim ersten Date!«

Ich zucke lächelnd die Achseln. Es gab viele seltsame Begegnungen. Alle endeten jedoch auf die gleiche Art: Mit dem gegenseitigen Befinden, dass wir es bei einem Date belassen sollten.

»Mich hat vor allem abgeschreckt, dass er keine eigenen Entscheidungen treffen konnte. Ich musste ja sogar sein Essen bestellen, weil er das mir überlassen hat. Da weiß man ja gleich, was auf einen zukommt. Und ich habe wirklich keine Lust, ihm jeden Abend seine Sachen für den nächsten Tag zurechtzulegen. Ich will einen Freund und kein Kind.«

Eva nickt zustimmend. »Genau.«

Eine Weile genießen wir das warme Wetter und unser Essen, ehe Eva diesen besonderen Gesichtsausdruck bekommt. Eine Mischung aus Scham, Besorgnis und Mitgefühl.

»Und du hast nichts mehr von ihm gehört?«

Ich weiß genau, wen sie meint. Das Steak schmeckt plötzlich fad, obwohl es perfekt gegrillt ist. Ich trinke einen Schluck Rotwein, um den Moment hinauszuzögern.

»Nein. Niemand hat ihn seither gesehen. Im Café hat er noch am gleichen Abend gekündigt.«

Sie schweigt nachdenklich. Ich schüttele den Kopf, als ich sehe, dass sie etwas Tröstendes sagen will.

»Nein, ist schon gut. Er hatte seine Gründe und es ist gelaufen.«

»Hey«, nehme ich das Gespräch betont fröhlich wieder auf, »ich habe mir übrigens Urlaub genommen und fahre weg.«

Meine beste Freundin schaut überrascht von ihrem Salat auf.

»Allein?«, fragt sie verdutzt.

Ich nicke kräftig. »Japp.«

»Wohin?«

»Ans Meer«, meine ich vage und beobachte grinsend, wie es in ihrem Kopf rattert.

»Wirklich?«

»Wirklich.«

»Und deine Pläne?«, fragt sie besorgt.

Ich kenne sie lange genug, um zu wissen, dass sie mir nachreisen würde, nur um sicherzustellen, dass ich mir nichts antun will.

»Alles geregelt. Nach den Sommerferien läuft mein Vertrag sowieso aus und ich habe genug Geld gespart, um meine neue Stelle anzutreten. Den neuen Vertrag habe ich schon.«

Eva klappt die Kinnlade herunter, ehe sie vor Freude aufkreischt. »Das ist ja großartig!«, freut sie sich ausgelassen.

Wir stoßen mit unseren Gläsern an und ich nicke.

»Ja, das ist es. Ich bin total froh darüber, darum möchte ich auch diesen Urlaub machen. Einfach mal raus.«

Sie nickt verständnisvoll. »Und das ist wirklich, was du tun willst?«

Ich hatte mir die gleiche Frage schon vor Monaten gestellt, alle Vor-und Nachteile abgewägt und beschlossen, dass ich es versuchen musste. Ich wollte das, auch wenn es ein großes Risiko war.

»Ja«, antworte ich. »Das will ich. Und ich muss es jetzt auch, sonst ist die Anzahlung für die Reise weg«, scherze ich.

»Vielleicht findest du deinen Traumprinzen ja am Meer«, spekuliert meine beste Freundin.

»Höchstens, wenn er ein Wassermann ist«, gebe ich schmunzelnd zurück.

»Ich bin übrigens schwanger.« Eva sieht mich abwartend an und ich reiße den Blick von meinem Steak hoch.

»Wie bitte?«, frage ich verstört. Ich blinzele, ungläubig und nehme das Gesicht meiner Freundin genau in Augenschein.

Sie sieht nervös aber glücklich aus und sie nickt. »Ja. Ich kann es selbst noch nicht glauben.«

Ich lasse mich auf meinem Stuhl zurücksinken. »Du wolltest doch nie Kinder«, werfe ich schwach ein.

Sie zuckt die Achseln und ich reiße mich zusammen, beuge mich über den Tisch und umarme sie fest. »Ich freue mich, ehrlich! Ich bin nur total überrumpelt«, gestehe ich.

Sie lacht und der Schock fällt von mir ab wie ein abgetragener Mantel. »Du wirst Mama!«, flüstere ich, während ich langsam begreife, was das bedeutet.

»Ja. Unglaublich oder?«, fragt sie, als ich mich wieder setze. Sie wischt sich über die Augen und nippt an ihrem Orangensaft.

»Und von wem?«, frage ich vorsichtig. Ich muss es einfach wissen. Vor allem hoffe ich inständig, dass sie es weiß.

»Adrian.« Sie sagt es, ohne mich anzusehen, beinahe schon beiläufig.

»Was?«, frage ich erneut, während ich hilflos auflache. »Wie ist das denn passiert?«, entfährt es mir, während ich breit grinse. Dieses italienische Schlitzohr hat sie also doch noch erobert!.

Eva grinst und ihre Augen funkeln. Adrian hat sie ständig angerufen, ihr Liebesbriefe geschrieben und endlose Nachrichten auf ihren Anrufbeantworter gesprochen. Und irgendwann sei sie weich geworden, gesteht sie mir. Weil er ihr immer wieder versichert hat, wie sehr er sie liebte und dass er auch ohne Hochzeit ihr Mann sein wollte.

Als sie mir diese süßen, romantischen und total kitschigen Dinge berichtet, wird mir das Herz schwer.

»Ich habe zwar andere Typen gedatet, aber es ist nie etwas gelaufen. Ich hing noch an Adrian, weißt du.« Sie wird ganz rot dabei, als sie mir das gesteht.

Ich nicke verstehend. »Und dann kam er vor dein Fenster und hat gesungen?«, scherze ich.

In Italien ist das jahrhundertelang ein festes Ritual gewesen, wenn man um die Hand einer Auserwählten anhalten wollte. Beide mussten laut singen, er vor ihrem Haus, sie am Fenster, und alle Nachbarn mussten es hören, um Zeuge zu sein. Und die Frau musste dem Sänger auf diese Weise mitteilen, ob sie ihn wollte oder nicht. Zumindest hatte ich das mal irgendwo gelesen.

Heutzutage undenkbar. Und furchtbar romantisch.

»Na ja«, druckst Eva herum, »ja!«

»Auweia!«, entfährt es mir.

Sie nickt und wird ganz rot, als sie lachend weitererzählt: »Ich musste ihn einfach ins Haus lassen, die Nachbarn hätten doch alles gehört! Und er hat gedroht, er würde nicht mehr aufhören, bis ich ihm glauben würde.«

Ich seufze theatralisch. »Hartnäckigkeit zahlt sich also doch aus«, meine ich schmunzelnd.

Eva nickt. »Ja. Und dann war er in der Wohnung, und als ich ihn sah, konnte ich nicht mehr anders ...« Evas Blick schweift in die Ferne. »Mir war klar, dass er der Richtige ist, weißt du.«

Ich nicke, obwohl ich das gar nicht so sicher weiß. Ich bin nur froh, dass Eva glücklich ist. Als Mutter kann ich mir meine beste Freundin allerdings nicht vorstellen. Noch nicht, zumindest.

»Du, Ella?«

Ich schaue von meinem Essen auf und lege abwartend den Kopf schief. Eva schwenkt ihren Orangensaft im Glas herum, ehe sie sich nervös über die Lippen leckt.

»Gib die Hoffnung nicht auf, egal was passiert.«

Das sagt sich so leicht. Aber ich bin nicht mehr auf der Suche. Ich habe es satt, so wie mein kaltgewordenes Essen, und ich schiebe es fort, während ich fieberhaft nach einer passenden Antwort suche.

»Ja, na klar«, meine ich stattdessen nur locker und zwinge mich zu einem Lächeln.

Eva sieht skeptisch aus, scheint aber beruhigter. Wir plaudern noch eine Weile über dies und jenes, ehe sie sich auf den Weg macht. Adrian wartet bei ihrer Mutter und sie wollen ihr heute von dem Baby erzählen.

Wir verabschieden uns herzlich voneinander und Eva umarmt mich ganz fest.

»Ruf mich an, wenn du angekommen bist«, fordert sie, während sie mein Gesicht so intensiv mustert, als könne es nach meinem Urlaub anders aussehen als jetzt.

Ich verdrehe die Augen und nicke bestätigend. »Versprochen!«, meine ich und drücke sie noch einmal an mich.

Dann geht sie, während ihr bodenlanges Kleid hinter ihr herschwebt wie eine Wolke.

Ich trinke noch den Rest Wein, ehe ich das Essen bezahle und mich auf den Weg mache. Meine Koffer habe ich schon gepackt. Ich muss nur noch Zuhause die letzten Dinge erledigen, ehe ich morgen aufbreche.

Endlich Urlaub. Das kleine Häuschen, das ich mir für die nächsten sechs Wochen gemietet habe, war erstaunlich günstig. Zusammen mit dem Geburtstagsgeld, das mir meine Mutter geschenkt hat, kann ich dort eine schöne Zeit verbringen. Auf dem Foto sah alles gut aus und ich hoffe, dass ich mir damit keinen Fehlgriff angelacht habe.

Bis zum Meer ist es nicht weit und ich habe das Glück, fernab jeglicher Touristenhochburgen zu wohnen.

Stattdessen gibt es eine historische Altstadt mit niedlichen kleinen Läden, guten Restaurants in denen vor allem die Einheimischen Essen und, so wie es aussieht, jede Menge Kirschbäume.

Ich hoffe, es gibt genug Wein dort, damit ich die Erinnerungen an riesige Kirscheisbecher und heiße Kellner darin ertränken kann.

Eigentlich ist es ein lustiger Zufall. Ich fahre nämlich in die Heimat von Adrian. Ich wollte schon immer nach Italien, vor allem wegen dem guten Essen, und da ich sämtliche Diätpläne über den Haufen geworfen habe, kann ich mir das sogar leisten.

Bevor ich mich in meinen neuen Job stürze, möchte ich einmal so richtig Urlaub machen. Ich will mich aber nicht nur erholen und all die ergebnislosen Verabredungen hinter mir lassen, sondern mir auch darüber klar werden, was ich mit meinem Leben anfangen will. Auf mich wartet zwar ein Job, den ich schon lange machen möchte, aber es gibt noch mehr, über das ich mir Gedanken machen muss. Will ich wirklich unbedingt eine Beziehung oder bin ich am Ende nicht doch besser dran, wenn ich alleine bleibe? Soll ich auf ein Haus und Kinder hin sparen oder lieber nur auf eine schicke Single-Wohnung mit Atelier, damit ich wieder mit dem Malen anfangen kann?

Es ist schon dunkel, als ich wieder in meiner Wohnung bin. Ich räume alles aus dem Kühlschrank, was ich nicht mehr essen werde und wische ihn gründlich aus. Ebenso die Schränke. Sechs Wochen sind eine lange Zeit und ich will sichergehen, dass alles sauber bleibt.

Ich fühle mich merkwürdig, als ich durch meine so vertraute Wohnung gehe. Es fühlt sich an wie ein Abschied für immer, dabei bin ich bald wieder da. Bücher nehme ich keine mit, denn ich habe beschlossen, mir nur ein neues am Flughafen zu kaufen. In Italien will ich vor allem meine Sprachkenntnisse wieder auffrischen. Zuletzt hatte ich Italienisch in der Schule, aber in den letzten Wochen habe ich fleißig im Internet gelernt.

Als ich daran denke, fällt mir ein, dass ich mein Dating-Profil noch löschen muss.

Seufzend schenke ich mir eine große Tasse Kaffee ein, während mein Computer hochfährt. Meine Nachrichten habe ich seit dem Kellner-Kollaps nicht mehr überprüft. Sicher quillt mein Postfach schon von perversen Botschaften über.

Ich stärke mich erst einmal mit einem ordentlichen Schluck aus meiner Lieblingstasse, ehe ich mein Profil aufrufe. Über zweihundert neue Nachrichten. Stöhnend schlage ich die Hände vors Gesicht. Ich schwanke kurz, ob ich sie nicht einfach gleich alle ungelesen löschen sollte, aber das kommt mir falsch vor.

Schließlich haben sich manche von diesen Männern wirklich Mühe gegeben und warten schon seit einiger Zeit auf eine Antwort von mir.

Mein schlechtes Gewissen siegt, also rufe ich nacheinander alle Nachrichten auf. Die ersten sind die ältesten, die ganz unten die neuesten. Ich beginne oben, denn diese Bewerber warten am längsten.

Viele der Nachrichten sind tatsächlich plump oder anzüglich, so wie ich schon befürchtet habe, aber es gibt auch überraschend oft welche, bei denen sich die Schreiber viel Mühe gegeben haben. Manche haben sogar eigene

Gedichte verfasst oder sich die Mühe gemacht, sich selbst ausführlich zu beschreiben oder meine Bilder zu loben.

Es tut mir leid, ihnen absagen zu müssen, aber es ist immer besser, wenn man weiß, woran man ist. Es dauert lange, all diese Nachrichten zu beantworten, aber es ist auch befreiend. Jetzt kann ich endlich einen Schlussstrich unter dieses Thema ziehen.

Dann ist die letzte Nachricht dran und ich seufze vor Erleichterung. Fast geschafft. Lächelnd hole ich mir eine weitere Tasse Kaffee und öffne den Brief. Er enthält überraschend wenig Text.

*Liebe Ella,*
*es tut mir leid. Ich konnte nicht kommen. Es ist nicht wegen dir. Irgendwann holen wir das nach.*

*Jack.*

*P.S.: Rot steht dir.*

Ungläubig starre ich auf den Bildschirm. Meine Gedanken überschlagen sich und stehen gleichzeitig still. Kann das wirklich sein? Ich werfe einen Blick auf die Nachricht und das Datum darauf, dann springe ich auf und eile in die Küche, wo noch immer der Kalender hinter der Tür hängt, auf dem in rot das Datum eingekreist ist.

Er, Jack, hat mir die Nachricht drei Tage nach unserem Date geschickt.

Dem Date, zu dem er nicht gekommen ist. Oder zumindest nicht nahe genug, denn er muss mich gesehen haben, mich beobachtet haben, wie ich da stand.

Plötzlich bin ich unglaublich wütend.

»Na super, Jack«, brülle ich außer mir, »wir holen das also nach, ja?« Ich greife nach dem nächstbesten Gegenstand und schleudere ihn von mir fort. Es ist nur eine Packung Schokoladenkekse gewesen und richtet glücklicherweise keinen Schaden an, innerlich bin ich jedoch erschüttert.

»Wegen dir habe ich geweint, Jack! Und mich lächerlich gemacht!« Ich starre den Bildschirm anklagend an und ringe mit mir, um das Ding nicht einfach rauszureißen und aus dem Fenster zu werfen.

Ich lösche die Nachricht, indem ich öfter und energischer als nötig auf den verdammten Papierkorb klicke.

Von diesem Kellner, diesem Jack, will ich nie wieder etwas hören. Und ich weiß selbst, dass ich in rot verdammt heiß aussehe, vielen Dank!

◆◆◆

Ich bin immer noch stocksauer, als ich am nächsten Tag meine Haustür abschließe. Die nächsten sechs Wochen wird Evas Schwester, Alina, hier nach dem rechten sehen. Sie ist nur zwei Jahre jünger als ich und soll lernen, alleine zu wohnen. Eva und ihre Mutter finden also, dass dies eine ideale Probezeit für sie ist.

Mir soll es recht sein. Ich hoffe nur, sie feiert keine wilden Parties oder macht sonst irgendetwas Dummes.

Eva wird vorbeischauen und regelmäßig Kontrollbesuche machen, das hat sie mir versprochen.

Ich habe lediglich einen Koffer und eine Umhängetasche bei mir, als ich das Haus verlasse. Ich brauche nicht viel. Was nötig ist, kann ich mir auch dort besorgen.

Ich schaue nicht zurück, als ich in das wartende Taxi steige. Vor mir liegen sechs Wochen voller Entspannung, italienischer Sonne, Meer und himmlischer Ruhe. Ohne Kerle, ohne Dramen, ohne peinliche erste Dates und ohne lächerliche Nachrichten.

Mein Profil habe ich gelöscht und von diesem Einfaltspinsel will ich nie wieder etwas hören. Mir ist auch egal, was für Gründe er gehabt haben mochte, um mich zu beobachten aber nicht anzusprechen.

Schon aus Trotz habe ich mein rotes Kleid eingepackt. Ich werde es tragen, wenn ich in Italien bin, schon aus Prinzip.

»Wir können dann los. Zum Flughafen, bitte!«

## 10

Nach endlosen Stunden unterwegs, holprigen Taxifahrten ins scheinbare Nirgendwo, vorbei an Olivenbäumen, Orangenhainen und idyllischen Dörfern, die sich an Berghänge schmiegen und aussehen, als wären sie von einem Postkartenmotiv in die Wirklichkeit geholt worden, stehe ich endlich davor. Die italienische Sonne brennt auf meiner Haut, als ich im Staub der unbefestigten Straße davor stehe.

Es ist genau so winzig, wie ich es mir vorgestellt habe. Das Häuschen ist aus grauem und braunem Stein gebaut, mit einem tiefhängenden Dach, und es sieht irgendwie schief aus. Allerdings auf eine charmante, wunderbar rustikale Art. Kletterrosen und wilder Wein ranken sich an den Mauern hoch und ich liebe es vom ersten Moment an. Der Garten sieht ein bisschen verwildert aus und ich entdecke verschiedene Blumen, die in ihm blühen. Hinter dem Haus stehen einige Kirschbäume, an denen dunkelrote, saftig aussehende Früchte hängen, und es gibt eine Laube, in der vermutlich Gartenwerkzeuge aufbewahrt werden.

Es ist klein, gemütlich und es war vor allem günstig. An einem Hang gelegen, kann ich von der Terrasse auf das glitzernde Meer schauen. Es ist einfach vollkommen. Und noch besser als das alles: vollkommen ruhig. Das einzige Geräusch, das ich höre, ist das gelegentliche Kreischen der Möwen, die sporadischen Gesänge von kleinen Vögeln, Grillenzirpen und das entfernte Meeresrauschen.

Zu meinem Ferienhaus führt ein holpriger Weg, den wohl nicht viele Menschen entlang gehen, und das Dorf ist nur ein paar hundert Meter entfernt. Nah genug, um auf einen Sprung vorbeizuschauen, und weit genug weg, um seine Ruhe zu haben. Auf der Fahrt hierher habe ich bereits einige schöne Läden und Restaurants entdeckt, die ich mir später ansehen möchte. Aber zuerst will ich mir mein Zuhause auf Zeit ansehen.

Die mit Schnitzereien verzierte Holztür sieht alt aus und die schwarze Farbe ist an manchen Stellen abgeblättert. Das Gleiche kann man auch bei den Fensterläden sehen, die noch geschlossen sind. Ein zerbrochener Blumentopf steht auf dem Fensterbrett und ist von Spinnweben und trockenen Blättern bedeckt.

Plötzlich wird mir ein wenig mulmig zumute. Ich krame den Haustürschlüssel unter der verschlissenen Fußmatte hervor, den der Vermieter mir dort wie versprochen hinterlassen hat, und schließe die Tür auf.

Drinnen ist es dunkel und kühl. Ich trete aus der strahlenden, wunderbar warmen Sonne in den Schatten des Hauses. Es riecht ein wenig so wie ein alter Keller. Nicht direkt muffig, nur alt und seit langem unbewohnt.

Ich finde den Lichtschalter direkt neben der Tür und drücke ihn, damit ich besser sehe, womit ich es zu tun habe. Als mein Handy klingelt, fahre ich vor Schreck zusammen.

Während ich den Anruf entgegennehme, lasse ich meinen Blick über die Einrichtung wandern. An der Garderobe auf der rechten Seite hängen lange Spinnweben, die im Luftzug hin und her wogen wie Algen in einer Meeresströmung.

Langsam wird mir klar, wieso das Haus so günstig war.

»Ja, Hallo?«, melde ich mich, während Unruhe in meinem Magen aufsteigt.

»Ah, Fräulein Ella, wie schön, dass ich Sie erreiche! Ich kann heute leider nicht persönlich vorbei kommen, um Sie willkommen zu heißen«, erklingt die Stimme meines Vermieters, eines älteren Herren um die siebzig, der freundlich aber etwas verschnupft klingt. »Ich schicke ihnen meinen Sohn, er zeigt Ihnen alles!«

»Ach«, meine ich, während ich mich zu einem Lächeln hinreißen lasse, »es geht schon! Ich sehe mich gerade um!« Mir ist nicht nach einem Mann, der mir womöglich schöne Augen machen will. Ich komme alleine klar.

»Das ist wirklich nicht nötig«, versuche ich diese erneute Peinlichkeit auf meiner bisherigen Liste der Peinlichkeiten zu umgehen, aber Alessandro bleibt hart.

»Auf keinen Fall lasse ich Sie ohne Begrüßung in meiner Ferienwohnung alleine, Ella! Er ist in einer Stunde bei Ihnen!«

Und dann legt er auf. Eins muss ich ihm lassen. Er ist ein Mann der Taten, nicht bloß leerer Worte.

Ich hoffe nur, sein Sohn ist keine Klette und fasst sich kurz.

Und bis er hier ankommt, mache ich sauber. Das scheint nämlich schon lange niemand mehr getan zu haben. Ich bin zwar eigentlich nicht zum Putzen gekommen, aber ich habe keine Wahl, wenn die nächsten sechs Wochen schön werden sollen.

Drei Stunden später ist von Alessandros Sohn immer noch nichts zu sehen. Dafür sehe ich umso deutlicher, wieso ich einen so niedrigen Preis bezahlt habe. Die Möbel sind alt und abgewetzt, aber noch brauchbar. Über allem liegt eine dicke Schicht aus Staub, Spinnweben und vertrockneten Blättern. Das heiße Wasser funktioniert weder im Bad noch in der Küche, und in der Spüle saß eine fette, schwarze Spinne mit haarigen Beinen, die ich erst einmal herausfangen und draußen aussetzen musste.

Zugegeben, ich hasse Spinnen, aber nicht, weil ich sie nicht schätze, denn sie sind wichtige, faszinierende Tiere – sondern, weil ich nicht schlafen kann, wenn eines dieser Krabbelviecher in meinem Schlafzimmer hockt. Und vor allem, wenn ich nicht weiß, wo genau. Als ich elf war, fiel einmal eine von der Sorte von der Decke direkt auf mein Gesicht und klammerte sich an meiner Nase fest. Als ich schrie, verfing sich eines ihrer Beine in meinem Mund, was die ganze Sache noch schlimmer machte. Ich kreischte das ganze Haus zusammen, bis meine Mutter die Spinne entfernte und sie aus dem Haus warf. Trotz diesem Horrorerlebnis ist es für mich noch immer undenkbar, eines dieser Tierchen zu erschlagen.

Nachdem ich die Fensterläden geöffnet und die halb blinden Scheiben ordentlich geputzt habe, sieht das Innenleben meines neuen Zuhauses schon viel freundlicher aus. Dafür bin ich voller Schmutz, aber das ist mir gerade egal. Ich mache gern sauber und entdecke dabei außerdem die Wohnung. An den apricotfarbenen Wänden hängen geschmackvolle Bilder von Blumen, Fischerdörfern und Orangenhainen, die in Ölfarben gemalt wurden. Im Wohnzimmer gibt es einen uralten Fernseher, der vermutlich nur drei Kanäle empfängt, dafür aber mit Charme punktet. Auf den Regalen an der Wand stehen verschiedene Bücher, allerlei Figuren aus Porzellan und getrocknete Blumensträuße und Kerzen.

Die ehemals weißen Teppiche auf dem dunklen Holzfußboden habe ich gründlich entstaubt. Hinter dem Haus gibt es nämlich eine Wäscheleine und einen Teppichklopfer, der das erste Mal seit Jahren wieder zum Einsatz gekommen ist, wie ich vermute, als ich beim Ausklopfen in eine Staubwolke gehüllt werde.

Ich wische gerade den Boden und atme den Duft des kräuterartigen Reinigungsmittels ein, als sich jemand hinter mir räuspert.

»Sie müssen die neue Mieterin sein!« Es ist eine männliche Stimme, weich und freundlich, doch irgendetwas ist an ihr, was mich dazu bringt, mich ruckartig umzudrehen.

Mein Herz bleibt eine Sekunde stehen, ehe es schneller und heftiger weiter schlägt und dabei zu stolpern scheint.

Vor mir steht ein überrascht aussehender Jack.

Der Kellner, der mich sitzengelassen hat.

Einen endlosen Moment starren wir uns einfach nur an, beide zu geschockt, um etwas zu sagen.

Er hat einen Korb in den Händen, wie eine männliche und heiße Version von Rotkäppchen. Darin sehe ich Wein, Kuchen, frische Blumen und noch mehr, aber meine Augen bleiben an seinen kleben und können nicht von ihnen weg.

Er ist deutlich sonnengebräunter und seine grauen Augen wirken in seinem Gesicht noch heller, beinahe schon silbrig, wären da nicht diese Goldsprenkel, die ich sogar von hier sehen kann, nur drei Schritte von ihm entfernt. Sein honigfarbenes Haar ist heller, als ich es in Erinnerung hatte, aber er sieht noch immer gut aus. Viel zu gut.

Er stellt vorsichtig den Korb ab und macht eine hilflose Geste mit den Händen. »Ich wusste nicht, dass du es bist«, beginnt er langsam. »Hast du meine Nachricht bekommen?«

Ich ziehe spöttisch eine Braue hoch, während ich den Ärger herunterzuschlucken versuche, der sich in mir aufstaut. »Ja«, antworte ich knapp.

Er leckt sich über die Lippen und legt den Kopf schief, während die Sonne ihn von hinten anstrahlt und seine Haare leuchten lässt.

»Ich konnte nicht kommen. Ich stand schon so gut wie vor deiner Tür, weißt du, ich konnte dich schon sehen, als dieser Anruf kam.« Er macht eine Pause und ich wage nicht, mich zu rühren. Ich bin zu beschäftigt damit, nur zu atmen und nicht durchzudrehen, weil das alles so absurd ist.

»Mein Vater ist sehr krank gewesen und ich musste sofort zu ihm. Ich hätte es dir erklären müssen, ich weiß, aber in dem Moment ...«, er fährt sich mit einer Hand durch die Haare. »Es tut mir wirklich leid, Ella.«

Ich weiß nicht, was ich dazu sagen soll. Es ist so surreal. Ich nicke nur, weil mein Hals plötzlich trocken ist und ich mich auf einen Schlag mies fühle.

»Ok«, meine ich achselzuckend. Meine dreckigen Jeans und mein verschwitztes Oberteil werden mir in dieser Sekunde nur allzu deutlich bewusst.

»Bist du noch sauer?«, fragt er, wobei er ein Auge zukneift und das Gesicht verzieht, als ob er sich auf eine Ohrfeige gefasst macht. Ich atme tief durch und starre an die Decke.

»Ich habe da über zwei Stunden gewartet«, erkläre ich langsam und betone dabei jedes Wort. Ich weiß genau, dass ich mich gerade wie eine Oberzicke aufführe, aber ich kann einfach nicht anders. Die lange Reise hierher, die enttäuschenden letzten Monate und all die anderen schlechten Dinge, die mir im Leben passiert sind, prasseln in diesem Moment auf mich ein. »Ich habe zwei Stunden gewartet, Jack! Ich dachte, du hast es dir anders überlegt, oder du fandest mich doch hässlich oder ich wäre doch nicht gut genug für dich!«, sprudelt es aus mir heraus. »Ich dachte, du hast mich nur verarschen wollen. Und dann finde ich am letzten Tag Zuhause diese Nachricht von dir, die mir gar nichts erklärt.« Ich reibe mir mit dem Unterarm einige lose Haarsträhnen aus dem Gesicht, während er mir schweigend zuhört.

»Ich dachte, ich habe mir das alles nur eingebildet, verstehst du?«, meine ich hilflos.

»Was meinst du damit?«, fragt er, während er einen Schritt näher kommt. Ich schlucke und bemerke, wie groß und breit er eigentlich ist. Das war mir vorher nie so deutlich bewusst.

»Du weißt es genau«, schieße ich patzig zurück. Ich packe den Wischmob fester und will gerade wieder anfangen, den Boden zu wischen, als er mein Kinn anhebt und ich ihn ansehen muss.

»Sag es mir«, meint er sanft.

Seine Finger duften nach Seife und Zitronen und Meer. Mir wird schlagartig heiß, als mir bewusstwird, wie nah er vor mir steht.

»Das mit dem Kuss«, presse ich hervor, wobei ich deutlich merke, wie mir die Hitze in die Wangen steigt und sie feuerrot färbt.

Ich will seine Hand wegschieben, und ihn am liebsten rausschmeißen. Und ihm sagen, dass er aufhören soll, mich so anzusehen. Mit diesem Blick könnte er Schokolade in einem Topf schmelzen, ohne den Herd anzumachen.

»Soll ich dich davon überzeugen, dass du es dir nicht eingebildet hast?« Er murmelt die Worte ganz sanft, während er mit den Händen mein Gesicht umfasst, ganz vorsichtig, als wäre ich eine Skulptur aus Glas und er voller Angst, mich versehentlich zu zerbrechen.

Seine Lippen sind warm und weich und mir fällt der Wischmob aus der Hand.

Ich stehe da wie eine dumme Kuh, und weiß nicht, was ich tun soll, außer die Hände an seine Brust zu legen und die Hitze seiner Haut darunter zu spüren. Ich lehne mich an ihn, genau wie damals vor dem Café, als er mich auffangen musste und wir diesen Fast-Kuss hatten. In den Filmen und in den Büchern scheinen die Frauen immer genau zu wissen, was sie zu tun haben, aber ich habe zu viel Angst, etwas falsch zu machen.

Mein Hirn funktioniert nicht mehr richtig und ich bin wie gelähmt, als er seine Lippen von meinen löst.

Sofort wünschte ich, er würde mich noch einmal küssen. Nur, um sicherzugehen, dass es wirklich echt war.

»Überzeugt?«, fragt er mich mit einem kleinen Lächeln und ich bringe genug Verstand auf, um den Kopf zu schütteln.

»Nein!«, meine ich und stelle mich auf die Zehenspitzen.

Er lächelt breit und ich sehe die Erleichterung in seinen Augen, als er mir weitere Beweise auf den Mund haucht.

Kurz geht mir durch den Kopf, dass diese Situation völlig bescheuert ist, aber mein wild pochender Herzschlag übertönt meine Gedanken. Wenn das hier nur ein wahnwitziger Traum ist, dann hoffe ich, dass ich noch eine ganze Weile träume. Es ist nämlich das Beste, was mir seit Jahren passiert ist.

Nach einer kleinen Ewigkeit löst er sich von mir und tritt einen Schritt zurück. Seine Augen funkeln und ich kann nicht anders, als ihn anzustarren. Ich sehe vermutlich scheußlich aus, mit zerzausten Haaren, schmutzigen Klamotten und knallroten Wangen, aber er betrachtet mich nur, als wäre ich ein schönes Gemälde.

»Ich muss leider gehen«, murmelt er bedauernd. Seine Stimme klingt seltsam rau und mir läuft ein Schauer über den Rücken. Ich will gerade protestieren, als er die Hand hebt und mir zuzwinkert. »Keine bange, ich komme wieder. Ich muss nur zum Haus hoch und nach meinem Vater sehen. Es geht ihm nicht so gut. Danach hole ich dich zum Essen ab. Du bist sicher ganz ausgehungert.«

»Wirklich?«, frage ich herausfordernd und verschränke die Arme vor der Brust. Sein Blick wird von meiner Oberweite angezogen, die ich unbewusst hochdrücke und er schluckt mühsam, ehe er nickt. »Noch einmal mache ich nicht den gleichen Fehler, versprochen!«

Ehe ich noch etwas sagen kann, ist er aus der Tür und auf und davon. Das Einzige, was ich noch von ihm höre, sind seine hastigen Schritte auf dem steinigen Weg.

Als Jack fort ist, breitet sich ein unwillkürliches Grinsen auf meinem Gesicht aus und ich betaste meine Lippen.

Mein erster Kuss war gar nicht schlecht. Nein, überhaupt nicht. In mir kribbelt alles, als ob jede Faser meines Körpers unter Spannung stehen würde. Ich erinnere mich beim Anblick von Wischmob und Eimer daran, dass ich noch nicht fertig bin.

Mit neuer Energie mache ich mich auf, mein neues Häuschen wieder auf Hochglanz zu polieren. Plötzlich geht das ganze Staubwischen, Fensterputzen, Schränke auswischen und kehren wie von selbst und schon bald riecht es im ganzen Haus nach diesem kräuterartigen Reinigungsmittel. Ich meine, dass es sich bei dem Duft um Lavendel und Salbei handeln muss, denn es erinnert mich an einen Tee, den mir meine Mutter immer aufgezwungen hat, als ich noch klein war.

Nachdem ich sämtliche Fenster geöffnet habe, strömt frische Sommerluft und Sonnenschein in das Haus. Neben dem

Wohnzimmer gibt es noch einen Raum, der die Küche und eine Art zweites Wohnzimmer enthält, nur ohne Fernseher, dafür mit einer gemütlich aussehenden, alten Couch und einer großen Stehlampe. Es gibt sogar einen mittelalterlich anmutenden Kamin, in dem noch Asche liegt und den ich sofort großartig finde. Ich wollte schon immer wissen, wie es ist, einen Kamin zu haben und abends vor dem Feuer zu sitzen. Ich stelle es mir wahnsinnig gemütlich vor.

Ich entdecke eine Glasfront, die beinahe so lang wie der ganze Raum ist und finde in der Ecke einen Schalter, der den elektrischen Rollladen steuert. Ich drücke ihn neugierig und beobachte, wie das ganze Ding ächzend und ratternd hochfährt und nach und nach den Blick auf den dahinterliegenden, abgezäunten Garten und eine kleine Terrasse freigibt.

Weiß lackierte Holzstühle stehen an einem Tisch von der gleichen Machart. Die Möbel sehen abgewetzt aus und die Farbe ist an einigen Stellen abgeplatzt, aber sie sind noch ganz gut in Schuss. Zwischen den grauen und braunen Steinplatten der Terrasse sprießt Unkraut hervor, aber das stört mich nicht.

Als ich durch die Balkontür nach draußen trete, umfängt mich der unbeschreibliche Duft von wildem Gras, reifen Kirschen und blühenden Sommerblumen.

Lavendel und wilder Thymian blühen in wuchernden Blumenbeeten, die schon lange keine Gärtnerhand mehr gesehen haben. Halb vom hohen Gras überwuchert finde ich eine schöne Vogeltränke aus hellem Stein in der Mitte des Gartens. Sie ist ausgetrocknet und nur einige alte Blätter befinden sich darin.

Ich seufze und blase die Backen auf. Dieser Garten könnte ein kleines Paradies sein, aber da steckt jede Menge Arbeit drin.

In der mitgenommen aussehenden Gartenlaube finde ich einiges an Werkzeug, davon ein kleiner Handrasenmäher, der nur durch Muskelkraft angetrieben wird. Damit dauert es sicher ewig, das Gras zu stutzen, aber es ist immer noch besser als nichts.

In einer dunklen Ecke der kleinen Laube finde ich in einem schmutzigen Eimer mehrere Packungen mit Blumensamen und sogar Zwiebeln, aus denen gewiss einmal irgendetwas Hübsches wachsen wird.

Nachdem ich alles genau in Augenschein genommen habe, steht mein Entschluss fest. Ich werde mich auch um den Garten kümmern, und zwar vorne beim Eingang und hier hinten.

Wenn ich hier sechs Wochen verbringen soll, muss ich mein neues Zuhause auch schön herrichten.

Ich stapfe durch das hohe Gras und schrecke dabei einige Grillen und Schmetterlinge auf, die sich eilig davon machen. Die Kirschen sind dunkelrot und sehen verführerisch aus, also pflücke ich mir eine, nur zum Kosten.

Sie ist noch ganz warm von der Sonne und als ich hineinbeiße, seufze ich glücklich. Sie ist saftig und unheimlich aromatisch und so süß, dass ich sofort daran denken muss, dass es bei mir Zuhause selten so reife und köstliche Früchte gibt. Viel zu oft werden sie unreif gepflückt und schmecken dann kaum oder sind sogar sauer und hart.

Ich entdecke einen großen Stapel trockenes Holz hinter der Hausecke und erinnere mich an den Kamin im Wohnzimmer.

Eine halbe Stunde später habe ich die kalte Asche herausgeräumt, alles saubergemacht und frische Holzscheite hineingelegt. Anzünden werde ich das Ganze später, doch im Moment bin ich einfach nur zufrieden.

Im kleinen Schlafzimmer beziehe ich das Bett mit meinem mitgebrachten Bezug, meine Sachen stelle ich auf dem kleinen Nachtschrank und auf der Kommode ab, in die ich auch gleich das Meiste meiner Kleidung einsortiere. Es gibt zwar auch einen Kleiderschrank, aber den schaue ich mir später genauer an. Die Wände im Schlafzimmer sind in einem warmen Gelb gestrichen und durch das große Fenster fällt angenehm viel Licht in den Raum. Es gibt eine kleine Nachttischlampe und ein Gemälde gegenüber des Bettes, das eine blühende Blumenwiese und einen strahlend blauen Himmel zeigt.

Alles in allem ist der Raum schlicht aber gemütlich. Das Bett sieht zwar schon etwas mitgenommen aus und es knarrt ziemlich, als ich mich darauf setze, aber es wird schon gehen. Die Farbe an den weiß lackierten Holzpfosten ist schon etwas verblichen und teilweise abgeplatzt, aber das sind nur Schönheitsfehler, finde ich.

Ich bin überrascht, dass mir das Haus so gut gefällt und als ich meine Inspektion beendet und die Reinigungsmittel wieder in die Abstellkammer hinter der Haustür gestellt habe, fühle ich mich richtig wohl.

Ehe Jack wieder zurückkommt, ziehe ich mich schnell um. Meine schmutzige Jeans und mein durchgeschwitztes T-Shirt bringe ich gleich in das kleine Badezimmer und tausche beides gegen eine hübsche Bluse und einen Faltenrock. An den hellblauen Fliesen wurden verschieden große Muscheln aufgeklebt, die auch auf dem unteren Rand des ovalen Spiegels über dem Waschbecken verwendet wurden. Das Bad ist überraschenderweise sehr sauber, nur ein wenig Staub liegt auf der Ablage und dem Rest des Inventars, aber das stört mich nicht so sehr.

Es gibt keine Badewanne, dafür aber eine schöne Dusche, die noch recht neu aussieht.

Handtücher und eine angenehm duftende Seife liegen bereit. Ich bin mir jedoch nicht sicher, ob diese Sachen für mich gedacht waren oder ob sie der letzte Gast so hingelegt hat. Achselzuckend stecke ich meine Schmutzkleidung in die Waschmaschine, die in der Ecke darauf wartet ihren Dienst zu tun. Nach einigem Suchen finde ich unter dem Waschbecken das dazugehörige Waschmittel.

Sicherheitshalber stecke ich auch alle Handtücher mit dazu und schalte das Gerät ein. Sie erwacht rüttelnd und surrend zum Leben und ich gehe davon aus, dass sie normal funktioniert, also habe ich Zeit, um den Inhalt der Küchenschränke noch einmal genau durchzugehen.

Das Geschirr ist sauber und mintgrün, was zwar nicht meine Lieblingsfarbe ist, aber seinen Zweck erfüllt. In einem der unteren Schränke entdecke ich Backformen und Kuchenbleche und sofort muss ich an die Kirschen denken. Daraus kann man sicher einen wunderbaren Kuchen backen. Es ist alles da, was ich brauche. Natürlich abgesehen von Lebensmitteln, aber das war ja auch nicht zu erwarten.

Ich höre, wie jemand an die Haustür klopft. Das muss Jack sein. Aufregung durchströmt mich und mein Magen beginnt zu kribbeln. Hastig wische ich mir einige lose Haarsträhnen aus dem Gesicht und eile zur Tür.

»Hey« Jack lächelt breit und hinter ihm sehe ich einen alten, klapprigen Pick-up auf der Straße stehen. Der ehemals rote Lack ist von der Sonne ausgebleicht und er rostet ziemlich stark. Außerdem ist er an den Türen und der Front total verbeult, als ob das Auto regelmäßig an kleinen Unfällen beteiligt wäre. Oder sein Fahrer nicht wüsste, wie man vernünftig damit umgeht.

Ich werfe Jack einen vielsagenden Blick zu und ziehe eine Braue hoch. »Was ist denn damit passiert?«

Jack blinzelt mich an. »Was meinst du?«

Ich lache hilflos und deute auf die Schrottkiste. »Na, damit fährst du ja wohl nicht oder etwa doch? Das Ding ist doch mindestens zwanzig Jahre alt und total verlottert!«

Jack lacht und nimmt meine Hand. Während er mich nach draußen zieht und mein Herz Purzelbäume schlägt, erklärt er: »Das ist kein Problem. In Italien sind Autos eben nur Nutzfahrzeuge. Man kümmert sich nicht so wild um jede Delle. Die zeugen nur von Charakter!« Er zwinkert mir zu, ehe er die Beifahrertür aufmacht und mich anlächelt.

Ich betrachte den fleckigen, schmutzfarbenen Sitz skeptisch, ehe ich mich setze. Meine Brieftasche habe ich in weiser Voraussicht bereits eingesteckt. Ich werde sie gleich brauchen, wenn wir in die Stadt fahren um zu essen und einzukaufen.

»Hey, könntest du mir helfen einige Dinge zu besorgen?«, wende ich mich an meinen Ex-Kellner, als er einsteigt und den Motor anlässt.

Er nickt. »Na klar, das hatte ich sowieso vor. Es ist ja gar nichts im Haus. Tut mir übrigens leid«, ergänzt er etwas zerknirscht, »dass es nicht hergerichtet war. Normalerweise buchen die Touristen eher in belebteren Gegenden. Dieses Haus haben wir schon seit Jahren nicht mehr vermietet.«

Ich zucke die Achseln. »Macht doch nichts. Ich bin ja an Unordnung gewöhnt.«

Jack zieht fragend eine Braue nach oben, während wir den holprigen Weg entlangfahren. Er wirft mir einen kurzen Blick zu, als er ohne zu blinken auf eine befestigte Straße abbiegt, die zum Dorf führen muss.

Mir wird klar, dass ich mich erklären muss. Falls er mich wegen meines Berufs verurteilt, habe ich eben Pech gehabt. »Na ja, ich war bis vor Kurzem Putzfrau.«

Ich beobachte ihn genau, doch auf seinem kantigen Gesicht zeigt sich weder Abscheu noch Unglauben.

»Echt? Das ist doch gut. Job ist Job, finde ich. Kellner ist ja auch nicht gerade das Gelbe vom Ei.« Er lacht und ich stimme mit ein, als ich merke, dass es ihm ernst ist.

»Zumindest war ich das.« Er fährt gemächlich, als ob er es nicht eilig hätte, anzukommen. Mir ist es recht. Es ist heiß im Auto und die Sonne blendet mich, während ich Olivenhaine und weitläufige Berglandschaften bewundere, die sich überall um uns erstrecken. Ich hatte nicht erwartet, dass Italien so stark bewaldet ist. Im Internet habe ich nur nach einer günstigen Unterkunft gesucht. Es ist schon ein Ding, dass ich gerade Jacks Ferienhaus erwischt habe.

»Was ist genau passiert? Falls ich fragen darf«, taste ich mich vorsichtig an die Frage heran, die mir schon seit unserem Wiedersehen auf der Zunge liegt.

Ein angespannter Zug um seinen Mund zeigt mir, dass er darüber nicht reden will, also schweige ich.

Doch dann scheint er es sich anders zu überlegen. »Na ja, mein Vater hatte einen Schwächeanfall. Er wollte mich sehen, also habe ich alles stehen- und liegengelassen. Er ist sehr krank.«

Er braucht nicht mehr sagen. Ich verstehe auch so, dass es sehr ernst sein muss, wenn Jack extra den ersten Flug bucht, um herzukommen.

»Und wie geht es ihm jetzt?«, frage ich behutsam.

Jack lächelt. »Der alte Haudegen ist schon wieder auf dem Damm. Er schikaniert jetzt die ganze Familie vom Bett aus. Seit er ein Telefon hat, liegt er nur noch herum und bellt seine Befehle in den Hörer.«

Ich kichere und die Anspannung scheint Jack wieder zu verlassen. Das Dorf kommt in Sicht und ich werde ganz hibbelig. Ich bin neugierig und gehe im Kopf all die Dinge durch, die ich brauchen werde.

»Willst du erst etwas essen oder erst einkaufen?«

Ich überlege kurz und will gerade antworten, als mein Magen unüberhörbar knurrt.

Jack lacht und ich werde rot wie eine italienische Tomate.

»Also gut, dann essen wir erst einmal etwas!«

# *11*

Das, was ich als Dorf bezeichnet habe, ist eigentlich eher eine winzige Kleinstadt. Keines der typisch italienischen Häuser sieht neu aus und die meisten sind ein Flickwerk aus unterschiedlichen Steinen, was der ganzen Stadt einen ganz eigenen Charme gibt. Diese pragmatische Einstellung findet sich überall wieder. Auf dem Markt und in den Geschäften findet man meist Dinge aus der Region und es gibt nur wenig ausländische Produkte. Obst und Gemüse kommen aus eigenem Anbau und sogar das Fleisch ist ein Ergebnis harter, bäuerlicher Arbeit. Ebenso die verschiedenen Wurstsorten, die in den Schaufenstern des heimischen Metzgers ausliegen und so fabelhaft aussehen, dass ich mir den Laden genau merke, um später dort einzukaufen. Anstatt der üblichen Dekoration wie ich sie kenne, verwendet der Metzger seine Produkte als beste Werbung.

Geräucherte Schinken, so groß wie mein Kopf, baumeln in Netzen von der Decke, Salamis verschiedenster Größe, Farbe und Dicke liegen im Schaufenster einträchtig neben anderen Köstlichkeiten und sehen so appetitlich aus, dass ich genau höre, wie mein Magen verlangend zu rumoren beginnt.

Stattdessen hat Jack mich die ausrangierten Gehwege hinabgeführt, die schon ziemlich alt und kaputt aussehen. Wäscheleinen spannen sich über unseren Köpfen zwischen den Häusern auf, wie anderswo Telefonleitungen, daran baumeln vereinzelt Wäschestücke in der warmen Brise, die mir entgegen weht.

Sie riecht nach Meer und den Nadelbäumen, die ich ringsum die Stadt gesehen habe.

Wir biegen in eine kleine Gasse ein und Jack öffnet die Tür zu einer halb versteckt liegenden Schatzkammer kulinarischer Delikatessen.

Es gibt keine Speisekarte in dem heruntergekommen aussehenden Gebäude, was sich als Restaurant entpuppt, und anscheinend keinen Wert auf Touristen legt.

Innen ist alles blitzblank sauber aber man sieht dem Inventar an, dass es schon seit Generationen in Betrieb ist. Die Holztische sind abgenutzt und so blank poliert, dass ich mich beinahe darin spiegeln kann. Die Polsterung der Stühle sieht etwas neuer aus, das Holz selbst aber wirkt sehr alt. Sie knarren etwas, als wir uns ans Fenster setzen.

Eine grauhaarige alte Dame kommt herbei geeilt und fragt in schnellem, fröhlichem Italienisch, was sie uns bringen darf.

»Was gibt es denn heute?«, erkundigt sich Jack lächelnd bei ihr. Ein schnelles Wortgefecht folgt, was ich leider nicht verstehe, und Jack nickt zustimmend, ehe die Dame lachend in der Küche verschwindet und jemandem dort einige zackige Anweisungen an den Kopf wirft.

Jack grinst über das Wortgefecht, das aus der Küche durch den ganzen Laden schallt, und wendet sich dann wieder mir zu.

»Du bist wohl Stammgast hier?«, frage ich ihn neugierig, während mein Blick über die Einrichtung schweift.

Auf den Tischen stehen helle Kerzen in Gläsern. Die Wände, die das blanke Mauerwerk sehen lassen, wo der Putz abgebröckelt ist, sind mit Heiligenbildnissen und getrockneten Blumengestecken geschmückt. Über der Theke, an der Stirnseite des Lokals, hängen gerahmte Auszeichnungen, von denen ich vermute, dass es Ehrungen an die Küche sind.

Jack lehnt sich entspannt zurück und sein T-Shirt spannt über der breiten Brust. Ich muss daran denken, wie muskulös sie sich angefühlt hat.

»So ähnlich. Ich habe hier eine Weile gearbeitet.«

»Als Kellner?«

Er brummt zustimmend und sieht mich aus halb geöffneten Augen an. Durch die Scheibe, die eine Fensterwäsche mal wieder dringend nötig hätte, schaue ich verlegen nach draußen. Doch es gibt nichts Lohnenswertes zu sehen, weil es schräg gegenüber nur ein geschlossenes Schneidereigeschäft gibt, wie ich dem Schaufenster entnehmen kann.

»Hier gibt es keine Karten. Es kommt sozusagen das, was sie Küche heute Morgen reinbekommen hat und was es auf dem Markt im Angebot gab. Rustikale Hausmannskost sozusagen«, informiert er mich.

Ich nicke als hätte ich das schon erwartet, und bin gespannt, was auf meinem Teller liegen wird.

Die Dame bringt uns hausgemachte Zitronenlimonade an den Tisch, die sie aus einer Glaskaraffe einschenkt und die leicht bitter schmeckt, aber köstlich ist.

Sie verschwindet nur kurz in die Küche, ehe sie mit einem Gericht zurückkehrt, das *Cima alla Genovese* genannt wird.

»Das ist gefüllte Kalbsbrust«, erklärt mir Jack, als ich etwas hilflos auf meinen Teller schaue, was ihm ein kleines Lachen entlockt.

Ich lächele ihn dankbar an und greife nach meinem Besteck, als er sich plötzlich vorbeugt und murmelt: »Keine bange, das Hirn und die Kutteln darin schmeckt man kaum.«

Ich weiß genau, dass dies eine Prüfung ist, denn auch die Wirtin steht an der Theke und schaut gespannt zu uns herüber.

Ich lächele tapfer, versuche dabei, nicht an Hirn und Magen zu denken, die in der köstlich duftenden Füllung untergebracht sind, und nehme einen ersten Bissen.

Es ist absolut köstlich! Die Kräuter und die Pinienkerne verströmen ein wunderbares Aroma und harmonieren perfekt mit dem gehackten Gemüse, das ebenfalls in der Füllung verarbeitet ist. Das Fleisch an sich ist so zart, dass es auf der Zunge zergeht und ich esse, als wäre dies meine letzte Mahlzeit.

Seit ich mit der blödsinnigen Diät aufgehört habe, lasse ich mir jedes Essen wieder schmecken und ich bin eine äußerst eifrige Esserin, wie ich zugeben muss. Dazu kommt noch, dass ich mir vorgenommen habe, dass ich in Italien alles essen werde, was mir vor die Nase kommt. Ehe mein neuer Job beginnt, will ich einen unvergesslichen Urlaub erleben.

Jack starrt mich sprachlos an, während ich mir eine Gabel nach der anderen in den Mund schaufele. Jawohl, ich schaufele. Es ist so gut, dass ich gar nicht mehr aufhören kann.

»Wow, Ella«, meint Jack bewundern, nachdem er mir eine Weile zugesehen hat, »ich bin begeistert!«

Ich schaue kurz zu ihm auf, während ich mir einen Bissen von dem ofenfrischen Brot gönne, das die Wirtin uns auf den Tisch gestellt hat. »Wieso?«, frage ich etwas undeutlich und hinter vorgehaltener Hand. Meine Manieren vergesse ich deshalb nicht.

Jack lacht und isst seinerseits einen Happen. »Endlich mal eine Frau, die nicht nur einen Salat bestellt und dann ohne zu essen wieder gehen will. Ich dachte schon, solche Frauen wie dich gäbe es nur noch in alten Geschichten.«

Ich zucke die Achseln. »Essen ist etwas Großartiges und solange ich nicht gezwungen werde zu hungern, tu ich es auch nicht. Gutes Essen muss man wertschätzen!« Ich kaue sorgfältig, ehe ich hinzufüge: »Und außerdem bekommt man von Salat nicht so eine Figur.« Dabei zeige ich auf mich und meine nicht gerade schlanken Kurven.

Jack grinst und legt den Kopf schief. »Ich mag deine Figur.«

Als ich das höre, ersticke ich fast an dem *Cima* und muss einen Schluck Zitronenlimonade hinterhertrinken.

Jack runzelt irritiert die Stirn und schaut mich besorgt an, als ich das Glas wieder absetze und die Tränen weg blinzele, die mir der Hustenreiz in die Augen treibt.

»Ach«, meine ich etwas zu spitz, »und das soll ich dir glauben?«

Er sieht mich an, als hätte ich plötzlich zwei Köpfe zu viel. »Wieso sollte ich dich anlügen? Ich kann mit mageren Hungerhaken nichts anfangen.«

Ich erröte etwas und ärgere mich über mich selbst, während ich die letzten Krümel von meinem Teller sammele. »Die meisten Männer wollen doch nur dünne Freundinnen«, entschlüpft es mir.

Jack grinst. »Das sind keine Männer«, antwortet Jack amüsiert. »Ich weiß was du meinst«, erklärt er mir als ich ihn verwirrt und mit etwas neuer Hoffnung ansehe, »du redest von diesen Typen, die nur auf Models stehen, die perfekt aussehen. Das sind noch Jungs. Und die haben noch nicht begriffen, dass es im Leben noch mehr gibt, als straffe, fettfreie Freundinnen mit falschen Brüsten und perfekt geschminkten Gesichtern.« Er lächelt triumphierend, als ich ihn sprachlos anstarre. »Schönheit liegt erstens im Auge des Betrachters«, fährt er fort, wobei er einen Finger hochhält, »und zweitens vergeht sie. Niemand bleibt ewig jung und knackig. Und wenn ich alt bin, will ich eine Frau, die einen schönen Charakter hat. Charakter altert nämlich nicht. Der bleibt, wie er ist. Er reift höchstens nur noch.«

Oha, denke ich, das klingt fast zu schön, um wirklich wahr zu sein.

»Meinst du?«, frage ich überflüssigerweise, denn mein ganzes Gesicht hat sich zu einem Fragezeichen verzogen.

Er nickt ernst. »Und außerdem mag ich keine Models. Ich mag Frauen zum Anfassen, die natürlich aussehen und bei denen man auch etwas zu gucken hat.«

Ich werde rot. Bei mir gibt es mehr als genug zu sehen. Sogar mehr als mir lieb wäre. Aber das behalte ich für mich.

Mein Herz klopft wie wild, als Jacks Gesicht plötzlich ernst wird.

»Ich dachte damals bei dem Café, als du gestolpert bist, dass du einen Freund hättest. Sonst hätte ich dich damals schon geküsst.« Er bekommt ganz rote Ohren, als er mir das erzählt und mein Herz schlägt noch etwas schneller. Ich denke die ganze Zeit, dass er es eigentlich hören müsste, so laut wie es pocht.

»Aber wieso?«, frage ich nervös und reibe meine Hände am Stoff des Rocks trocken.

»Na ja, ich hab dich vorher nur ungeschminkt gesehen und nie so zurechtgemacht, also dachte ich, dass du wohl ein Date mit deinem Freund gehabt hast.« Er zuckt entschuldigend die Achseln und sieht mich mit einem kleinen Lächeln an.

Ich erwidere es und mein Magen kribbelt auf Aufregung.

»Hatte ich nicht. Ich hatte zwar ein Date, aber das war nichts«, gebe ich zu, während ich eine wegwerfende Geste mache.

»Woran lag´s?«, fragt Jack, während er sich interessiert vorbeugt.

Ich lache und schüttele den Kopf. »Er war nicht mein Typ.« Das ist eine schlichte Antwort, die alles erklärt, finde ich.

Jack legt fragend den Kopf schief. »Und was ist dein Typ?«

Du! Würde ich jedenfalls am liebsten sagen, aber mein Hirn versucht sich krampfhaft selbst daran zu hindern. Das wäre ja auch nicht gerade die eleganteste Art. Oder doch? Soll ich ihm sagen, dass ich Schmetterlinge im Bauch habe, wenn ich ihn ansehe? Oder würde er das albern finden? Die Zeit läuft mir davon, während er mich weiterhin mit heiterer Gelassenheit betrachtet, doch irgendetwas muss ich sagen.

»Ich, ähm«, druckse ich herum, »mag …«, stottere ich verlegen, »… Männer mit schönen Händen.« Glückwunsch, Ella, denke ich peinlich berührt, was für eine bekloppte Antwort ist das denn?

Gleichzeitig denke ich, dass es eine clevere Antwort ist. Ich habe mich damit nicht festgelegt und mich nicht komplett blamiert.

Jacks Mundwinkel zucken und er nickt. »Ja, schöne Hände sind echt heiß«, meint er, wobei er höflicherweise ein Lachen unterdrückt.

Mein Gesicht ist auch heiß – allerdings vor Scham.

Die Wirtin kommt an den Tisch und ich erzähle ihr in stockendem italienisch, wie köstlich ich es fand, was ihr Gesicht zum Strahlen bringt.

Dann kommt die Rechnung und Jack bezahlt, ohne mich zu fragen. Ich fühle mich übergangen.

»Das musst du nicht tun!«, protestiere ich. Ich hasse es, irgendjemandem etwas zu schulden. Das war schon immer so. Darum zahlen Eva und ich unsere Rechnungen grundsätzlich getrennt. Ausnahmen sind nur, wenn es schwerwiegende Gründe gab, wie zum Beispiel einen echten Notfall, was bei Eva bislang eine fiese Trennung war. Der Typ hat mitten im Kino mit ihr schlussgemacht. Lautstark und vor aller Augen, noch ehe der Film überhaupt angefangen hatte. Und das letzte Essen mit ihr, bei dem sie mir ihre Schwangerschaft gebeichtet hat. Selbstredend, dass ich da gezahlt habe.

Jack nickt ernst, als er aufsteht und ich es ihm gleich tue. »Ja, ich weiß. Aber das war das Mindeste nach der Sache mit unserem missglückten Date.«

Ich ziehe eine Braue hoch. »Und, ist es damit beglichen?«, rutscht es mir heraus.

Er grinst. »Nein, ich gedenke noch weitere Buße zu leisten.«

Der Blick, den er mir zuwirft, beschert mir eine Gänsehaut. Allerdings nicht vor Kälte.

»Inwiefern?«, hake ich nach, während er mir die Tür aufhält und ich auf die Straße in den warmen Sonnenschein trete.

Er zuckt die Achseln. »Lass dich überraschen«, meint er geheimnisvoll.

◆◆◆

Ich lächle verträumt in die warme Sonne Italiens. Mir tut der Rücken weh, die Knie und die Hände. Es war ein anstrengender Tag, aber absolut lohnenswert.

Nachdem ich mit Jack essen war, haben wir zusammen Lebensmittel und Getränke eingekauft, die ich die nächsten Tage brauchen werde. Er kennt sich sehr gut mit den hiesigen Lebensmitteln und ihrer Zubereitung aus und hat mir einige Rotweine aus der Region aufgedrängt, die ich unbedingt probieren soll. Allerdings nicht ohne ihn, das musste ich ihm versprechen.

Der Nachmittag war wunderbar und wir kamen aus dem Flirten kaum heraus, haben es aber bei gelegentlichen heißen Blicken und koketten Sprüchen belassen.

Seine Hände streiften mich immer wie zufällig, aber ich habe genau gemerkt, dass es Absicht war.

Leider hat ihn sein Vater angerufen, als wir schon auf dem Rückweg waren.

Jack vertritt seinen Vater derzeit im Geschäft, was aus der Verwaltung und Vermietung von mehreren Ferienwohnungen besteht, die großflächig verteilt sind. Er musste sofort zu einem neuen Kunden, der ein Problem mit einem defekten Herd hatte.

»Tut mir leid, Ella«, meinte er zerknirscht, nachdem er aufgelegt hatte. »Ich muss leider gleich wieder los. Ein Notfall. Ich komme später vorbei, wenn es dir recht ist.«

Ich nickte verständnisvoll. So etwas kann schließlich jedem passieren und ein kaputter Herd ist wirklich kein Spaß. Hier kann man sich schließlich kaum eine Pizza liefern lassen, obwohl Italien dafür berühmt ist. Aber das Haus des Mieters liegt abgelegen, und da geht so etwas nicht.

Statt also weiter herauszufinden, was er so unter Buße tun versteht, habe ich das Unkraut aus den Fugen der Terrasse gekratzt, einen Eimer Kirschen gepflückt, den Rasen gemäht und fläze mich nun in einer Sonnenliege, die ich hinter der Laube gefunden habe.

Mit mehreren Decken als Unterlage ist es sogar richtig bequem und ich kann mich, Dank des Mangels an Zaungästen, sogar gemütlich nackt in der Sonne räkeln.

Jack wird noch Stunden weg sein und in diesen Teil des Gartens kommt man nur durch das Haus.

Kirschbäume und dichte Hecken versperren den Zugang ringsum und die sind glücklicherweise recht hoch. Außerdem wohnt niemand weit und breit.

Die Türen habe ich alle offengelassen, falls jemand an der Tür klopft.

Ich rechne nicht mit Besuch und trinke ein Glas dieser köstlichen, leicht bitteren Zitronenlimonade, die man hier auch im Geschäft kaufen kann.

Die Wäscheleine ist auch gleich zum Einsatz gekommen. Meine frisch gewaschenen Sachen baumeln in einer warmen Brise im Wind und trocknen in aller Ruhe vor sich hin.

Ich nicke mehrfach ein, weil mir so wunderbar warm und wohlig ist und drehe mich nur ab und an um.

Wie ein faules Grillwürstchen, das gemächlich vor sich hinbrutzelt.

Allerdings hält die Ruhe nicht lange, wie ich mit einem missbilligenden Blick zur Tür feststelle. Von dort dringt nämlich lautes Klopfen an mein Ohr.

Ist Jack schon zurück? Er sagte doch, er braucht mindestens zweieinhalb Stunden für die Fahrt hin und noch einmal so lange zurück. Die Arbeit am Herd gar nicht mitgerechnet.

Misstrauisch schlüpfe ich wieder in meine abgeschnittene Jeans und das verblichene gelbe Shirt, das ausgeleiert an mir herabhängt. Ich hatte mir diese uralten Sachen genau für solche Momente mitgenommen; Momente, in denen ich putzen und Ordnung schaffen musste.

Aber außer ihm kann es niemand sein. Also konnte er es wohl nicht abwarten, mich wiederzusehen, denke ich selbstzufrieden. Aber die knisternde Spannung zwischen uns war ja auch greifbar. Mir wird ganz heiß und mein Bauch kribbelt vor Vorfreude. Diesmal kommt er um einen Kuss nicht herum!

Mein Lächeln wird immer breiter, je näher ich der Haustür komme. Ich habe nämlich nichts drunter.

Überraschung, Jack, denke ich schelmisch, als ich die Tür öffne.

Aber das ist nicht Jack.

»Tom!«, entfährt es mir erschrocken. Er blinzelt mich an und grinst dümmlich.

»Hey meine Süße«, flötet er, »dein neuer Freund ist da!«

# 12

Die finsteren Blicke, die ich ihm zuwerfe, bemerkt dieser eingebildete Schnösel gar nicht. Ich knalle extra laut mit den Schranktüren, während ich einen extra starken Kaffee für ihn koche. Ich überlege kurz, etwas von dem Kräuterreiniger hinzuzufügen, lasse es dann aber doch.

Er ist einfach hereingekommen, hat mir ein einen süffisanten Blick zugeworfen und verkündet, er sei hier, um mich von sich zu überzeugen.

»Weißt du, Ella«, tönt seine Stimme aus dem hinteren Teil des Raums, wo er sich auf dem Sofa lümmelt, »ich konnte deine Abfuhr vor einigen Wochen nicht auf mir sitzenlassen. Ich war bei dir Zuhause und dieses Mädchen, was bei dir wohnt, hat mir deine Adresse hier gegeben. Wie gut, dass ich einen eleganten Wohnsitz ganz in der Nähe habe.« Er lacht laut und aufdringlich und ich spüre, wie die Wut in mir hochkocht.

Bei unserem Date hatte ich ihm verkündet, dass ich nicht auf ihn stehe. Daraufhin war er regelrecht entsetzt und hat gemeint, er würde mich schon kriegen.

Dass er das ganz wörtlich gemeint hat, war mir damals nicht klar. Ich hielt es nur für die Aussage eines eingebildeten Kerls, der nicht wahrhaben wollte, dass es auch Frauen gibt, die nicht auf Immobilienmakler stehen. Ich linse unauffällig herüber. Ja, er sieht gut aus, aber das ist auch alles.

Bevor ich Jack kannte, habe ich Tom immer heimlich in dem Café beobachtet und angeschmachtet. Da wusste ich aber auch noch nicht, was für einen Charakter er hat.

Ich seufze und gieße den Kaffee in eine Tasse. Die Brühe ist schwarz wie Pech und ein öliger Film liegt darauf. Ich kann nur hoffen, dass er schnell wieder verschwindet, wenn er merkt, dass ich nicht einmal Kaffee kochen kann.

Tom grinst mich überheblich an, als ich ihm die Tasse auf den kleinen Beistelltisch knalle.

»Uh, ich wusste genau, dass du eine temperamentvolle Frau bist. Ich kenne deine Sorte genau«, grinst er, als er die Tasse nimmt. Ich lächele verkniffen und starre ihn wortlos an, als er einen Schluck nimmt.

Er verharrt reglos und versucht den Ekel niederzukämpfen, der sich auf seinem Gesicht ausbreiten will. Ich lächele süßlich. »Ist er dir etwa zu stark? Es tut mir leid, aber ich trinke ihn immer so«, flöte ich unschuldig.

Das ist natürlich gelogen, aber ich werde mich nicht von ihm einschüchtern lassen.

Dabei gilt meine Sorge im Moment eher Jack und was er denken wird, wenn er wieder kommt.

Toms protziger BMW steht nämlich vor dem Haus. Das neueste Modell. Und vermutlich auch das teuerste.

Toms Stimme klingt kratzig, als er die Tasse abstellt. »Ziemlich stark. Espresso, oder? Den liebe ich!«

Ich sehe ihm die Lüge auf seinem bleichen Gesicht an und sein Augenlid zuckt unruhig.

»Tja, dann«, beginne ich meinen Versuch ihn abzuwimmeln, »ich habe noch eine Menge zu tun. Also, es war nett!«

Ich deute vielsagend auf die Tür, ohne dabei mein aufgesetztes Lächeln zu verlieren.

»Aber, aber!«, er hebt beschwichtigend die Hände, die jetzt leicht zittern, »ich will dich unbedingt ausführen! Du weißt ja nicht, was dir entgeht!«

Ich zähle innerlich bis zehn. »Hör mal, Tom«, beginne ich erneut, »ich stehe einfach nicht auf dich, das habe ich dir doch damals schon gesagt! Und meine Entscheidung steht fest!«

Sein Gesicht drückt aufsteigende Unsicherheit aus, ehe er wieder selbstgefällig grinst. »Du hast es ja noch nicht einmal mit mir probiert.« Er steht auf, langsam, so wie ein Raubtier, das seine Beute ins Visier genommen hat. Ich weiche zurück, als er die Hände nach mir ausstreckt.

»Nun zier dich doch nicht so«, meint er plötzlich, während Wut in seinen Augen aufblitzt.

»Nein!«, fauche ich, während Panik in mir aufsteigt. Ich ringe mit der Angst und versuche, irgendwie ruhig zu bleiben. Wenn er sieht, dass ich Schwäche zeige, wird ihn das nur bestärken. Also bleibe ich stehen und lasse ihn herankommen.

Seine Finger fühlen sich klamm auf meinen nackten Oberarmen an. »Nimm die Finger weg«, zische ich drohend. Die Angst wird von der Wut erstickt, die sich in meinem Magen zusammenballt und mich die Zähne fletschen lässt.

»Oh, du bist ja eine ganz Wilde, was?«, fragt er nur lachend.

Er sieht die Ohrfeige nicht kommen.

Nur das scharfe Klatschen, das wie ein Peitschenknall klingt, ist zu hören.

Er starr mich an, entsetzt und empört gleichzeitig. »Du Miststück!«

Ich erwidere seinen Blick mit kühler Gelassenheit. »Du solltest jetzt gehen«, sage ich betont ruhig, obwohl ich innerlich zittere wie Espenlaub.

Wir starren uns einen ewigen Moment lang nur wortlos an, ehe er sich abwendet und zur Haustür stürmt.

Seine Stimme klingt kalt, als er mir zuruft: »Das ist noch nicht vorbei! Ich kriege dich!«

Dann fällt die Haustür mit einem lauten Krachen ins Schloss und ich sinke erschöpft auf dem Boden zusammen. Die Geräusche des aufheulenden Motors und von aufspritzendem Sand und Kies dringen hart und laut an mein Ohr. Erst als die Motorengeräusche und das Knirschen der Reifen verklungen sind, fühle ich mich wieder sicher.

Das Gefühl, nur knapp einer Katastrophe entronnen zu sein, breitet sich in mir aus wie aufsteigendes Wasser in einer volllaufenden Regentonne.

Dass ich weine, bemerke ich erst, als mein Shirt schon vollkommen durchweicht ist.

Nach einer Weile, in der sich der Sturm in mir ausgetobt hat, schlurfe ich zur Haustür und schließe sorgfältig ab.

Ich bete inständig, dass dieser Typ nicht noch einmal hier auftaucht.

Mein Blick fällt auf den Korb, den Jack mitgebracht hat. Ich hebe ihn auf und drücke ihn an mich.

»Komm bitte schnell zurück, Jack«, murmele ich verzweifelt.

Der Rest des Tages zieht sich hin wie Kaugummi, als ob die Zeit Überstunden machen würde. Unruhig tigere ich auf und ab, laufe von der Küche ins Wohnzimmer und spähe durch die Fenster nach draußen, auf der Suche nach ungewöhnlichen Anzeichen. Die Furcht, Tom könnte zurückkommen und »mich kriegen«, was immer das heißen soll, ist so präsent wie der Duft der Kräuter, der noch über allem schwebt.

Ich komme mir vor wie ein Raubtier im Käfig. Als es schon dämmert, nehme ich die Wäsche ab, die draußen im Garten an der Leine hängt. Jedes Geräusch in den umgebenden Hecken und Kirschbäumen lässt mich zusammenzucken.

»Man, bist du eine blöde Kuh«, schimpfe ich mit mir selbst. »Du würdest schon merken, wenn er zurückkommt.« Dabei spreche ich extra laut, um mir Mut zu machen. Einige Vögel, die sich die Kirschen schmecken lassen, blinzeln mich aus schwarzen Knopfaugen an.

Irgendwann ist die Angst nur noch in meinem Hinterkopf, und ich bin wieder entspannt genug, um einen Kuchen zu backen. Die Kirschen sind süß und saftig und das Herauslösen der Steine hat meine zitternden Hände beruhigt. Der Teig war schnell gemacht und mit den Zutaten aus dem Laden und einigen Stücken zartbitterer Schokolade verfeinert perfekt geeignet, um die himmlischen Früchte aufzunehmen.

Jetzt bäckt er im Ofen vor sich hin und ich habe wieder zu viel Zeit, um mir Sorgen zu machen.

Darum zucke ich auch zusammen, als es an der Tür pocht. Ich schaue schnell auf die Uhr, die über der Tür hängt, und zähle im Geiste die Stunden.

»Wer ist da?«, frage ich misstrauisch, als ich zur Haustür gehe.

»Na, der Weihnachtsmann, wer sonst?«, ertönt es sarkastisch von der anderen Seite.

Ich reiße die Tür auf und stöhne vor Erleichterung, als mir Jacks amüsiertes Lächeln entgegen strahlt.

Als er mich sieht, verschwindet es sofort. »Was ist los? Alles in Ordnung?«, erkundigt er sich besorgt, als er näher kommt und mein Kinn anhebt.

Ich schüttele den Kopf. Soll ich es ihm sagen? Oder doch lieber nicht? Was wird er denken, wenn ich es ihm erzähle? Es ist ja eigentlich auch nicht sein Problem. Ich ringe mit mir und entscheide mich dann dagegen. Ich werde schon alleine mit Tom fertig. Ich muss nur aufpassen.

»Nichts«, lüge ich mit zitternder Stimme, was mir eine sorgenvoll gefurchte Stirn von Jack einbringt. »Es war nur etwas unheimlich so alleine«, winde ich mich heraus.

Jack lächelt schief. »Tja, jetzt bin ich ja da.«

»Ja«, murmele ich, weil seine Finger noch immer unter meinem Kinn ruhen. Sein Daumen streicht zart über meine Haut und plötzlich bemerke ich, wie kräftig und rau seine Hände sind.

Ich kann sehen, wie er schluckt und zu überlegen scheint, ob er mich küssen soll oder nicht.

Um ihm diese Entscheidung abzunehmen, stelle ich mich auf die Zehenspitzen und komme ihm entgegen.

Er seufzt und zieht mich an sich, als hätte er nur darauf gewartet. Er schmeckt nach Sonne und Meer und ich bekomme gar nicht genug von seinem Mund.

Als unsere Zungen sich zaghaft berühren, erschauere ich in seinen Armen. Ich vergesse alles um mich herum und schmiege mich an ihn. Dass ich gar nichts unter meinem Shirt habe, fällt mir erst auf, als Jack ein überraschtes Geräusch entfährt.

»Na, na, Fräulein Ella«, murmelt er schmunzelnd an meinem Mund, während seine Zungenspitze über meine Unterlippe streicht, »Sie haben kaum etwas an. So etwas gehört sich doch nicht«, neckt er mich.

Ich knabbere sanft an seiner Lippe, als hätte ich das schon tausendmal gemacht, und er stöhnt leise. Das Geräusch ist so sexy, dass ich Gänsehaut davon bekomme. Unbedingt will ich das noch einmal hören. »Vielleicht bin ich ja gar nicht so brav, wie du glaubst«, gebe ich zurück. Ich fühle mich seltsam dabei, aber auch unbeschreiblich gut. Ich zittere überall und meine Haut fühlt sich heiß an. Innerlich bin ich aufgewühlt und ich fühle mich gleichzeitig schwach und stark, als ich mich an ihn presse. Meine Finger streicheln seinen Nacken und seine Schultern und er vertieft den Kuss, bis ich meine, innerlich zu schmelzen. Meine Knie sind so weich, dass ich kaum noch stehen kann.

»Ella«, murmelt er rau, »dir ist hoffentlich klar, dass das hier kein Service von uns ist, oder?« Er hebt den Blick lange genug, dass ich das funkelnde Gold in seinen grauen Augen sehen kann.

»Das hoffe ich doch«, meine ich grinsend. »Ich wäre enttäuscht, wenn das jede allein reisende Frau bei euch bekäme!«

Er lacht und ehe ich mich versehe, hat er mich auf seine Arme genommen. Erschrocken klammere ich mich an ihn.

»Keine Angst«, murmelt er an meinem Mund«, ich lasse dich nicht fallen.

»Das hoffe ich doch, sonst muss ich dich leider verklagen«, necke ich ihn. Mein Herz pocht so laut, dass ich beinahe taub davon werde, aber auch seines schlägt kräftig in seiner Brust. Ich kann es fühlen.

»Jack?«, frage ich, als er die Tür zum Schlafzimmer mit dem Fuß aufschiebt und mich so sanft ablegt, als fürchte er, mich zu zerbrechen.

»Ja?«

Ich beiße mir nervös auf die Unterlippe und will ihm gerade gestehen, dass ich noch Jungfrau bin, als er sich über mich beugt und mich küsst. Er ist so intensiv und so leidenschaftlich, dass mein Hirn jeden Denkprozess anhält. Es ist einfach nicht möglich so zu küssen und gleichzeitig zu denken.

»Was wolltest du sagen?«, fragt er, als er sein Gesicht an meinem Hals vergräbt und meine Haut mit warmen, zärtlichen Küssen bedeckt.

Ich strenge mich wirklich an, aber ich weiß es nicht mehr.

»Gar nichts«, flüstere ich, als er an der empfindlichen Stelle an meinem Ohrläppchen knabbert.

Ach du lieber Gott. Er schmiegt sich mit seinem ganzen Gewicht an mich und ich spüre ihn, wirklich *alles*.

Jack nimmt mein Gesicht zwischen die Hände und küsst mein Gesicht, Zentimeter für Zentimeter, mit einer Sanftheit, die mich aufseufzen lässt.

»Du bist so schön, Ella«, flüstert er. Ich bin zu benommen, um etwas zu erwidern. Stattdessen streichle ich die harten Kanten seines Gesichts und bewundere ihn andächtig.

Gerade schließe ich die Augen und will ihm sagen, was er wissen muss, weil es mir soeben wieder einfällt, als seine Hände an meinen Oberschenkeln entlanggleiten und mich erschauern lassen, als sein Handy klingelt.

»Gottverdammt«, entfährt es ihm und er starrt mich zerknirscht an. Ich lächele und zucke die Achseln.

»Ich hasse meinen Job manchmal«, gibt er zu, als er sich von mir löst.

»Es könnte wichtig sein«, gebe ich zu bedenken, als er das klingelnde Ding in der Hand hält und kurz davor ist, den Anruf einfach wegzudrücken.

»Du bist zu vernünftig«, meint er lächelnd, als er sich erhebt.

»Darum bin ich auch noch Jungfrau«, entfährt es mir ungewollt. Jack hat den Anruf schon angenommen und starrt mich offenen Mundes an. Irritiert antwortet er dem Anrufer auf Italienisch, während sein Blick weiter an mir haftet. Er scheint herausfinden zu wollen, ob ich Witze gemacht habe, kommt dann aber zu dem Schluss, dass ich es ernst gemeint habe. Er lächelt sanft und ich erwidere es verlegen. Plötzlich komme ich mir sehr einsam und entblößt vor, als ich so auf dem Bett ausharre.

Und außerdem steigt mir der Duft von Kuchen in die Nase.

Ich gebe Jack ein Zeichen, dass ich in die Küche muss und er nickt, wobei er einen Schmollmund zieht, was mich zum Kichern bringt.

Der Kuchen ist fertig und ich hole ihn aus dem Ofen, damit er abkühlen kann.

Kurz schießt mir durch den Kopf, dass ich genau das will.

Einen Mann in meinem Leben, der gemeinsam mit mir Kuchen isst. Das klingt bescheuert, aber es ist wahr. Und nicht nur Kuchen. Alles, was ich koche.

Ich spüre, wie sich die Erkenntnis in mir breit macht, dass ich ein Leben zu zweit will.

Vielleicht habe ich zu viel italienische Sonne abbekommen.

Ich kenne Jack kaum und er will bestimmt keine Beziehung. Oder?

Ich linse über die Schulter zu ihm rüber und sehe, wie er an die Wand gelehnt dasteht und mich beobachtet, während er in das Handy spricht. Er lächelt, als wir uns ansehen.

Mein Herz klopft alleine davon, dass unsere Blicke sich begegnen, schneller.

Ich ahne schon, was er mir sagen wird, als er das Gespräch beendet und auf mich zukommt.

»Mein Timing ist leider total schlecht«, beginnt er entschuldigend. »Ich muss noch einmal kurz weg, zu einem anderen Kunden, eine Schlüsselübergabe machen. Es dauert aber nicht lange.« Er lächelt und sein Blick fällt auf den Kuchen. »Der sieht köstlich aus.«

»Ich hoffe es«, gebe ich zurück.

»Hör mal, Ella«, meint er, während sich sein Blick in meinen senkt und er näher kommt, »hast du vielleicht Lust später mit mir auszugehen? Auf ein richtiges Date?« Er sieht mich hoffnungsvoll an und ich nicke, während ich mir wünsche, dass er mich noch einmal küsst.

Sein Lächeln wird verwegen. »Unter anderen Leuten muss ich mich nämlich zusammenreißen. Sonst besteht die Gefahr, dass ich da weitermache, wo wir vorhin aufgehört haben.«

»Und das wäre schlimm?«, frage ich, während mein Magen kribbelt. Er ist so nah, dass ich den Duft seiner Haut wahrnehmen kann, aber er berührt mich nicht. Ich sehe, wie das Verlangen in seinen Augen aufblitzt und er schluckt.

»Das weiß ich noch nicht. Ich kann nicht richtig denken, wenn du mich so ansiehst.« Er grinst frech, als er meinen enttäuschten Gesichtsausdruck sieht.

»Ich hole dich in einer Stunde ab, in Ordnung?«

»Wehe du kommst nicht.«

Er seufzt und schließt kurz die Augen. »Ich komme, keine Angst«, meint er dann mit seltsamen Unterton, während er sich umdreht.

Mein Mund wird ganz trocken und ich fasse mir an die Kehle. Ich weiß nicht genau, wie er das gemeint hat, aber mir gefällt, wie er es gesagt hat.

Die Tür ist kaum ins Schloss gefallen, als ich auf wackeligen Beinen ins Bad gehe.

Ein richtiges Date also. Ich lächele, als ich mich ausziehe und in die Dusche steige. Die bereitliegende Seife ist unbenutzt und duftet himmlisch nach Lavendel und Zitronengras. Ich freue mich schon darauf, mich für Jack hübsch zu machen, als mich der Wasserstrahl trifft.

Er ist eiskalt! Fluchend winde ich mich in der Dusche und quieke wie ein erschrecktes Meerschweinchen. Ich hatte ganz vergessen, dass ich ja gar kein heißes Wasser habe.

»Verflucht noch mal!«, schimpfe ich. Mit zusammengebissenen Zähnen stelle ich mich unter den eisigen Wasserstrahl.

»Das Date wird besser gut, Jack«, knurre ich mit klappernden Zähnen, als ich nach der Seife greife und beginne, mir die Haare zu waschen.

Sauber aber halb steifgefroren rubbele ich mich anschließend trocken. Der Duft der Seife ist berauschend und frisch und ich fühle mich erstaunlich gut.

Meine Haare drücke ich nur kurz mit dem Handtuch aus, ehe ich sie einfach so trocknen lasse. Das bringt meine natürlichen Locken umso besser zum Vorschein und außerdem mag ich es nicht, sie zu föhnen. Während ich ein Lied summe und mich auf mein Date freue, fällt mir wieder ein, dass ich ja sogar das Kleid dabei habe.

Nur mit einem Handtuch umwickelt, laufe ich barfuß ins Schlafzimmer und hole es aus meiner Reisetasche. Es ist zwar etwas zerknittert, aber nicht so schlimm, dass ich es nicht noch tragen könnte.

Es riecht nach dem Waschmittel, das ich Zuhause benutze. Nachdenklich setze ich mich auf das Bett und bekomme ein schlechtes Gewissen. Ich habe nämlich noch gar nicht angerufen. Weder bei meiner Mutter noch bei Eva, die mich beide darum gebeten hatten, sobald ich angekommen bin.

Kurzentschlossen spähe ich auf den Wecker, den ich mitgebracht habe und der schon auf dem Nachtschränkchen steht.

Ich habe noch genug Zeit, also tue ich meine Pflicht.

Zuerst meine Mutter, dann Eva. Ich wühle mein Handy aus der Tasche und wähle ihre Nummer. Sie meldet sich nach dem zweiten Klingeln, als ob sie darauf gewartet hätte.

»Ella, Schatz?«, fragt sie. Ihre Stimme klingt nervös und angespannt.

»Ja, ich bin´s«, meine ich gut gelaunt. Sie soll sich keine Sorgen machen. »Tut mir leid, dass ich mich jetzt erst melde, ich hatte einiges zu tun! Einkaufen und so weiter«, berichte ich pflichtbewusst.

»Ach, endlich meldest du dich! Ich hab mir schon solche Sorgen gemacht!«, stöhnt sie erleichtert. Ich kann förmlich hören, wie die Anspannung von ihr abfällt.

»Es ist fantastisch hier, ich liebe es«, erzähle ich schmunzelnd. »Die Sonne scheint und es ist total warm. Und das Haus ist wirklich schön!«

»Das freut mich aber, Ella!«, meint sie erleichtert. »Sollen Eduardo und ich nicht vielleicht doch zu dir kommen? Du bist doch bestimmt sehr einsam!«

Ach du liebes Lieschen! Bloß nicht!

»Nein, eigentlich fühle ich mich sehr wohl, wirklich!«, beteuere ich schnell. »Ich bin auch gar nicht so alleine, der Sohn des Vermieters ist sehr nett und …«

»Sohn?«, unterbricht sie mich alarmiert. »Du wirst dich doch nicht in irgendeinen glutäugigen Italiener verlieben und Unsinn machen?«, fragt sie aufgeregt.

»Nein!«, wehre ich beinahe panisch ab. »Außerdem ist er ein echter Gentleman.« Wir küssen uns bisher ja nur, füge ich im Geiste hinzu. Und fast hätten wir es auf meinem Bett gemacht. Aber sein Handy ist ein großartiges Verhütungsmittel.

»Hm«, meint sie misstrauisch. Sie glaubt mir nicht. »So, so«, fährt sie fort, »und du hast auch nicht vor, irgendetwas Dummes zu tun?«

Doch, eigentlich schon, wenn sie das meint, was ich denke. Aber das geht sie nichts an.

»Mama, ich bin zweiundzwanzig.« Das ist meine Standardantwort geworden. Es soll verdeutlichen, dass ich kein Kind mehr bin und eigenen Entscheidungen treffen kann.

»Ja, genau darum ja!«, fährt sie mich an. »Du wirst dich nicht von irgendeinem dahergelaufenen Mann schwängern lassen, kapiert?«, faucht sie in den Hörer.

»Ganz ruhig!«, versuche ich, ihre Aufregung zu dämpfen, »er ist doch nur nett und ich bin nicht *so* blöd!«, wehre ich mich empört. Wobei ich besondere Betonung auf das Wort *so* lege, damit sie wieder ein bisschen runterkommt.

»Ich muss noch einiges besorgen, also werde ich jetzt Schlussmachen«, versuche ich, das Gespräch dem Ende entgegenzuführen.

Meine Mutter schnappt empört nach Luft. »Dass du es nicht wagst jetzt aufzulegen!«, schreit sie fassungslos. Ich stehe vom Bett auf, denn allmählich reicht es mir. »Mama«, sage ich, so ruhig wie ich kann, »er ist nur ein Freund, ich werde mich nicht schwängern lassen, weder von ihm noch sonst wem und du wirst endlich aufhören mir vorzuschreiben, was ich tun oder lassen soll!«

Einen Moment herrscht Schweigen.

In die Stille hinein sage ich trotzig: »Und außerdem sagst du mir doch immer, ich soll endlich einen Freund finden! Jetzt habe ich vielleicht bald einen, und dann ist es dir auch nicht recht!«

Ich kann ihren angestrengten Atem hören. Irgendwo im Hintergrund murmelt Eduardo beruhigend auf sie ein.

»Fein«, meint sie knapp. »Tu was du willst, aber wenn du dich schwängern lässt, kannst du zusehen, wie du klarkommst!«, bellt sie, ehe sie einfach auflegt.

Ich stehe da wie vom Blitz getroffen. Meine Mutter ist mir, was dieses Thema betrifft, ein Rätsel. Ich bin nicht die heilige Jungfrau Marie, die unbefleckt ein Kind empfängt, verflixt noch eins! Das muss ihr doch klar sein. Und irgendwann werde ich einen Freund haben. Und natürlich auch Sex. Ich verstehe absolut nicht, was ihr Problem ist.

Sauer wähle ich Evas Nummer, die nach einer gefühlten Ewigkeit abnimmt.

»Hallo?«, fragt sie. Sie klingt, als hätte sie geschlafen.

»Oh, hey«, meine ich unsicher. »Hab ich dich geweckt?«

»Ella!«, ruft sie erfreut und klingt sofort munterer. »Endlich, ich dachte schon, du bist ins Mittelmeer gefallen! Wie geht´s dir?«

Ich erzähle ihr alles, von der Ankunft bis zum Telefonat mit meiner Mutter eben. Meine beste Freundin gibt ab und an zustimmende oder überraschte Geräusche von sich, so wie sie es immer tut. Sie ist auch der Meinung, dass sich meine Mutter nicht so anstellen sollte, was mich irgendwie tröstet. Es aus ihrem Munde zu hören, beruhigt mich.

»Du meine Güte«, meint sie, als ich auf Jack zu sprechen komme, »das ist ja ein Zufall!«

Ich stimme ihr zu und erzähle noch einige Details, bei denen meine Ohren anfangen zu glühen.

Eva kreischt begeistert. »Ihr küsst euch? Oh, Ella, das ist ja super!«, ruft sie ausgelassen. »Gott sei Dank hat er sich noch einmal zusammengerissen. Ich dachte schon, du siehst ihn nie wieder.«

»Ja. Aber es war wegen seinem Vater, weißt du. Der ist ziemlich krank und lebt in Italien.«

Ich erzähle ihr auch von seinem Job und schließlich von Tom, der mich bis hierher verfolgt hat. Schlagartig wird sie ernst.

»Ella, pass auf!«, meint sie besorgt. »Das kommt mir total komisch vor!« Sie brütet kurz vor sich hin und ich warte ab, denn sie scheint zu überlegen. »Soll ich nicht vielleicht mit Adrian zu dir kommen?«

»Nein, Eva«, meine ich lachend. »Das hat meine Mutter auch schon gesagt.«

»Aber wenn er wiederkommt?«, hakt sie nach. Sie macht mich ganz nervös mit ihrer Sorge.

Ja, was, wenn er wiederkommt? Ich muss mir irgendetwas überlegen, wie ich ihn loswerde. »Bestimmt nicht«, meine ich. Teils, weil sie ich beruhigen will, teils um mich selbst zu beruhigen.

»Na schön, aber pass gut auf dich auf!«, sagt sie, nur halb zufriedengestellt.

»Mach ich.«

Sie grinst und meint dann: »Und schnapp dir deinen heißen Kellner! Lass ihn diesmal nicht entwischen, Süße!«

Ich lache. »Bestimmt nicht«, verspreche ich ihr.

Dann verabschieden wir uns und machen ab, dass ich sie mindestens einmal am Tag anrufe, damit sie weiß, dass alles ok ist.

Der Blick auf die Uhr sagt mir, dass ich mich jetzt ziemlich ranhalten muss, also lege ich schnell etwas Make-up auf, tusche mir die Wimpern und wähle einen rosenholzfarbenen Lippenstift, der gut zu meinem Teint passt.

Meine Haare sind noch feucht, aber das ist jetzt nicht mehr zu ändern. Ich flechte sie zu einem losen Zopf, den ich über meine Schulter baumeln lasse und schlüpfe in die neue

Unterwäsche, die ich noch nie getragen habe. Sie ist schwarz, mit dezentem dunkelrotem Muster und ein wenig Spitze. Eva hat sie für mich ausgesucht.

»Männer lieben solche Dinge!«, meinte sie. »Sexy, aber nicht zu übertrieben. Und schwarz oder rot geht immer!«

Das kann ich nur hoffen. Mir gefällt sie zwar, aber ob sie auch Jack gefallen wird?

Ich ziehe das kirschrote Kleid an, das ich extra mitgenommen habe und werfe einen abschließenden Blick in den Spiegel. Ich sehe zugegebener Maßen ziemlich gut aus. Meine dunklen Haare und meine braunen Augen machen sich in der Kombination mit dem Kleid wirklich gut. Und ich sehe so … zufrieden mit mir aus. Mein Teint hat schon etwas Farbe bekommen und ich bin nicht mehr ganz so blass wie sonst. Das gefällt mir.

Summend krame ich die passenden Schuhe hervor und ziehe sie mir an, ehe ich mich einmal im Kreis drehe. Fertig! Ich singe leise vor mich hin, vollkommen entspannt, als ich auf klappernden Absätzen in die Küche schlendere. Da mir niemand zuschaut, versuche ich so zu laufen, wie die Models auf dem Catwalk. Mit wiegenden Hüften. Allerdings fühlt sich das so unnatürlich an, dass ich es kichernd bleiben lassen muss. Bei meinem Pech rutsche ich sonst noch auf dem gefliesten Küchenboden aus und breche mir die Knöchel.

Ich starre wieder zur Uhr. Eine Stunde hatte er gesagt und diese ist fast vorbei. Mittlerweile ist es kurz vor acht und draußen ist es schon so dunkel, dass ich den Garten durch die Glasfront nicht mehr sehen kann. Es ist plötzlich viel zu still im Haus und ich werde unruhig.

Um mich zu beruhigen und etwaige Blicke auszusperren, lasse ich den elektrischen Rollladen vor dem Fenster herunter. Jack ist bestimmt bald da, aber es ist mir trotzdem lieber, wenn man nicht in mein Haus schauen kann. Man weiß ja nie, wer oder was sich draußen in der Dunkelheit verbirgt.

Ich schalte die Lampe neben dem Sofa ein, wo vorhin noch Tom gesessen hat, und setze mich mit dem Buch hin, um mir die Zeit zu vertreiben.

In letzter Zeit habe ich kaum gelesen. Normalerweise tue ich das fast jeden Tag, aber heute hatte ich genug anderer Ablenkungen. Es fällt mir schwer, mich auf den Text zu konzentrieren, weil ich zunehmend nervös werde.

Er ist schon wieder eine halbe Stunde über der Zeit. Ich muss mich schon ziemlich beherrschen, um nicht an meinen Fingernägeln zu kauen. Mein Blick fällt auf das kleine Radio in der Küche und auf den Kuchen, der noch immer duftend und abwartend auf dem Kochfeld steht.

Ich seufze und mein Magen knurrt verlangend. Widerstrebend gehe ich rüber, schalte das Radio ein und suche nach einem Sender, auf dem mir die Musik gefällt. Ich finde nur italienische, was aber vollkommen in Ordnung ist. Bei etwas, das nach Pop-Musik klingt, halte ich an und lasse die Musik laufen. Sie klingt richtig gut und meine Laune bessert sich. Dank der Musik fühle ich mich schon etwas weniger einsam und ich schneide mir voller Vorfreude ein kleines Stück von dem Kirschkuchen ab. Er sieht köstlich aus und duftet sogar noch besser. Die Schokoladenstückchen, die ich in den Teig gestreut habe, sind geschmolzen und zergehen auf der Zunge. Und die Kirschen sind so süß und aromatisch, dass ich mich beherrschen muss, um mir nicht noch ein Stück zu gönnen. Ansonsten platze ich vielleicht aus dem Kleid, und das wäre nicht gerade ein idealer Start in mein Date mit Jack.

Wo bleibt er denn nur? Ich warte seit fast einer Stunde auf ihn. Liegt das nur an ihm, oder ist das die italienische

Kultur? Bin ich zu pingelig, was Zeitvorgaben betrifft? Ich selbst hasse es, zu spät zu kommen. Wenn mich jemand um acht treffen will, bin ich mindestens zehn Minuten vorher da. Und nicht eine Stunde später.

Allmählich mache ich mir Sorgen. Vielleicht ist ihm etwas passiert? Oder er kneift wieder? Bei dem Gedanken fängt mein Magen vor Nervosität an zu kribbeln. Wenn er mich nun noch einmal sitzenlässt, kann er mir gestohlen bleiben!

Das einzige, was in meinem neuen Zuhause zu hören ist, ist das Radio, aus dem schmachtende Liebeslieder erklingen. Und meine klappernden Absätze. Ich wandere unruhig auf und ab, beobachte den Zeiger der Uhr, wie er langsam vor sich hin schleicht. Minute um Minute vergeht, ohne dass irgendetwas passiert.

Irgendwann wird mir kalt und ich beschließe, den Kamin anzumachen.

Holz habe ich ja bereits hineingelegt, und dank des bereitliegenden Zunders prasselt es bald richtig. Ich wollte schon immer einen Kamin haben. In den Geschichten, die ich als Kind gelesen habe, kamen oft welche vor. Für mich sind es beinahe schon magische Objekte, weil sie einfach etwas Besonderes ausstrahlen. Geschichten werden davor vorgelesen, Weihnachtsmänner gelangen dadurch ins Haus und bringen Geschenke, und es ist warm und gemütlich. Den Flammen zuzuschauen hat etwas Beruhigendes, Heimeliges, finde ich.

Trotzdem bin ich allmählich verstimmt. Ich koche mir einen frischen Kaffee, nachdem ich die ölige Brühe, die ich Tom eingeschenkt hatte, weggegossen habe.

Der Duft breitet sich in der Küche aus und im ganzen Haus. Es ist himmlisch. Der Kamin verströmt seine Wärme und der Lampenschein wirkt gemütlich. Wenn Jack wieder nicht auftaucht, werde ich mir einfach einen gemütlichen Abend ganz allein machen, beschließe ich grimmig. Ich werde mein Glück nicht daran hängen, ob mich irgendein Kerl ausführt, oder nicht. Langsam aber sicher bekomme ich richtig Hunger und meine Laune ist, trotz der Gemütlichkeit im Haus, auf dem Gefrierpunkt.

Ich überlege gerade, ob ich mir eine schöne Portion Nudeln mit Tomatensoße kochen soll, als es an der Tür klopft. Mein Blick geht erst zur Uhr, die mir zeigt, dass es schon fast halb elf ist. Wenn Jack immer so spät kommt, verspreche ich mir, gebe ich ihm das nächste Mal eine Zeit vor, und dann lasse ich ihn stundenlang warten! Egal wie heiß ich ihn finde und wie gut er küssen kann, aber mich ständig sitzenzulassen ist einfach nicht fair.

Dementsprechend gelaunt bin ich auch, als ich die Tür öffne. Tom grinst mich an. Er hat einen gigantischen Strauß dunkelroter Rosen in den Armen und trägt einen perfekt sitzenden Anzug.

»Oh, wie schön!«, flötet er. »Du bist ja schon fertig. Hast du etwa auf mich gewartet?«

Ich bin zu verdattert, um etwas zu sagen. Was stimmt mit diesem Kerl nicht? Ich habe ihm eine geklebt und er kommt trotzdem wieder. Mit Rosen!

»Was machst du denn hier?«, zische ich, während ich hinter ihm in die Dunkelheit spähe. Doch alles, was ich erkennen kann, ist seine protzige Karre, die vor meinem Haus steht.

Tom lächelt entschuldigend und sieht dabei einigermaßen ehrlich aus, als er mich aus seinen strahlend blauen Augen ansieht. Den Hundeblick scheint er täglich vor dem Spiegel zu üben. »Ich wollte mein Verhalten von vorhin wieder gut machen. Ich war etwas … forsch.«

Etwas forsch ist nicht die Beschreibung, die ich wählen würde, aber ich winke ab. »Schon gut, aber mach das nicht noch einmal!«, warne ich ihn mit erhobenem Finger.

Er nickt und sieht erleichtert aus. Er reicht mir die Blumen und eigentlich will ich sie nicht nehmen, aber er sieht mich so bittend an, dass ich schließlich nachgebe.

»Die sind wirklich sehr schön«, gebe ich zu, »aber ich weiß gar nicht, ob ich eine Vase habe.«

Widerstrebend bitte ich ihn herein und er verhält sich sehr umgänglich und behutsam. Er bleibt hinter mir, kommt mir aber nicht zu nahe. Als hätte er sein aufdringliches Selbst Zuhause gelassen und stattdessen eine demütigere Version von sich angezogen. So wie einen Anzug.

»Ich muss mich wirklich entschuldigen. Du musst verstehen, mich hat noch nie eine Frau abgewiesen. Das war«, er tastet nach den richtigen Worten, »einfach ungewohnt. Aber ich hätte dich nicht so bedrängen dürfen.«

Ich finde tatsächlich eine Vase, die groß genug ist. Seinen Ausführungen lausche ich mit einigem Misstrauen, aber ich denke mir, dass er es vielleicht wirklich ernst meint.

»Schon gut. Ich war auch nicht gerade ein Ausbund an Höflichkeit«, lenke ich ein. Plötzlich ist es mir peinlich, ihm eine Ohrfeige verpasst zu haben, und ich schäme mich.

Tom nickt dankbar. »Fangen wir noch einmal von vorn an?«, fragt er mich mit einem kleinen Lächeln.

Am liebsten würde ich ihm sagen, dass es mir leidtut, ich ihn einfach nicht so attraktiv finde und eigentlich ein Auge auf jemand anders geworfen habe, aber er hat sich entschuldigt und mir Blumen mitgebracht. Wäre es da wirklich fair, wenn ich ihn einfach wieder wegschicke? Ich werfe einen Blick auf die Uhr. Jack kommt wohl nicht mehr, aber ich bin schon fertig angezogen. Und Tom auch.

»Na schön«, gebe ich mich geschlagen. »Aber nur ein Essen heute Abend!«, mahne ich. »Und auch nur, weil ich versetzt wurde.« Ich finde, das sollte er wissen.

Tom sieht gar nicht überrascht aus, als ich ihm das sage, aber vielleicht wird er sich das schon gedacht haben. Schließlich läuft man doch nicht so aufgebrezelt Zuhause herum, oder?

»Jemand, der dich versetzt, ist ziemlich blöd.« Er sagt es ganz neutral und ohne seine übliche Überheblichkeit.

»Also dann. Wollen wir?«

# 13

Meine Mutter erzählt mir oft, dass ich als kleines Kindergartenkind immer einen bestimmten Jungen gejagt und in die Wange gebissen habe.

Nicht, weil ich so ein garstiges Kind gewesen wäre, sondern weil ich besagten Jungen einfach zum Anbeißen fand. Ich rannte stets freudestrahlend und jauchzend auf den Kleinen zu, der sogar etwas älter war als ich selbst, und rannte ihn um, warf mich auf ihn und biss zu. Ich hatte damals nämlich noch nicht gelernt, wie man küsst. Also tat ich, was ich stattdessen konnte, und biss kräftig zu, um ihm meine Liebe zu zeigen.

Selbstverständlich stieß dieses Verhalten nicht eben auf Gegenliebe und mein Schwarm brüllte jedes Mal wie am Spieß, sobald er mich nur sah, wie ich auf meinen kurzen Beinchen wackelig auf ihn zu stürmte.

Meine Mutter lacht heute darüber, aber damals machten ihr die Eltern des Kleinen und die Kindergartenleitung die Hölle heiß.

Daran muss ich wieder denken, als ich neben Tom im Auto sitze. Ich frage mich oft, was aus diesem Kind geworden ist. Ob er heute schwul geworden ist, weil ich ihn traumatisiert habe? Vielleicht habe ich, ohne es zu wissen, das Leben eines kleinen Kindes ruiniert. Und das nur, weil ich keine Ahnung hatte, was ich tue.

So wie jetzt auch.

Ich habe keine Ahnung, was ich hier eigentlich treibe. Tom fährt mit mir durch die Nacht und plaudert locker über ein Lokal am Strand, was er als »fabelhaft« bezeichnet. Ich kenne niemanden, der dieses Wort benutzt. Außerdem mache ich mir Sorgen um Jack. Und wenn er nun doch gekommen ist und ich bin nicht da? Was wird er denken? Andererseits sind wir ja nicht zusammen. Oder? Wann weiß man, ob man eine feste Beziehung hat? Ich kenne ihn ja kaum. Und Tom kenne ich noch weniger.

Ich frage mich nicht zum ersten Mal, wieso ich mich von ihm habe breitschlagen lassen.

Er hingegen sieht so ruhig und zufrieden aus wie eine vollgefressene Katze, die selig auf dem kuscheligen Sofa vor sich hin döst.

»Ich hoffe, es wird dir gefallen!« Tom hält den Wagen im Nirgendwo an und zwinkert mir verschwörerisch zu. Als er den Motor abstellt, ist es schlagartig dunkel um uns.

Mich beschleicht der Verdacht, dass ich das Kuchenmesser hätte einstecken sollen. Verfluchter Mist.

»Ähm, Tom?«, wage ich meine Unsicherheit in Worte zu fassen, »wo genau sind wir hier?« Er steht bereits auf meiner Seite des Autos und hält mir die Tür auf, während er mit einer Taschenlampe den Weg vor mir beleuchtet.

»Keine Sorge, ich bin kein wahnsinniger Kettensägenmörder«, lacht er, als er meinen Blick sieht.

»Ahh«, meine ich nur lahm, während ich meine klamme Hand in seine lege. Ich lache nervös und steige vorsichtig aus. Meine Füße versinken in weichem Sand. Ich kann das Rauschen der Wellen hören und die salzige Seeluft riechen.

»Oh, warte«, meint Tom kurz und hockt sich vor mich in den Sand. »Du verletzt dich sonst noch!« Seine Finger sind warm, als er mir behutsam die Schuhe auszieht und sie mir gibt.

»Danke«, murmele ich verlegen. Er lächelt und greift nach meiner Hand, an der er mich sanft mit sich zieht.

»Das Lokal ist direkt da vorn, hinter der Böschung«, meint er geheimnisvoll.

Wir laufen einen Moment, nur die Taschenlampe als Wegweiser, und mir wird zunehmend unwohl dabei. Hinter der Böschung könnte alles Mögliche sein. Er könnte alles Mögliche tun. Das Meeresrauschen ist überraschend laut und der Wind weht mit einer stetigen Brise, die zwar nicht allzu hart ist, aber doch spürbar. Meine Schreie würden einfach von ihm fortgetragen …

»Ta-da!«, meint Tom triumphierend.

Das Lokal entpuppt sich als gedeckter Tisch, mitten am Strand. Ein Kellner steht daneben und erwartet uns, einen abgedeckten Essenswagen neben sich. Windlichter auf dem Tisch tauchen die Szene in weiches Licht und enthüllen Teller, Gläser und Besteck, einen Brotkorb und mehrere Essensglocken, deren blank poliertes Metall das Kerzenlicht zurückwirft.

»Tom!«, entfährt es mir alarmiert. Das sieht nicht gerade nach einem harmlosen, zwanglosen Abendessen aus. Das sieht eher nach einer geplanten Verführung aus.

»Wundervoll, nicht wahr?«, murmelt er dicht an meinem Ohr. Ohne abzuwarten, ergreift er meine Hand und führt mich die Böschung hinab.

Wie betäubt stolpere ich durch den Sand hinter ihm her. Der Kellner, ein älterer, rundlicher Mann mit Schnauzbart, der mich an eine italienische Version von Walther erinnert, nickt uns ergeben zu.

Ehe ich mich wirklich von dem Schreck erholt habe, schenkt der dienstbeflissene Mann mir Rotwein ein und deckt meinen Teller auf.

Darunter kommt dampfender, gedünsteter Fisch mit gegrilltem Gemüse und Reis zum Vorschein.

»Ich dachte mir, du würdest gern etwas Gesundes essen. Wo du doch jetzt Zeit hast, dich um dich zu kümmern.«

Ich blinzele verwirrt, als mich Toms Stimme wieder in die Realität holt.

»Wie?«, frage ich lahm. Ich verstehe nicht, worauf er hinaus will und schaue ihn fragend über das Kerzenlicht hinweg an. Er lächelt arrogant, wieder ganz in seinem Element, während er mir feierlich mit seinem gefüllten Weinglas zuprostet. »Na, ich denke, du bist wegen deinem Abnehm-Programm hier. Du brauchst nichts zu sagen«, unterbricht er mich, als ich empört den Mund aufsperre. »Ich weiß, dass Frauen nicht gern über ihre Problemzonen reden. Darum habe ich das gesamte Menü so kalorienarm wie möglich gehalten. Ich will ja nicht, dass du dir wie eine Mastsau vorkommst!« Er lacht und ich sitze da, wie vom Donner gerührt.

Ich muss mich wohl verhört haben! Ich meine, ein entsetztes Schnaufen vom Kellner vernommen zu haben, aber er steht ganz still. Ich bin mir nicht sicher, ob vor Angst oder professionellem Gespür.

»Pass mal auf«, beginne ich scharf, was Tom zusammenzucken lässt, »ich bin keine fette Mastsau, wie du mir hier gerade durch die blöden Blumen hindurch sagen willst, sondern eine großartige Frau mit Potenzial! Ich liebe mich so, wie ich bin! Und bevor ich dein Diät-Programm runterwürge, weide ich lieber den Seetang draußen auf dem offenen Meer ab! Und jetzt entschuldige mich!«, fauche ich böse, als ich dem erschreckten Kellner die Essensglocke entreiße und wieder auf den Teller knalle. »Ich werde jetzt gehen und ich will dich nie wieder sehen, kapiert? Ich stehe nämlich nicht auf dich!« Ich bin äußerst stolz auf mich. Mit jedem Wort ist Tom weiter auf seinem Stuhl zusammengeschrumpft und sind seine Augen größer geworden.

Ich werfe den Kopf hoch, so wie ich es in alten Filmen oft bei den Diven gesehen habe, und gehe langsam aber entschlossen durch den Sand, direkt auf die Böschung zu, die ich im fahlen Licht des aufgegangenen Mondes erspähe.

»Na, und wenn schon, du blöde Kuh!«, ruft Tom mir hämisch hinterher. »Dein Lover kommt eh nicht wieder! Der steht auch nicht auf fette Seekühe!«

Ich bleibe stehen wie angewurzelt.

»Wie war das?«, frage ich mit tödlich ruhiger Stimme, während ich mich langsam zu diesem Hanswurst umdrehe, der sich feige hinter dem Tisch versteckt.

»Dein Typ hat die Nase voll von dir«, prahlt Tom, als ich ihm langsam entgegen gehe. Die Schuhe lasse ich in den weichen Sand fallen. Er bekommt Panik, das kann ich an seinen hektischen Blicken sehen, die zwischen mir und dem Kellner hin und her gehen. Letzterer tritt mehrere Schritte beiseite, weg von Tom.

»Was hast du ihm erzählt?«, brülle ich wütend. In Toms Gesicht entstehen hektische rote Flecken und er hebt abwehrend die Hände, als ich schneller gehe, die Hände wütend erhoben.

»Nur, dass du einen besseren verdient hast, als diesen abgerissenen, verrohten Tellerwäscher! Nämlich mich, und dass wir zusammen und verlobt sind, was ja auch stimmt!«, versucht er, sich zu verteidigen.

Das bringt das Fass zum Überlaufen. »Hast du ihm etwa erzählt, wir wären zusammen und verlobt?«, schreie ich außer mir, während ich die Blumenvase vom Tisch reiße und sie in seine Richtung schleudere. Blumen und Wasser spritzen ihm ins Gesicht und er jault ungläubig auf, als sein kostbarer Anzug durchweicht wird.

»Du irre Planschkuh!«, faucht er, »der ist von Armani!«

»Und die hier sind von meinem Vater!«, entgegne ich, als ich ihm ins Gesicht schlage. Tom geht zu Boden wie ein nasser Sack.

Der Kellner nickt anerkennend. »Das hat er verdient.«

Ich weine. Nicht nur ein paar Tränen, sondern wahre Sturzbäche. Schluchzend vergrabe ich das Gesicht in den Händen.

»Na, na!« Der Kellner kommt vorsichtig näher und reicht mir eine der teuren Stoffservietten, in die ich mich lautstark schnäuze. Tränen und Make-up verunzieren den makellosen weißen Stoff. Aber das ist mir egal. Ich habe Jack verloren, noch ehe ich ihn richtig für mich gewonnen hatte. Und alles nur, weil ich vor Monaten den falschen Typen gedatet habe. Wenn Jack mich nicht gleich zweimal sitzengelassen hätte, wäre das vielleicht nicht passiert! Oder wenn ich gar nicht erst angefangen hätte, mir krampfhaft einen Freund zu suchen, weil alle meinten, dass ich das tun müsste. In diesem Moment bin ich wütend auf sie alle und den Rest der Welt. Auf Eva, auf meine Mutter, auf Jack, Tom, Adrian ... aber am meisten auf mich selbst. Denn ich habe alles verbockt und mich wie eine blöde Kuh verhalten. Ich hätte Tom gar nicht erst treffen dürfen. Verdammt, Eva! Wieso hast du ihn bloß angeschleppt, denke ich, während ich spüre, wie mein Gesicht anschwillt. Andererseits konnte ja keiner ahnen, dass sich hinter dem hübschen Gesicht und den blauen Augen ein Vollidiot verbirgt, der auch noch Veranlagungen zum irren Stalker in sich trägt.

»Tut es sehr weh?«, fragt der ältere Herr mitfühlend, während ich meine Hände reibe. Meine Knöchel sind aufgeplatzt und bluten, aber das ist mir gerade egal. Ich schüttele den Kopf und unterdrücke den Schluckauf, ehe ich, noch immer wütend, Toms Teller nehme und seinen kalorienarmen Fisch über ihm ausleere. Das hat er davon. Es verschafft mir immerhin eine gewisse Befriedigung dabei zuzusehen, wie die Fischsauce und das Gemüse ihre glitschigen Spuren auf seinem Armanianzug hinterlassen. Ich hoffe, sie gehen nie wieder raus. Vielleicht ist das wenigstens eine Lehre für ihn.

»Wie konntest du nur?«, zische ich den bewusstlosen Mann an. Ich widerstehe der Versuchung, ihm meinen Fuß dahin zu rammen, wo es wehtut. Stattdessen stapfe ich durch den Sand zurück zu meinen Schuhen.

»Soll ich sie nach Hause bringen, Fräulein?«, ruft mir der Kellner hinterher, in dessen Stimme ich meine, eine gewisse Bewunderung zu hören.

»Nein, danke!«, entgegne ich laut, um die Wellen zu übertönen, »das schaffe ich schon!«

Es ist stockdunkel und ich gehe barfuß über den Sandweg, auf dem sich erstaunlich viele spitze Steine finden lassen. Aber auf den hohen Hacken würde ich nur umknicken, also muss ich die Zähne zusammenbeißen und durchhalten.

Der Mond spendet fahles Licht, aber ich fühle mich trotzdem unglaublich einsam. Mein Zorn ist vor einigen hundert Metern verraucht, nachdem ich lautstark schimpfend alles von mir gegeben habe, was in mir brodelte.

Jetzt fühle ich mich nur noch elend und leer. Wenigstens konnte ich mir den Weg gut merken, den Tom gefahren ist, so dass ich schon bald mein Haus sehe. Es kommt mir wie ein sicherer Hafen auf rauer See vor, wie eine rettende Insel in einem schweren Sturm.

Nur der Gedanke, dass ich dort ganz alleine bin, zehrt an mir. Trotzig wische ich mir über das Gesicht, um die letzten Tränen zu beseitigen. Dann bleibe ich eben eine alte Jungfer, was soll`s.

Wenn das Liebe ist, kann ich gut darauf verzichten, vielen Dank! Das ist ungefähr so angenehm wie diese brasilianische Wachsbehandlung, die mir Eva vor meiner Abreise aufgeschwatzt hat.

Abgesehen von dem schlimmen Sonnenbrand, den ich mir mit dreizehn geholt habe, weil ich in der Sonne eingeschlafen war und dort drei Stunden ungehindert gegrillt wurde, waren das die schlimmsten Schmerzen, die ich je hatte. Und diese Foltermeisterin, die mich behandelt hat, hat mich sogar noch ausgelacht.

Wieso tun wir Frauen uns das alles bloß an? Ist das nicht völlig absurd? Wir reißen uns die Haare am ganzen Körper aus, klatschen uns Farbe ins Gesicht, machen uns stundenlang schön zurecht, suchen unsere Kleidung gewissenhaft aus, machen Diäten und färben uns die Haare, achten auf das, was wir sagen und wie wir es sagen … und am Ende bekommen wir nichts für all diese Mühe. Außer bohrende Kopfschmerzen.

Ich verziehe das Gesicht und stolpere den Weg zur Haustür entlang. Auch hier muss ich mal das Unkraut zwischen den Steinplatten ausrupfen. Immerhin muss ich mir jetzt überlegen, was ich die nächsten sechs Wochen tun will. Daten ist es jedenfalls nicht.

Ich schließe die Tür auf und sofort wieder ab, als ich drin bin. Mein Bedarf an Männern und diesem ganzen Chaos, das sie mit sich bringen, ist für die nächsten Jahre gedeckt.

Das Einzige, was ich noch tun muss, ist Jack die Wahrheit zu sagen. Das ist alles, was ich will.

Das Feuer im Kamin ist nahezu vollständig erloschen. Nur noch ein paar Kohlestücke glühen vor sich hin und strahlen sanfte Wärme ab. Ich hatte gar nicht gemerkt, wie durchgefroren ich bin. Am Meer wird es nachts doch kühler, als ich dachte.

Ich lege einen frischen Holzscheit nach und schäle mich aus dem Kleid, das ich sofort in die Waschmaschine stecke. Ich werde es nicht mehr brauchen, denke ich traurig. Dann gehe ich duschen. Als mich das eiskalte Wasser trifft, schreie ich frustriert auf. Morgen muss ich mir einen Handwerker suchen, der das repariert. So kann es auf keinen Fall bis zum Abreisetag weitergehen.

Ich wasche mich gründlich, als müsste ich den ganzen Ärger fortschrubben und fühle mich zwar danach wie ein lebendiger Eiszapfen, aber immerhin sauber und frisch.

Sofort hocke ich mich, nur in meinen Bademantel gehüllt, vor den Kamin.

Das knisternde Feuer beruhigt mich und die Wärme tut mir gut. Meine Knöchel brennen zwar furchtbar, aber das kann ich nicht ändern. Als ich beim Duschen die Seife darauf geschmiert habe, dachte ich kurz, ich würde in Ohnmacht fallen. Aber in den Wunden war auch etwas Sand und so oder so musste ich sie reinigen.

Ich schlinge die Arme um die Knie und lasse mich zur Seite plumpsen. Die Müdigkeit und die Enttäuschung über den Verlauf des Tages decken mich zu und ich dämmere bald weg.

In meinen wirren Träumen laufe ich durch feinen Sand, der mich kaum vom Fleck lässt, und hinter mir her läuft Tom, einen gigantischen Verlobungsring über dem Kopf schwenkend, der nicht einmal einem Elefanten passen würde. »Bleib doch stehen, Moppsi!«, ruft er mit der Stimme von Walther, »ich liebe Seekühe!«

◆◆◆

Es gibt Tage, an denen wacht man schon sauer auf. Heute, am zweiten Tag in meiner selbstgewählten Urlaubshölle, war so ein Morgen.

Mein Nacken ist so steif wie ein Brett und ich bekomme ihn nur mit Mühe und viel Geduld wieder so weit, dass ich den Hals wieder drehen kann, ohne vor Schmerzen zusammenzuzucken. Vor dem Kamin einzuschlafen war definitiv nicht die beste Idee, die ich je hatte. Ich rappele mich mühsam auf und unterdrücke das Zähneklappern, das mich überkommt. Mir ist eiskalt. Und ich bin vollkommen ausgehungert.

Müde und gefühlt um tausend Jahre gealtert, schlurfe ich in die Küche und zur Kaffeemaschine. Als das lebensrettende Ding munter vor sich hin sprudelt und wunderbaren Duft verbreitet, krame ich mit schmerzendem Rücken nach ein paar Brötchen, die ich in den Backofen schiebe. Es ist zwar noch Kuchen von gestern da, den ich eigentlich mit Jack essen wollte, aber darauf habe ich gerade keinen Appetit.

Als ich den Rollladen hochfahren lasse, ist es draußen noch grau und trüb. Dunst liegt über dem Garten und Morgentau hängt wie kostbares Perlengeschmeide an den Blumen und Gräsern.

Es ist ein bezaubernder Anblick und minutenlang stehe ich einfach nur da und sehe dabei zu, wie die ersten Strahlen der Morgensonne über das Dach krabbeln und die Baumkronen berühren. Die reifen Kirschen leuchten in der Sonne wie funkelnde Rubine.

Dieser Moment ist es auch, in dem ich erkenne, dass ich noch nie zuvor einen so schönen Sonnenaufgang gesehen habe. Und dabei sehe ich ja nur einen Bruchteil davon. Sofort beschließe ich, mir für morgen den Wecker zu stellen, um mir das am Meer anzuschauen. Das war schon immer einer meiner verrückten Wünsche; einen Sonnenaufgang am Meer und einen Sonnenuntergang erleben, einmal nach Rom reisen und mir all die bezaubernde Architektur und all die Kunst anschauen, einmal nach Italien reisen und all die Schönheit und Kultur genießen, die es dort gibt. Und einmal im Leben geliebt werden. Aber diesen Punkt hake ich energisch ab. Es gibt wohl einfach Menschen, in deren Leben so etwas wie Liebe nicht vorgesehen ist. Und ich scheine einer davon zu sein. Achselzuckend drehe ich mich um und hole die Brötchen aus dem Ofen, ehe ich mich anziehen gehe. Eine bequeme Jeans, eine hübsche, tief ausgeschnittene Bluse und frische Unterwäsche. Während ich darauf warte, dass die Brötchen abkühlen, werfe ich Handtücher und meine gestrige Garderobe in die Waschmaschine zu dem Kleid und stelle sie an.

Danach kämme ich mir die Haare, fluche über die vielen Knoten, die sich in ihnen gebildet haben, und bin ganz kurz davor, sie einfach abzuschneiden, was ich dann aber doch lasse. Ungeschickt wie ich bin, würde ich mich höchstens selbst verletzen.

Missmutig und noch immer schlecht gelaunt wegen gestern bewege ich mich wieder in die Küche, um mir ein Frühstück zu genehmigen. Dabei fällt mein Blick im Vorbeigehen auf den Rosenstrauß, der auf dem Wohnzimmertisch steht und den ich bis eben übersehen habe.

Kurz bin ich wirklich versucht, das ganze Ding samt Vase vom Tisch zu fegen, so wie man es oft in Filmen sieht. Andererseits muss ich dann aber auch wieder alles aufheben. Und die Vase gehört mir nicht, also kommt es nicht infrage, dass ich sie kaputt mache.

Unschlüssig stehe ich da und überlege was ich tun soll. Die Blumen können ja nichts dafür, dass mein Leben so ein Fiasko ist, aber ich will sie auch nicht mehr hierhaben. Kurz entschlossen schnappe ich mir die Vase samt Inhalt und schließe die Haustür auf. Im Vorgarten, der sowieso unordentlich und verlottert ist, können sie in der Sonne trocknen. Es ist zwar schade drum, aber ich will den gestrigen Tag einfach nur vergessen.

Der Vorgarten wird von einer Hecke gesäumt, die mir jedoch nicht geeignet erscheint, um die Rosen davor auszukippen. Ich schaue mich suchend um, ehe ich, kurz vor der Hausecke einen kleinen Haufen mit vertrockneten Pflanzenteilen entdecke, der sich dort auftürmt. Anscheinend dient diese Ecke als Kompost und ich leere die Vase mit den Rosen darüber aus.

Die dunkelroten Blüten wirken auf dem schmutzig braunen Untergrund geradezu obszön grell. Beinahe wie Blutstropfen. Ich seufze und starre einen Moment darauf, ehe ich mich abwende.

Die Kletterrosen und der wilde Wein, die an der Hauswand hinauf ranken trösten mich ein wenig. Trotzdem gehe ich schnell wieder hinein, denn mein Magen knurrt und ich will mir heute die Stadt ansehen und etwas wandern.

Bewegung und Ablenkung funktioniert für mich am besten, um über finstere Gedanken hinwegzukommen, habe ich festgestellt, seit ich damit angefangen habe, ein wenig Sport zu machen. Nicht gerade viel, nur so, dass ich mich wohl fühle und etwas negative Energie loswerde.

Außerdem habe ich meiner Mutter versprochen, ihr einige Fotos von meiner Reise mitzubringen. Ich seufze, als ich an unser letztes Gespräch denke.

Sie war so wütend auf mich. Ob sie das wohl noch wäre, wenn sie wüsste, wie es in Wahrheit mit mir und den Männern läuft? Schwanger zu werden ist so ziemlich meine geringste Sorge, denn mir kommt ja gar nicht erst jemand so nahe. Na ja, abgesehen von Jack. Aber das hatte sich ja auch schnell erledigt.

Ich scheine die Verrückten magisch anzuziehen. Während ich mir Aprikosenmarmelade auf mein Brötchen streiche, überlege ich, wie ich Jack am besten erreichen kann. Er wird mich nicht wiedersehen wollen, denke ich seufzend. Vielleicht sollte ich einfach seinen Vater anrufen und eine Nachricht für ihn hinterlassen. Oder schreibe ich besser einen Brief, den ich ihm hinterlasse, bevor ich wieder nach Hause fahre?

Ich kaue nachdenklich und nippe an meinem Kaffee. Dann beschließe ich, dass ich ihn noch heute erreichen muss. Sein Vater wird wissen, wo er steckt, also rufe ich ihn an, sobald ich fertig gegessen habe.

Dabei wird mir ganz mulmig. Die Sorge, Alessandro könnte mich aus dem Haus werfen, schleicht sich in meinen Kopf. Aber das kommt mir recht unwahrscheinlich vor. Außerdem stimmt es ja auch überhaupt nicht, was Tom Jack erzählt hat. Von wegen ich wäre verlobt mit diesem eingebildeten Idioten.

Als ich an den gestrigen Abend denke, werde ich wieder wütend auf ihn. Doch die Vorstellung, wie er im kalten Sand aufwacht, über und über mit Fisch und Gemüse bekleckert und von einer Frau K.O geschlagen, lässt mich wieder lächeln. Auch, wenn es ein fieses Lächeln ist.

Das schönste Aussehen nützt eben nichts, wenn man den Charakter einer verdorbenen Aubergine hat. Und am Ende bekommt man immer die Quittung, wenn man sich daneben benimmt.

Ich spüle die Reste meines Frühstücks mit einem großen Schluck Kaffee herunter, ehe ich mein Handy aus dem Schlafzimmer hole und nach der Nummer meines Vermieters suche.

Dabei fällt mein Blick auf die Anrufanzeige. Fünf verpasste Anrufe. Zwei davon von einer unbekannten Nummer, der Rest von meiner Mutter.

Stöhnend reibe ich mir über das Gesicht. Auf eine neue Auseinandersetzung mit ihr habe ich absolut keine Lust, schon gar nicht, mein Blick geht automatisch zum Wecker, um acht Uhr morgens.

Ich lösche die Anrufliste und nehme mir vor, sie heute Abend anzurufen, wenn ich mich gewappneter fühle und erst einmal meine Probleme hier geklärt habe.

Dazu kommt noch, dass ich noch sauer auf sie bin. Sie kann ruhig noch eine Weile vor sich hin schmoren, das geschieht ihr ganz recht.

Außerdem hat sie ja ihren Eduardo, bei dem sie sich ausheulen kann, über diese schrecklich leichtsinnige Tochter, die so undankbar ist und die nicht auf ihre Anrufe eingeht. Ich sehe deutlich vor mir, wie sie wütend durch ihr elegant eingerichtetes Wohnzimmer stapft, die Hände ringt und ihre perfekt geschminkten Lippen vor Aufregung zittern, während sie dem armen Eduardo ihr Leid klagt.

Soll sie nur. Ich bin erwachsen. Irgendwann muss auch sie dieser Tatsache ins Antlitz blicken. Egal ob sie will oder nicht.

Seufzend wähle ich Alessandros Nummer und hoffe, dass ich nicht zu früh dran bin.

Er meldet sich schon nach dem ersten Klingeln, als hätte er darauf gewartet. Jack hatte zwar erzählt, dass sein Vater das Geschäft mehr oder weniger vom Bett aus führt, aber ich hatte angenommen, dass er damit übertrieb. Anscheinend lag ich damit jedoch falsch.

»Ferienwohnungen und mehr, Sie sprechen mit Alessandro Leone, wie kann ich helfen?« Jacks Vater klingt ausgesprochen gut gelaunt und voller Tatendrang, während er dies in schnellem italienisch in den Hörer krächzt. Seine Stimme klingt ein wenig rau aber voller Charme und Wärme.

Plötzlich habe ich ein schlechtes Gewissen, ihn mit etwas so Lächerlichem wie Beziehungsknartsch zu belasten. Andererseits habe ich ja gar keine Beziehung.

»Hallo«, melde ich mich, während ich noch überlege, was ich eigentlich sagen soll, »hier ist Ella!«

»Ah, Fräulein Ella!« Alessandro klingt so erfreut, dass mein Gewissen schwer wie Blei wird. »Was kann ich für Sie tun?«, erkundigt er sich freundlich.

»Ach, wissen Sie«, beginne ich, doch er unterbricht mich.

»Na, duzen Sie mich, Kind. Ich bin noch kein Tattergreis. Sagen sie Alessandro, bitte!«

»Aber nur, wenn das auch umgekehrt gilt«, fordere ich schmunzelnd.

Er brummt zustimmend. »So ist es recht!«

»Also, die Sache ist die, Alessandro«, nehme ich den Faden wieder auf, »ich war gestern mit Jack verabredet, aber da gab es ein Problem und ...«, weiter komme ich nicht, denn ich werde von einem energischen »Ah, ah, ah«, unterbrochen. »Das ist doch Hühnerkacke, Ella. Mein Sohn ist ein verblödeter Esel! Komm zum Frühstück rauf und wir reden, ja?«

Ich bin einen Moment zu geschockt, um zu widersprechen. Ehe ich mich versehe nehme ich diese unkonventionelle Einladung an und stimme zu, dass mich in einer halben Stunde ein Fahrer abholt und zu Alessandros Haus bringt.

Ich weiß nicht, was mich dort erwarten wird, aber irgendwie freue ich mich darauf, ihn kennenzulernen. Er scheint ein sehr netter Mann zu sein. Laut Jack ist er ziemlich krank, aber so hört er sich gar nicht an.

Ich beschließe, dass ich ihm offen und ehrlich alles sagen werde und hoffe einfach, dass er mich versteht.

◆◆◆

Ich weiß nicht, was mich eher erstaunt. Dass tatsächlich eine halbe Stunde später, auf die Minute genau, ein Wagen vor meiner Tür wartet, oder dass der Fahrer eine alte, energische Frau ist, die sich als Catrina vorstellt. Sie ist füllig, trägt knallbunte Farben und hat eine laute, heisere Stimme. Angeblich davon, so erzählt sie mir, dass sie die anderen Angestellten immer herumkommandieren muss, weil sonst niemand auch nur einen Handschlag täte. Ich mag sie sofort und während sie über die holprigen Straßen rast, als ginge es darum, ein Wettrennen zu gewinnen, und mein Kopf immer wieder an das Verdeck des winzigen Wagens stößt, fühle ich mich seltsam leicht. Ihr munteres Geplapper und ihre unablässigen Flüche, die sie beständig ausspuckt, heitern mich auf. Ich lerne eine Vielzahl neuer Schimpfworte, die ich mir gar nicht alle merken kann.

Wir fahren erst durch das Dorf, wobei Catrina beinahe einen Fußgänger und eine Schar freilaufender Hühner mit sich nimmt, und ich panisch aufschreie, was ihr nur ein schnaubendes Lachen entlockt.

Danach geht es durch einen Pinienwald, die Bergstraße hinauf, die sich immer höher windet und zum Teil mörderische Kurven macht. An manchen Stellen ist sie so schmal, dass ich ängstlich in den Abgrund starre, der sich über wunderschönen, hügeligen Tälern auftut, an denen es für meinen Geschmack viel zu tief hinunter geht.

Das kleine Auto rast mit einer Geschwindigkeit die gewundenen Bergstraßen hinauf, dass ich innerlich nur beten kann, diese Fahrt heil zu überstehen.

Catrina hingegen schmettert aus vollen Hals eine italienische Oper, die mir allerdings nicht bekannt vorkommt, und ist bester Laune.

Schließlich kommen wir aus dem Wäldchen hinaus und an Weinreben vorbei, die sich bis zum Horizont erstrecken. Der blaue Himmel ist wolkenlos und die Sonne strahlt auf uns herab, so dass Catrina ihr Fenster öffnet und die würzig duftende Luft hineinströmt, die so anders riecht als Zuhause.

Am Ende der Straße kommt eine Villa in Sicht, und ich staune über den auffälligen Stuck, der die Fassade verziert. Catrina hält so plötzlich an, dass ich, wäre ich nicht angeschnallt gewesen, glatt durch die Windschutzscheibe gesegelt wäre.

»Da sind wir!«

Ich bedanke mich ausgiebig bei ihr und kämpfe die plötzliche Übelkeit nieder. Offensichtlich war ich auf der

Fahrt zu eingenommen davon, mich zu Tode zu fürchten, dass ich meinen aufgewühlten Magen gar nicht bemerkt habe.

»Wenn du mal wieder einen Fahrer brauchst, melde dich!«, verabschiedet sie sich zwinkernd von mir.

»Oh, ja, das mache ich!«, versichere ich ihr, als ich auf wackeligen Beinen die Treppe erklimme, die hinaufführt. An der oberen Stufe erwartet mich eine ältere Dame in einem eleganten Kleid, die sich als Viola vorstellt und mich bittet, mit ihr zu kommen.

Ich habe gar keine Zeit, um die schöne Veranda zu bewundern, die einmal um das ganze Haus zu laufen scheint und die blitzblank und neu aussieht.

Viola führt mich durch einen opulenten Eingangsbereich, in dem Bilder und Skulpturen ausgestellt sind wie in einem Museum. Der hölzerne Fußboden ist dunkel und blank poliert und ein Hauch von Bohnerwachs liegt in der Luft.

Staunend folge ich ihr eine breite Holztreppe nach oben. Auch hier hängen alt aussehende Bilder an den Wänden und plötzlich fühle ich mich in meinen Jeans und der Bluse schäbig.

Die Dame öffnet die zweiflügelige Tür zu einem riesigen Zimmer und nickt mir aufmunternd zu. Schon schlägt mit Alessandros energische Stimme entgegen, die fluchend mit jemandem am Telefon zu kommunizieren scheint. Es geht um den Preis von Tomaten, der ihm viel zu hoch erscheint.

Ich trete schüchtern ein und finde mich einem riesigen Holzbett gegenüber, dass mehreren Personen bequem Platz bieten würde. Doch darin sitzt nur Alessandro, der breit lächelt, als er mich sieht und mich heranwinkt, ohne seine salvenartige Beschwerde zu unterbrechen.

Er sieht sehr blass und mager aus, stelle ich erschreckt fest.

Alessandro deutet auf einen Stuhl neben dem Bett und ich gehe rüber und setze mich. Während er das Gespräch fortführt und den Händler herunterhandelt, sehe ich mich um.

Ein kleiner Wagen, nicht unähnlich dem in einem Krankenhaus, steht unweit des Bettes. Darauf finden sich allerlei medizinische Instrumente und Gläser mit Pillen und dergleichen. Die dicken, kostbaren Teppiche, die überall ausliegen, erscheinen mir in Kombination damit seltsam. Der Raum ist gigantisch und auch hier gibt es Stuck. Die Zierleisten befinden sich an der Kante zwischen Wand und Decke und laufen einmal um den ganzen Raum. Weinreben und verschiedene Blumen sind in der handgefertigten Gipsarbeit zu erkennen. Sogar die Deckenlampen, die teuer aussehen und die von der Decke hängen, wurden mit Stuckrosetten verziert. Diese Art der Dekoration findet man selten, da sie ziemlich teuer ist. Ich finde sie wunderschön. Neben einigen Ölgemälden, die verschiedene Objekte und Personen zeigen, hängen auch einige Engel und Putten an den Wänden, die neugierig zu mir herüber zu schauen scheinen. Sie sind ebenfalls aus Gips und die Flügel wurden mit Goldfarbe hervorgehoben.

Es ist fast, als wäre in einem geschmackvollen Museum gelandet. Überall entdecke ich wunderschöne Dinge.

»Ah, Ella!«, reißt mich Alessandros Stimme aus meinen Überlegungen. Er lächelt breit und seine braunen Augen funkeln begeistert. »Du siehst ja beinahe aus wie eine kleine Italienerin!«, ruft er fasziniert.

Ich lache verlegen und reiche ihm die Hand, die er mit erstaunlich kräftigem Griff schüttelt.

»Ich kriege so selten Besuch, da freue ich mich ganz besonders«, fährt er fort. Erst jetzt sehe ich die Pflaster und

Schläuche, die zwischen dem Spalt in seinem Morgenmantel hervorblitzen.

Er bemerkt meinen Blick und meint nur lässig: »Das ist nicht so schlimm, Kindchen. Nur ein bisschen Kabelei, die da aus mir heraushängt.« Er zwinkert und ich werde rot. »So ist das, wenn man ein junges Herz hat, aber einen alten Körper!«

Er lacht und ich muss einfach mitlachen, denn er wirkt so voller Lebenskraft und Zuversicht, dass ich gar nicht anders kann. Sein glänzendes, schwarzes Haar wird an den Schläfen grau, doch ansonsten wirkt er noch gar nicht so alt. Nur die Falten um seine Augen und seine ungesunde Gesichtsfarbe verraten ihn.

»Danke für die Einladung«, murmele ich, als er mich neugierig mustert.

»Keine Ursache. Eine hübsche junge Dame an meinem Bett ist eine Wohltat für meine wunden Augen. Hier lungern nur alte Schachteln herum, die mich quälen.« Er grinst und entblößt erstaunlich weiße Zähne.

»Das habe ich gehört!«, erklingt es dumpf durch die Tür. Eine Sekunde später schiebt Catrina einen Wagen voller Köstlichkeiten herein.

»Frech wie eh und je«, meint sie bissig, als sie den Wagen zum Tisch schiebt, der in der Ecke des Raumes steht und ebenfalls mit Schnitzereien verziert ist. Er sieht alt und massiv aus. An ihm hätten sicher zwanzig Menschen Platz.

»Ah, Catrina hast du ja schon kennengelernt«, meint Alessandro gut gelaunt. »Sie ist ein altes Ekel, hat aber ein Herz aus Gold!«

»Wenn hier einer ein Ekel ist, dann du!«, gibt sie schlagfertig zurück, als sie den Tisch deckt.

»Soll ich nicht helfen?«, frage ich Catrina über die Schulter, weil ich mir nutzlos vorkomme.

»Du bist Gast, also sei lieb und lass dich verwöhnen«, antwortet sie lachend.

Gehorsam wende ich mich wieder Alessandro zu.

»Also, dann erzähl mal!«, fordert er mich mit leuchtenden Augen auf. »Was hat mein Esel von Sohn wieder verbrochen?«

Ich werde rot und plötzlich wünschte ich, ich hätte doch nur einen Brief geschrieben. Catrina im Hintergrund legt das Besteck extra leise auf den Tisch und lauscht. Das weiß ich auch, ohne mich umgedreht zu haben.

»Ach, es ist eigentlich nichts, nur ...«, fange ich hilflos an. Ich knete meine feuchten Hände im Schoß und Alessandros Blick fällt auf meine Knöchel.

»Hoh!«, ruft er erstaunt. »Hast du ihn etwa verdroschen?«, fragt er erschrocken.

Ich blinzele verstört. »Natürlich nicht!«, beeile ich mich zu sagen. »Ihn jedenfalls nicht!«

»Da hat er aber Glück gehabt«, mischt sich Catrina ein. »Verdient hätte er`s ja!«

Alessandro starrt mich forschend an und ich seufze. »Also, es war so: Jack habe ich schon vorher getroffen, als ich noch nicht in Italien war, und wir hatten uns eigentlich verabreden wollen ...«, beginne ich.

Jetzt kann ich hören, wie Catrina sich zu mir umdreht und mucks Mäuschen still ist.

»Aber daraus ist nichts geworden. Und dann bin ich nach Italien gekommen und da habe ich ihn wiedergetroffen. Und wir wollten uns eigentlich gestern noch einmal verabreden.«

»Er hat dich doch nicht gleich zweimal versetzt?«, fragt Alessandro aufgebracht.

»Doch, schon, aber gestern war es ein Missverständnis.«

»Pah!«, entfährt es Catrina ungläubig.

»Es ist nämlich so, dass mir jemand hinterher gereist ist und ihm gesagt hat, er wäre mit mir verlobt, was nicht stimmt! Und deswegen ist er wohl nicht gekommen.« Ich beende meine Geschichte mit einem unglücklichen Seufzen und sogar Catrina stöhnt auf.

»Das ist ja ein Ding«, murmelt sie.

Alessandro schaut mich eindringlich an. »Und du bist gekommen, um reinen Tisch zu machen, ja?«, fragt er freundlich.

Ich nicke betreten. »Ich habe gar keinen Freund und dieser andere Mann gestern hat sich ...«, ich taste nach dem richtigen Wort, doch Catrina findet es zuerst, »... wie ein Idiot benommen?«, hilft sie mir nach. Ich nicke zustimmend und balle meine Hände unwillkürlich zu Fäusten.

Alessandro seufzt und reibt sich den Nacken. »Ah, deswegen war er so wütend.«

Oh, oh. »Er war wütend?«, hake ich vorsichtig nach.

Alessandro nickt. »Dann muss dieser unverschämte Kerl, der Lügen verbreitet, wohl der sein, der ihn gestern auf dem Markt vor allen Leuten lächerlich gemacht hat.«

Mein Mund klappt auf und zu. Ich will etwas sagen, doch mir fehlen die Worte. Was hat Tom da nur angerichtet?

»Ach«, meint Catrina nachdenklich, »der, der meinte, dass Jack seine Zeit nicht vergeuden soll, weil er sowieso nicht kriegt, was er will?« Sie kommt zu uns und setzt sich auf Alessandros Bettkante. Ihr Gesicht ist sorgenvoll gefurcht. »Ich hatte mir nichts dabei gedacht, weil Jack sowieso jemand ist, der oft aneckt.«

»Das hätte ja alles Mögliche heißen können«, meint Alessandro wegwerfend.

»Ja, das stimmt«, gibt sie ihm recht, als sie mich ansieht. »Aber dann hat dieser andere Kerl noch etwas zu ihm gesagt, was nur er hören konnte, und da ist er fast ausgerastet.« Sie zuckt bedauernd die Achseln. »Aber er wollte mir nicht sagen, was.«

Alessandro seufzt. »Jetzt wissen wir es.«

»Hast du diesen eingebildeten Kerl wirklich geschlagen?«, fragt Catrina mich mit vor Bewunderung leuchtenden Augen.

»Japp. Und ich habe den blöden Fisch über seinen teuren Anzug gekippt.«

Beide schauen mich an, als wären mir ein paar extra Augen gewachsen und ich erkläre ihnen, was Tom getan hat. Von seinen kitschigen Rosen bis zum Lokal am Strand, und von Jacks Nichterscheinen, weswegen ich ja überhaupt erst mit Tom mitgegangen bin, obwohl ich es hätte besser wissen müssen.

»Das ist ja eine Geschichte«, murmelt Catrina schockiert. »Dieser Tom sollte dringend der Polizei gemeldet werden, das ist ja ein richtiger Stalker!«, ruft sie empört.

Alessandro nickt zustimmend. »Der Meinung bin ich auch. Aber die kleine Ella hat ihm dafür ja auch ordentlich eingeheizt.« Er zwinkert mir verschmitzt zu und ich werde rot. Jacks Vater mag zwar schon älter sein, aber seinem jugendlichen Charme kann ich mich kaum entziehen.

»Ella, Kind, würdest du dich schon mal an den Tisch begeben? Ich habe dir ein Frühstück versprochen, und das halte ich auch!«, er macht eine kurze Pause und beobachtet wie ich mich unsicher vom Stuhl erhebe. »Ich muss nur meine porösen Knochen aus dem Bett bekommen, das ist alles!«

Catrina nickt mir zu, als mein Blick zu ihr fliegt und ich gehe gehorsam zum Tisch hinüber. Während ich durch die geöffnete Balkontür nach draußen blicke und versuche, nicht zum Bett hinüberzuschauen, hilft Catrina ihm dabei aufzustehen.

Er stöhnt und wimmert, als hätte er starke Schmerzen und obwohl ich mich wirklich bemühe es nicht zu tun, muss ich doch hinschauen. Alessandros ist ab den Hüften abwärts nur Haut und Knochen.

Catrina holt eilig einen Rollstuhl, in den sie den gebrechlich wirkenden Mann setzt. Sie redet sanft und leise auf ihn ein und er nickt ab und an zustimmend.

Es ist rührend, wie liebevoll sie sich um ihn kümmert. Ich frage mich, wie das wohl sein muss, wenn man wachen Verstandes ist und genau mitbekommt, wie der eigene Körper langsam aber sicher unbrauchbar wird. Schwermut legt sich über mein Herz und ich schaue blinzelnd hinaus. Auf dem Balkon steht ein Stuhl an einem kleinen Tisch, darauf eine schmale Vase mit einem Strauß Wildblumen. Eine Zeitung liegt gefaltet daneben und alles wirkt, als warte es nur darauf, dass Alessandro sich an den vorbereiteten Tisch setzt.

Der Himmel draußen ist blau und weit, leichte weiße Wolken ziehen ruhig an ihm vorbei. In scharfem Kontrast dazu stehen die Weinberge, die sich sogar von hier sehen kann. Das fröhliche, geschäftige Meckern der Spatzen erfüllt die Luft und ich finde, dies ist nicht unbedingt der schlechteste Ort, um seine Zeit zu verbringen.

Die warme Luft, die vom Wind hereingeweht wird, riecht sowohl nach Meer als auch nach dem würzigen Duft des wachsenden Weins und nach dem kalten Stein der Villa, aus dem sie gebaut ist. Über dem Fenstersturz ist der Putz ein wenig abgebröckelt, was in meinen Augen dem Gebäude aber nur noch mehr Charme verleiht. Alt und erhaben steht es sicher schon seit Generationen auf diesem Berg und hat Menschen kommen und gehen sehen.

In meine eigenen Gedanken versunken habe ich gar nicht bemerkt, dass Catrina Alessandro fertig angezogen hat und er mir gegenüber am Tisch sitzt.

»So schweigsam wie eine Skulptur, mh?«, lächelt er.

Ich schrecke hoch und zucke entschuldigend die Achseln.

»Ach, es ist wirklich traumhaft schön hier«, meine ich verlegen.

Catrina nickt lachend und schenkt mir Kaffee ein, ehe sie erst Alessandro und dann sich eine Tasse füllt. »Ja, das ist es. Ein wunderbarer Ort zum Leben, nicht?«

Alessandro nickt und nimmt sich ein frisches Brötchen aus dem Korb. »Das ist es in der Tat. Und zum Sterben.« Er sagt es leichthin, als würde er nur über das schöne Wetter plaudern. Er beobachtet mich genau, während ich unbehaglich auf meinem Stuhl herumrutsche und auf Catrinas Gesicht ein angespannter Ausdruck erscheint.

»Rede nicht so!«, maßregelt sie ihn streng. »Du wirst mindestens tausend Jahre alt!«

Alessandro lacht und streicht sich Butter auf die Hälften. »Das ist Unsinn. Und außerdem kommt mir ein so langes Leben nicht erstrebenswert vor. Was meinst du, Ella?«

Ich bin nicht sicher, was ich dazu sagen soll und starre auf meinen leeren Teller, auf den mir Catrina ein Brötchen legt.

»Iss!«, fordert sie mich auf. »Du fällst mir ja noch vom Fleisch!« Sie zwinkert mir zu, aber es wirkt auf mich, als spielte sie nur die Unbesorgte.

»Ich denke, es kommt nicht darauf an, wie lange man lebt, sondern vielmehr darauf, was man mit seinem Leben anfängt«, beantworte ich Alessandros Frage. Er nickt zustimmend und er schaut mich anerkennend an. »Das ist wahr.«

»Also, Ella«, greift Catrina in das Gespräch ein, »was ist eigentlich mit dir und Jack?«

Ich beiße gerade von meinem Brötchen ab, auf dem herrlich frische Kirschmarmelade aufgestrichen ist, als sie mich mit dieser Frage überrumpelt.

Ich kaue eilig und trinke einen Schluck Kaffee hinterher.

»Ähm«, beginne ich betreten, »ich weiß nicht genau, was ich dazu sagen soll.« Das ist ehrlich, wenn ich vermutlich nicht das, was sie hören wollte, denn sie schnaubt abfällig.

»Du kommst doch nicht den ganzen Weg hierher, weil er dir egal ist«, schießt sie zurück. Sie wirft mir einen scharfen Blick zu, unter dem ich am liebsten im Erdboden versinken würde.

»Catrina, schüchtere meinen Gast doch nicht so ein!« Alessandro lächelt angespannt und knufft sie spielerisch in die Rippen.

»Du weißt genau, wie sehr ich an ihm hänge! Ich lasse nicht zu, dass er sich wegen irgendeiner komischen Geschichte verrückt macht!«

Alessandro nimmt einen großzügigen Schluck Kaffee, ehe er antwortet. Dieses Gespräch haben sie offensichtlich schon öfter geführt. Kurz frage ich mich, ob Catrina vielleicht Jacks Mutter sein könnte, aber er sieht weder Alessandro noch ihr ähnlich.

»Sie sind noch Kinder. Und du musst endlich aufhören, ihn zu bemuttern!« Er schaut sie an, liebevoll und verstehend. Catrina seufzt und verdreht die Augen.

»Ich kann nicht viel dazu sagen«, gebe ich schließlich zu, während ich beiden abwechselnd ins Gesicht sehe. »Ich finde Jack wirklich nett und ich würde ihn gern besser kennenlernen, aber das Schicksal scheint etwas dagegen zu haben.« Ich lächle etwas verkniffen und nippe an meinem Kaffee. Der Appetit ist mir vergangen und ich komme mir vor, als wäre ich von einem lockeren Frühstück in ein

Kreuzverhör gerutscht. Ich warte nur darauf, dass Catrina nach meinen Kinderwünschen fragt.

»Wenn das Schicksal etwas gegen euch hätte, würde es euch nicht andauernd zusammenführen!« Catrina legt den Kopf schief und ein breites Lächeln umspielt ihren Mund. »Nichts passiert ohne Grund.«

Ich beiße mir auf die Zunge, um nicht zu lachen. Ich bin nämlich nicht einer Meinung mit ihr.

Alessandro allerdings faltet abwartend die Hände über dem Bauch und lehnt sich in seinem Rollstuhl zurück.

»Jack ist natürlich nicht mein leiblicher Sohn«, beginnt er plötzlich. »Ich habe ihn mit meiner Frau adoptiert, als er zwei Jahre alt war. Sie ist gestorben, als Jack sechzehn wurde.« Ich schweige betreten. »Das tut mir leid«, murmele ich leise.

Alessandro nickt und Trauer huscht über seine sonst so fröhlichen Augen. »Ja, das tut es uns allen. Aber Jack ist nichtsdestotrotz mein Sohn. Er ist ein elender Sturkopf und ein Heißsporn.«

»Genau wie sein Vater, übrigens«, wirft Catrina ein, was uns alle zum Lachen bringt.

Alessandro lächelt, ehe er fortfährt: »Das stimmt. Es ist nur so, dass Jack bislang eher ein Einzelgänger war. Er hatte wohl ab und an mal eine flüchtige Bekanntschaft hier und dort, aber nichts wirklich Ernstes.« Er sieht mich eindringlich an. »Es wäre ungerecht von uns, dir falsche Hoffnungen zu machen, was das betrifft. Er steckt seine Energie vor allem in seine Arbeit. Ich bin nicht sicher, ob er das ist, was du dir wünschst.«

Ich schlucke. Einerseits bin ich dankbar für Alessandros Ehrlichkeit, andererseits trifft sie mich aber auch wie ein Vorschlaghammer.

»Danke«, meine ich schlicht. »Es wäre nur nett, wenn sie ihm ausrichten könnten, dass Tom gelogen hat und dass ich ihn gern wiedergesehen hätte. Aber ich verstehe, wenn er das nicht will.« Ich ringe nervös die Hände. »Und, dass es mir wirklich leidtut.«

Alessandro nickt langsam, Mitgefühl steht in seinem Gesicht. »Ich weiß nicht, was zwischen euch vorgefallen ist, und das geht mich auch nichts an. Ich werde ihm das alles sagen, darauf kannst du dich verlassen.« Er schweigt nachdenklich und ich weiß nicht, wie ich mich fühlen soll.

Catrina seufzt in die Stille hinein. »Jack ist wie ein Sohn für mich, verstehst du?« Sie sieht mich beinahe entschuldigend an. »Für mich ist er immer noch der kleine Lausebengel, der mir die Pasteten vom Fensterbrett klaut und Mäuse in meinem Kissenbezug versteckt.«

Ich muss bei diesen Anekdoten lachen, doch eigentlich würde ich am liebsten in irgendeiner Ecke hocken und mir die Augen aus dem Kopf heulen. Was mir diese beiden furchtbar netten Menschen da erzählen, klingt als ob ich und Jack niemals eine Zukunft haben würden. Und niemals eine Chance darauf gehabt hätten.

»Ich verstehe. Ich will mich auf gar nicht aufdrängen oder so«, meine ich daher schnell.

Alessandro macht eine wegwerfende Geste mit den Händen. »Tust du nicht. Aber du magst ihn, nicht wahr?«, fragt er mich direkt.

Ich zucke die Achseln und versuche betont locker zu bleiben und nicht an Jacks heiße Küsse zu denken. Oder an sein Gewicht auf mir, als wir auf meinem Bett lagen. Oder an die Hitze, die sein Körper verströmt hat. Ich lecke mir nervös über die Lippen. »Ich kenne ihn ja kaum«, weiche ich aus. »Ich bin nur einfach zur Ehrlichkeit erzogen worden und ich möchte einfach, dass er keinen falschen Eindruck von mir hat. Ich will nicht, dass irgendwelche Gerüchte aufkommen oder so etwas in der Art. Er soll einfach die Wahrheit kennen.« Ich komme mir vor, als ob ich nur Unsinn rede, aber Catrina und Alessandro nicken nur. Anscheinend sind sie mit meiner Antwort zufrieden.

»Na schön, Ella«, meint er freundlich. »Was hältst du davon, wenn du heute Abend wieder herkommst? Ich gebe eine kleine Grillparty für meine Mitarbeiter und ich hätte dich gern dabei. Oder hast du schon andere Pläne? Es wird ganz zwanglos und locker, nur ein wenig gutes Essen, Musik und viel Wein. Was sagst du?«

Ich blinzele ihn überrascht an. »Ach …«, beginne ich, aber mir fällt einfach keine Ausrede ein.

»Na los!«, ermuntert Catrina mich energisch. »Das wird lustig! Und wir haben so selten junge Gäste hier. Die Angestellten sind alle mindestens hundert Jahre alte Knochen und der Gastgeber muss ab und abgestaubt werden, damit man nicht denkt, er sei Teil des Inventars.« Sie wirft einen vielsagenden Blick zu Alessandro, der ihren Seitenhieb aber weg lächelt. »Komm schon, Ella!«, bittet er mich, wobei er einen so flehenden Blick aufsetzt, dass er damit sogar Steine erweichen könnte.

Wie könnte ich da Nein sagen?

»Also gut«, gebe ich mich geschlagen, was Catrina einen entzückten Aufschrei entlockt und Alessandro ein breites Grinsen, »aber ich brauche dann jemanden, der mich nach Hause bringt!«

»Natürlich!«, meint Alessandro verdattert. »Ich lasse dich doch nicht nachts alleine nach Hause laufen!«

Dann ist er definitiv ein Gentleman, denn ich kenne durchaus Männer, die mich nachts alleine nach Hause laufenlassen. Sogar ganz ohne schlechtes Gewissen. Aber das sage ich ihm natürlich nicht, weil ich das Gefühl habe, dass er es nicht glauben würde. Er kommt mir beinahe vor wie ein Mann aus einer anderen Ära, in der Frauen wie Ladys behandelt wurden und es anstößig war, etwas anderes zu tun.

Ich nicke erleichtert. »Gut, dann komme ich gern!«

# 14

Die warme Sonne fühlt sich unglaublich toll an und ich drehe mich mit einem wohligen Seufzen um. Meine Pläne die Stadt zu erkunden habe ich auf den morgigen Tag verschoben. Stattdessen liege ich also nur faul herum und wende mich ab und an auf der Liege, damit ich gleichmäßig braun werde. Ich probe sozusagen schon einmal für die Grillparty, die Alessandro heute Abend gibt.

Trotzdem kann ich mich nicht richtig entspannen, denn mein Kopf spult immer wieder die Gespräche durch, die ich heute Morgen mit Alessandro und Catrina geführt habe. Abschalten ist da unmöglich.

Ich blinzele nachdenklich in den Vormittag und lausche dem Zwitschern der Vögel, während ich mich frage, ob Alessandro mich von Jack fernhalten oder mich heimlich verkuppeln will.

Laut dem, was er gesagt hat, soll ich seinen Sohn wohl am besten einfach abhaken und vergessen, weil wir ohnehin keine Gemeinsamkeiten haben. Andererseits läd er mich aber zu sich nach Hause ein und bittet mich sogar, noch einmal wiederzukommen.

Ich werde nicht schlau daraus und egal wie ich es auch drehe und wende, es bleibt mir schleierhaft.

Als er mir von Jack erzählt hat, wollte ich am liebsten einfach nur losheulen. Das habe ich übrigens auch getan, sobald Catrinas Wagen mich vor dem Haus abgesetzt hatte und sie laut hupend wieder davongefahren ist. Kaum hatte ich die Haustür hinter mir zugezogen, brach der ganze aufgestaute Kummer aus mir heraus.

Ich konnte gar nicht mehr aufhören. Indirekt hatte mir Alessandro geraten, mich nicht weiter mit Jack zu befassen und einfach weiterzuleben. Wenn er wirklich so sprunghaft und unbeständig ist, wie sein Vater mich glauben machen wollte, dann wäre das vielleicht wirklich das Beste.

Andererseits schien Catrina mehr oder weniger überzeugt davon zu sein, dass wir uns nicht ohne Grund immer wieder begegnen würden. Jedenfalls hatte sie das gesagt. Wer sollte da noch durchblicken? Fest steht nur, dass ich ihn wirklich gern mag. Es ist vielleicht unsinnig und blöd, aber so ist es. Mein Herz schlägt schneller, wenn ich an ihn denke und mein Magen beginnt zu kribbeln. Bei der Erinnerung an seine Küsse wird mir auch ohne Sonne auf dem Rücken heiß. Aber vielleicht steigere ich mich auch nur in diese alberne Schwärmerei hinein und es ist für ihn gar nichts. Vielleicht bin ich nur eine von vielen und er hat mich schon vergessen.

Die Grübelei nimmt einfach kein Ende und ich stöhne genervt in das Handtuch unter meinem Kinn. Mein Rücken brennt vor Hitze und ich wälze mich umständlich wieder auf die andere Seite, um meine Vorderansicht zu bräunen.

Schließlich habe ich Urlaub. Ich sollte ihn genießen. Ich sollte rausgehen, die Umgebung erkunden, Im Meer baden, durch Geschäfte bummeln und Eis essen. Aber in meinem kleinen Garten hinter dem Haus fühle ich mich sicher und wohl und wenn ich ganz ehrlich bin, finde ich es im Moment einfach fabelhaft, vollkommen faul sein zu dürfen. Ich habe schließlich noch jede Menge Zeit, um all diese anderen Dinge zu tun.

Was Jack wohl über mich denkt? Ob er versteht, was passiert ist oder ob er sauer auf mich ist? Ich weiß nicht einmal, ob er auch zu dieser Grillparty kommen wird. Was soll ich ihm sagen, wenn er mir da begegnet?

Ich seufze frustriert. Es ist schon erstaunlich, wie viele Sorgen sich das weibliche Hirn machen kann. Wir wägen so viele unterschiedliche Möglichkeiten ab, berechnen die wahrscheinlichsten und unwahrscheinlichsten Ergebnisse unseres Handelns und dem von anderen Menschen und grübeln unablässig über Fragen, die sich vielleicht nie stellen werden. Vielleicht sehe ich Jack nie wieder. Dann habe ich Stunden damit zugebracht, mir ein Wiedersehen mit ihm auszumalen, das gar nicht stattfindet. Antworten auf seine vermeintlichen Fragen zu finden, die er sich selbst vielleicht nie gestellt hat. Weil all diese Dinge für ihn gar keine Bedeutung haben und nur ich es bin, die ihnen überhaupt erst eine gibt.

Ich runzele die Stirn und mein Herz fühlt sich schwer an. Ich muss mir wohl oder übel eingestehen, dass ich ihn wirklich gern wiedersehen würde. Der Gedanke, dass er vielleicht in Italien bleiben könnte und ich am Ende meines Urlaubs wieder zurückfahren muss, macht mich traurig.

Andererseits kann ich es nicht ändern. Ich habe meine Karten auf den Tisch gelegt und muss das Beste hoffen. Wie immer es ausgehen mag, zumindest weiß ich nun, wie sich ein echter Kuss anfühlt.

Aber wieso bin ich dann so traurig, wenn ich daran denke?

Das schrille Klingeln des Handys reißt mich aus meinen schwermütigen Gedanken, die sich wie eine dunkle Wolke über meinem Kopf zusammengeballt haben.

Eilig ziehe ich mir die Sonnenbrille von der Nase und haste, nur mit einem knappen Bikini bekleidet, nach drinnen.

Nach dem grellen Sonnenschein und der Wärme im Garten draußen, kommt es mir im Inneren dunkel und beinahe kalt vor.

Ich greife nach dem vibrierenden Gerät und nehme den Anruf entgegen, während sich ein Teil von mir wundert, wer mich wohl anruft.

»Hallo?«, frage ich atemlos.

»Na endlich, ich dachte schon, du gehst gar nicht mehr ran!« Es ist Jack. Sofort werden meine Knie weich wie Butter und ich muss mich auf die Bettkante setzen, weil ich sonst zusammenklappe wie ein Wäscheständer. Er klingt betont beiläufig, als ob er eigentlich keine Lust hätte, mit mir zu sprechen.

Irgendwie kann ich ihm das nicht verübeln.

»Mein Dad sagt, du kommst zu seiner Grillparty?« Es klingt ganz und gar nicht erfreut.

Mein Herz rutscht mir in die Hose und meine Hände zittern. Er will mich ganz offensichtlich nicht wiedersehen. Das habe ich verbockt.

»Hm, ja«, gebe ich zaghaft zu. »Er hat mich eingeladen.«

»Allein?«, hakt er nach, einen ätzenden Unterton in der Stimme, der mich ärgert.

»Nein, ich bringe meine fünfzehn Verlobten mit«, schnauze ich.

»Gut, dann besorge ich noch ein paar scharfe Messer mehr«, knurrt er böse.

»Hör mal«, fange ich an, weil ich nicht will, dass es so zwischen uns wird, »ich habe deinem Vater schon gesagt, dass das alles ein Missverständnis war. Ich bin weder verlobt noch habe ich einen Freund. Dieser Typ ist mir von Zuhause bis hierher nachgereist! Ich hatte nur ein Date mit ihm, ehe ich nach Italien gekommen bin und ich habe ihm klar gesagt, dass ich nicht interessiert bin!« Ich seufze, weil ich mich genau so verzweifelt anhöre, wie ich mich auch fühle.

»So, so.« Jack klingt gar nicht überzeugt. »Deine Meinung scheint sich ja ziemlich schnell zu ändern, wenn du ihn dann doch triffst.«

Das macht mich wütend. »Jack, du hast mich wieder sitzenlassen! Ich habe über zwei Stunden gewartet, zum zweiten Mal, falls ich dich erinnern darf, und du hast mich wieder sitzengelassen!« Ich bemühe mich, ruhig zu bleiben, aber mir ist ganz flau vor Ärger und Nervosität. »Wenn du nichts von mir willst, dann sag es doch einfach, anstatt mir andauernd Dates zu versprechen, zu denen du dann nicht kommst! Das ist nicht fair!«

Es herrscht eine kurze Pause, und alles, was ich höre, ist sein Atmen. »Na fein«, meint er kühl. »Ich will nichts von dir.«

Ich bin vor Schreck wie erstarrt. Sprachlos starre ich an die Wand, während mein Kopf so leer ist wie ein stillgelegter Brunnen.

»Ich habe keine Zeit für Weiber, die bei der ersten Gelegenheit mit einem anderen Typen abhauen und mir irgendwelchen Mist erzählen. Du glaubst doch wohl, ich wär total blöd, oder was?« Er klingt jetzt richtig sauer und ich sitze nur da und weiß nicht, was ich tun soll.

»Was auch immer, viel Spaß noch«, knurrt er in den Hörer. Dann legt er einfach auf.

Ich weiß nicht, wie lange ich einfach nur dasitze und die Wand anstarre, während ich noch immer das Handy am Ohr habe.

Ich werde abwechselnd von Wut und Kummer überrollt, ohne, dass ich irgendetwas davon auch nur ansatzweise festhalten kann.

Ich weine still vor mich hin und fühle mich so elend, als wäre ich gerade auf einer einsamen Insel gestrandet, die *Verzweiflung* heißt.

Was habe ich nur verbrochen, dass ich das verdient habe? Sicher, ich hätte wohl nicht mit Tom ausgehen sollen, aber Jack hat mich zuerst sitzengelassen! Und davon abgesehen habe ich mich Tom gegenüber klar ausgedrückt. Ich stehe nicht auf ihn! Es hätte nur ein harmloses Essen werden sollen. Und es wurde ganz offensichtlich einer dieser Fehler im Leben, den man vergraben will. Und zwar für immer.

Dass Jack mir das jetzt vorhält und es gegen mich verwendet, finde ich nicht fair.

Ich wische mir die Tränen ab und zwinge mich, nicht bei Eva anzurufen. Die Chance, dass sie in den nächsten Flieger steigt, um diesem arroganten Kellner die Meinung zu geigen, erscheint mir zu groß.

Außerdem kann ich das auch selbst.

Wenn er nichts von mir will, dann hat er Pech gehabt. Ich werde nämlich trotzdem auf diese Party gehen. Und ich werde fabelhaft und hinreißend aussehen.

Meine Zähne knirschen, als ich wütend mit den Kiefern mahle. Dieser eingebildete Esel wird noch sehen, was er davon hat.

Sein Vater hat mich eingeladen, Catrina wird mich abholen. Er kann es nicht verhindern.

Ich hole tief Luft und verbanne ihn aus meinen Gedanken, ehe ich meine Sonnenbrille wieder aufsetze und nach draußen gehe.

Ich bin fest entschlossen, mir diesen Tag nicht verderben zu lassen. Schon gar nicht von einem Mann. Egal wie gut er küssen kann.

◆◆◆

Meine beste Freundin Eva hat ganz eigene Methoden, um mit eingebildeten und selbstgerechten Vertretern der männlichen Spezies umzugehen.

Nachdem ihr erster Freund sie wegen einer anderen verließ, schwor sie sich, dass ihr das nie wieder passieren würde.

Möglicherweise ist das auch der Grund für ihr gestörtes Verhältnis zu Männern heute, aber damals hat dieses dreizehnjährige Mädchen etwas begriffen. Und das war die Erkenntnis, dass sie andere Menschen nicht beeinflussen konnte. Die kam ihr natürlich erst, nachdem sie sich monatelang die Augen aus dem Kopf geheult hatte, aber manche Dinge brauchen eben Zeit.

Eines Tages, so berichtete sie mir eines Nachmittages bei einem Glas Sekt, erkannte sie, dass sie sich nicht davon abhängig machen durfte, was andere über sie dachten.

Also begann sie, all jene zu ignorieren, die sie langweilten oder von denen sie verachtet wurde, und schenkte ihre Aufmerksamkeit nur noch sich selbst. Und, wohl dosiert, denjenigen, die sie für würdig erachtete.

Sie gestand mir, dass dies ihr Geheimnis war. Die meisten Männer wären nämlich tödlich gekränkt, wenn man sie nicht beachtete. Und sie würden recht bald damit beginnen sich zu fragen, wieso das so war. Und ab diesem Punkt waren sie wie Wachs in Evas Händen. In ihren Bemühungen, ihr möglichst gut zu gefallen, verrenkten sich die Ärmsten nämlich vollkommen. Sie taten alles, was Evas Laune heben- und ihre Aufmerksamkeit auf ihre Verehrer lenken könnte.

Sie meinte: »Ella, du kannst dir nicht vorstellen, was für Möglichkeiten eine Frau mit dieser Technik hat!«

Ich verstehe, was sie meint. Ich habe es ja selbst erlebt. Und zwar mit Tom. Und das, obwohl ich das gar nicht beabsichtigt habe. Natürlich funktioniert das auch nicht bei jedem Mann. Aber bei manchen. Und leider gehörte er dazu.

Genau zu diesem Schluss kam Eva auch. Sie hatte ein ähnliches Problem mit einem Mann, der den passenden Namen Adam trug, und natürlich wurde das unweigerlich zu einem Insiderwitz unter unserer damaligen Clique, die hauptsächlich aus mir und Eva und einigen weiteren ihrer Freunde bestand, mit denen ich nicht viel zu tun hatte.

Dieser Adam, damals gerade achtzehn geworden, fuhr so dermaßen auf ihre kühle, gleichgültige Art ab, dass er sie regelrecht stalkte. Er schickte ihr jeden Tag Blumen, schrieb Gedichte und nahm eigens für sie komponierte Lieder auf, die er ungelenk auf einem Keyboard vortrug. Sogar Schmuck schenkte er ihr, und noch dazu nicht irgendwelches Zeug aus einschlägigen Boutiquen, in denen das Paar Ohrringe nur so viel kostet wie ein Mittagessen in der Schulkantine, sondern richtigen.

Anfangs war das noch irgendwie süß und witzig, aber Eva hatte absolut kein Interesse an diesem hoffnungslos verliebten Jungen, und das sagte sie ihm auch offen. Er verstand dieses eindeutige Nein aber nicht, sondern glaubte wohl, das gehörte zu ihrem Spielchen mit ihm.

Adam wurde immer aufdringlicher und wartete sogar stundenlang vor Evas Haus, als sie nicht mehr auf seine Anrufe und Briefe reagierte.

»Ich weiß nicht, wie ich ihm begreiflich machen soll, dass ich nicht auf ihn stehe!«, gestand mir Eva verzweifelt. Sie hatte inzwischen ihre Ausbildung zur Kosmetikerin begonnen, und Adam rief inzwischen täglich bei ihrem Chef an, um zu erfahren, wann Eva Pause hatte und dass er nicht wolle, dass sich irgendjemand seiner Eva näherte.

Irgendwann hatte der Chef genug davon. Eines Tages, als Adam wieder vor der Tür wartete, um Eva zu belästigen, ging dieser Hüne von Mann, der beinahe zwei Meter maß aber ansonsten sanft wie ein Lamm war, hinaus.

Was dann folgte, kann man nur als sehr eindringlichen Monolog bezeichnen. Evas Chef brachte den aufdringlichen Verehrer zum Weinen, ohne ihn jedoch anzufassen.

Hinter den sicheren Fenstern hatten sich natürlich alle Mitarbeiter versammelt und starrten wie gebannt nach draußen.

Adam floh wie ein erschrecktes Reh und Eva sah ihn nie wieder.

»Anscheinend«, mutmaßte sie, als sie auf einen Kaffee bei mir vorbeikam, »kann manchmal nur ein Mann einem anderen klar machen, dass eine Frau ihn nicht will.«

Ich saß auf meinem Sofa und schwieg nachdenklich. »Das ist ziemlich traurig, findest du nicht? Ein Nein sollte auch als solches verstanden werden. Wie kommen manche nur darauf, dass ein Nein das Gegenteil bedeuten könnte? Man merkt doch, ob jemand einen mag oder nicht. Oder?«

Eva lachte. »Na ja, manche Kerle denken anscheinend, dass sie unwiderstehlich sind.«

Diese Begebenheit geht mir gerade durch den Kopf, als ich Lidschatten auftrage. Tom hielt sich ganz offensichtlich für unwiderstehlich. Ich kann nur hoffen, dass ich ihm einen Denkzettel verpasst habe und ihn nie wiedersehe.

Und was Jack angeht ... Ich seufze und greife nach dem Lippenstift. Mein Verstand sagt mir, dass ich ihn einfach links liegenlassen sollte. Vielleicht hat er ja wirklich kein Interesse an mir und ich sollte sein Nein akzeptieren. Es ist zwar traurig, aber ich kann ihn ja nicht dazu zwingen, mich zu mögen. Und nach allem, was passiert ist, ist es vielleicht auch besser so. Meine Großmutter würde sagen: »Du merkst schon, wenn du den richtigen Mann kennenlernst! Und wenn es nicht klappt, dann war er nicht der Richtige.« Dann hätte sie mir einen Kamillentee gekocht und mir die Hand getätschelt.

Dabei fällt mir noch etwas zu meiner lieben alten Großmutter ein, die schon lange nicht mehr unter uns weilt.

Sie hat mir nämlich einmal die Karten gelegt, da war ich ungefähr acht. Während ich mir die Wimpern tusche und dabei versuche, mich nicht mit dem Mascara zu beschmieren, kommt die Erinnerung langsam wieder.

»Du hast ein langes Leben vor dir«, hatte sie gesagt, nachdem sie ihre alten Tarotkarten ausgelegt hatte. Ich saß kichernd und gespannt an ihrem Küchentisch, einen dampfenden Kakao neben mir, und fühlte mich ganz eigenartig, weil meine Mutter mir eigentlich verboten hatte, Oma dazu zubringen mir die Karten zu legen. Sie hielt das nämlich für Humbug und sagte immer, man wisse nicht, was man damit anziehen würde. Für sie war Kartenlegen das gleiche wie Experimente mit einem Hexenbrett, bei dem man Geister anrufen kann. Jedenfalls angeblich. Das habe ich nämlich nie ausprobiert. Mein Leben ist schon kompliziert genug, auch ohne ein persönliches Hausgespenst, das mir

Teller und Gläser entgegenwirft, wenn ich meine Küche betreten will.

Natürlich habe ich Oma trotzdem gebeten. Vielleicht gerade darum, weil ich es hatte nicht tun sollen.

Sie kratzte sich nachdenklich am Kinn und lächelte dann breit. »Du wirst viele Verehrer haben, aber die meisten sind im Verborgenen. Der Richtige kommt, nur Geduld.« Als kleines Mädchen, das zu diesem Zeitpunkt eine Laufbahn als Prinzessin geplant hatte, hörte ich das natürlich gern. Schon malte ich mir einen Prinzen auf einem weißen Pferd aus, der mit mir in den Sonnenuntergang ritt und mich in sein Schloss brachte. So ähnlich wie bei Schneewittchen. Nur ohne vergifteten Apfel und fiese Stiefmutter und all das.

Davon abgesehen, dass sie aus den Karten lesen konnte, dass ich also irgendwann den Richtigen treffen würde, bekäme ich auch noch vier Kinder. Dieser Punkt ließ mich etwas kritisch zurück.

Aber ich war zufrieden und sie auch. »Sag das nicht deiner Mama!«, bat sie mich mit ihrem typischen Grinsen. Ich schüttelte den Kopf und umarmte sie, während ich mich schon auf meinen zukünftigen Prinzen freute.

◆◆◆

Ich bürste meine Haare und stecke sie zu einem Knoten hoch. Die Erinnerung daran, dass meine Oma der Meinung war, ich würde einmal den Richtigen finden, tröstet mich irgendwie.

Und selbst, wenn sie sich geirrt haben sollte, ist das auch kein Weltuntergang. Dann adoptiere ich eben diese vier Kinder. Über diesen Gedanken muss ich lachen, denn ich kann mir kaum vorstellen, jemals eine Mutter zu werden. Schon gar nicht mit so viel Nachwuchs. Aber das ist ohnehin Schnee von Übermorgen, also konzentriere ich mich besser nur auf diesen Abend.

Ich bin fertig und muss mir nur noch überlegen, was ich anziehen soll.

Mein Blick fällt auf das Kleid, das mir schon so viele Probleme gemacht hat. Er hat mich noch nie so richtig darin gesehen. Und dabei hatte ich es ihm immer zeigen wollen.

Ich zucke die Achseln und greife danach. Ich sehe ihn heute wahrscheinlich sowieso zum letzten Mal, dann kann er wenigstens noch dieses umwerfende Kleid an mir sehen.

Ich schlüpfe hinein, trage großzügig mein Lieblingsparfüm auf und ziehe meine roten Stöckelschuhe an. Heute weiß ich ja wenigstens, was mich erwartet. Und oben bei Alessandro gibt es wenigstens keinen Sand, in dem ich umknicken kann.

Ich kontrolliere noch einmal mein Aussehen im Spiegel, ehe ich mir eine Kusshand zuwerfe. Eva wäre stolz auf mich. Ich werde sie anrufen, wenn ich wieder da bin. Ich höre nämlich schon Catrinas Auto, das hupend draußen auf mich wartet.

Sie ist wenigstens pünktlich, denke ich schmunzelnd, als ich einen Blick auf den Wecker werfe.

Auf klappernden Absätzen und fest entschlossen, diesen Abend zu genießen, ziehe ich die Haustür auf und trete in die Wärme des frühen Abends hinaus. Die Sonne wird bald im Meer versunken sein und der wunderschöne Anblick lässt mich für eine Sekunde stocken. Irgendwann muss ich mir das wirklich ansehen. Am besten gleich morgen. Es ist zu schön, um es zu verpassen.

Catrina bekommt ganz große Augen, als sie mich sieht. »Du liebe Güte, Ella! Du siehst ja fantastisch aus!«, begrüßt sie mich lachend. »Als ich in deinem Alter war hatte ich auch so tolle Kurven.« Sie zwinkert mir zu, als ich mich auf den Beifahrersitz setze.

»Da wo ich herkomme, gelte ich als fett!«, entgegne ich grinsend.

Catrina stößt eine Reihe von farbenfrohen Flüchen aus, die ich nicht verstehe, und schüttelt energisch den Kopf, während sie losfährt. »Eine Frau braucht Fleisch auf den Rippen!«, teilt sie mir mit. »Dieser ganze Diätwahn ist doch Schwachsinn!«, schnaubt sie. »Diese ganzen Models, die sich nur von Wasser und Luft ernähren, was können die denn, außer hübsch aussehen? Wenn die einmal ordentlich arbeiten müssen, fallen sie zusammen, so ist das!«

»Naja, hübsch auszusehen ist ja ihre Arbeit«, werfe ich ein.

»Ach, Ella! Irgendwann sind wir alle alt und faltig, auch diese ganzen Models! Und dann? Das Leben muss man genießen und essen, lieben, lachen! Doch nicht immerzu nur Diät und machen, was andere gut finden. Und du bist nicht fett, du bist schön!«, erklärt sie mir mit einer Stimme, die keinen Widerspruch duldet.

Da sie offensichtlich etwas gegen das Thema Models und Diäten hat, schweige ich und sonne mich in ihrem Wohlwollen. Sie ist die erste, die nicht findet, dass ich abnehmen sollte. Vielleicht sollte ich einfach in Italien bleiben. Essen, lieben und lachen erscheint mir nämlich eine viel gesündere Lebenseinstellung zu sein als perfektionistischer Wahn, Diäten und Selbstzweifel.

Während Catrina sämtliche Verkehrsschilder ignoriert und ordentlich das Gaspedal durchtritt, klammere ich mich an den Türgriff und mache die Augen zu. Irgendwann nimmt ihr rasanter Fahrstil noch ein böses Ende, geht es mir durch den Kopf.

»Sag mal, Ella?«, fragt sie, nachdem sie mich für meine Ängstlichkeit lautstark ausgelacht hat. Ich ahne schon, was sie fragen wird.

»Du magst ihn sehr oder?«

Natürlich meint sie Jack.

»Oh, keine Angst«, gebe ich locker zurück, »er hat mir vorhin am Telefon gesagt, dass er mich nicht will. Also keine Sorge, ich breche ihm nicht das Herz.«

Catrina starrt mich von der Seite an, was bei diesen sehr schmalen Bergstraßen nicht unbedingt die sicherste Methode ist.

»Wie bitte?«, fragt sie scharf.

Ich erzähle ich von seinem Anruf und sie schnaubt ab und an empört.

»Dieser Junge ist so ein Esel. So habe ich ihn aber nicht erzogen! Ich muss ihm wohl mal wieder eins mit dem Kochlöffel überbraten.«

Oh, das würde ich zu gern sehen. »Ach, ich weiß nicht«, werfe ich ein. »Es ist seine Entscheidung und es ist wohl Schicksal, dass es so gekommen ist. Es soll halt nicht sein.«

Catrina biegt so scharf um die Kurve, dass ich bei offener Tür aus dem Auto geschleudert worden wäre. Ich kann mir ein entsetztes Kreischen nicht verkneifen und seufze erleichtert, als endlich die Villa in Sicht kommt.

»Wolltest du mal Rennfahrerin werden?«, frage ich mit zitternden Knien.

Catrina schaut mich erstaunt an. »War ich doch! Hab sogar eine Meisterschaft gewonnen.« Stolz schwingt in ihrer Stimme mit und mir wird einiges klar.

»Oh«, meine ich nur.

Als Catrina endlich anhält und ich die Wagentür aufreiße, um diesem fahrbaren Folterinstrument zu entkommen, meint Catrina ernst: »Ignorier den Burschen einfach. Er ist schlecht gelaunt wegen dieser ganzen Sache, aber das ist sein Problem. Er hätte dich fragen müssen, was die Wahrheit ist, anstatt diesem eingebildeten Idioten zu glauben.«

Dann geht sie, ohne auf mich zu warten, die Treppe hinauf.

Ich stehe für einige Sekunden sprachlos da und weiß nicht, was ich von alledem halten soll. Dann folge ich ihr.

Sie geht nicht die schöne Holztreppe hoch, die direkt hinter dem Eingangsbereich nach oben in Alessandros Zimmer führt, sondern weiter geradeaus, durch etwas, das wie ein großes Wohnzimmer aussieht. Ein riesiger, offener Kamin verströmt angenehme Wärme in den ansonsten kühlen Räumen. Neben den vertrauten Ölgemälden ist auch hier wieder die Decke mit aufwendigem Stuck verziert. Eine Sammlung alter Dolche, Schwerter und Degen hängt an der Wand und einmal mehr fühle ich mich wie in einem Museum.

Mehrere Sessel und zwei opulente Sofas stehen in der Mitte des Raumes um einen niedrigen Glastisch, dessen Platte von einem wild aussehenden, in schwarz und gold lackiertem Löwenkopf aus geschnitztem Holz getragen wird.

Als ich hinter Catrina her eile, die immer mehr an Tempo zuzulegen scheint, komme ich an der Küche vorbei, in der mehrere Menschen geschäftig umherlaufen. Ich erhasche einen Blick auf zwei Frauen, die miteinander plaudern und währenddessen Salate und Gemüse schneiden.

So wie es aussieht, ist die Küche so groß, wie meine ganze Wohnung Zuhause. Überhaupt ist die Villa gigantisch, was nicht nur an den himmelhohen Decken liegt. Auch der schiere Umfang der Räume ist eher in Saalgröße einzuordnen.

Catrina öffnet eine große, zweiflügelige Tür, die nach draußen führt und dreht sich lächelnd zu mir um.

»Da sind wir. Das ist der Garten. Die anderen sind auch schon da.«

Ich trete neben sie und starre auf das, was sie als Garten bezeichnet.

Die Treppe, die von der einmal um das Haus gehenden Veranda hinabführt, mündet in eine ordentlich gepflegte Terrasse, die mit verschiedenfarbigen Steinplatten ausgelegt ist. An den Rändern wird sie von niedrigen, blühenden Rosenbüschen gesäumt. Dahinter erstreckt sich ein Garten, dessen Ende ich kaum sehen kann. Das Gras ist intensiv grün und die säuberlich angelegten Beete mit den unterschiedlichsten Blumen wirken wie aus einem Gartenschaukatalog. Weiße Statuen in verschiedenen Positionen erheben sich aus dem grünen Grasmeer. Es gibt tanzende Mädchen mit wehenden Röcken, einen Burschen an einem niedrigen Brunnen, der einen Wassereimer trägt, und eine Harfenspielerin, die verträumt in den Himmel schaut.

Wo der Garten endet erheben sich die umliegenden Wälder in der Ferne. Überall stehen Obstbäume und Ziersträucher, die ihre Blüten in voller Pracht zeigen.

Ich bin so gefangen von diesem Ausbund an Schönheit, dass ich beinahe vergesse, dass ich eigentlich aus einem anderen Grund hier bin.

Alessandros Stimme, die mich überschwänglich begrüßt, holt mich aus meinem Staunen.

»Ella, wie schön!« Er lächelt breit und ich schäme mich sofort dafür, dass ich ihn nicht zuerst begrüßt habe.

»Hallo!«, meine ich scheu. Alessandro sitzt an einem großen Eichentisch, ein Glas Wein in der Hand. Mehrere Flaschen verschiedener Sorten stehen auf dem gedeckten Tisch, umringt von Brotkörben, Blumenvasen und einem Berg von

Tellern, die nur darauf zu warten scheinen, benutzt zu werden.

Schräg hinter ihm befindet sich jemand in einer weißen Kochjacke an einem großen Schwenkgrill, der über einer gemauerten Feuergrube steht und auf dem schon einige Köstlichkeiten brutzeln. Ich kann hören, wie das Fett in der Hitze der Glut zischt und in die Kohlen tropft.

»Komm, Kind, setz dich doch!« Alessandro klopft neben sich auf einen freien Stuhl.

Catrina hingegen steht neben dem Koch am Grill und spricht leise mit ihm, vermutlich um die Garzeiten zu überprüfen. Sie scheint, neben Alessandro, das Oberhaupt des Hauses zu sein.

Gehorsam nehme ich neben Alessandro Platz. »Der Garten ist wirklich eine Pracht«, beginne ich lächeln. »Vielen Dank für die Einladung!«

Er winkt ab und sieht in seinem frischen, weißen Hemd und der grauen Hose aus wie jemand, der gerade Urlaub macht. Wäre der Rollstuhl nicht gewesen, ich wüsste nicht, dass er krank ist. Aus seinen braunen Augen blitzt der Schalk.

»Keine Ursache. Wir essen bald und später kann dir Jack den Garten zeigen. Es gibt viel zu sehen. Du hast ja gerade nur den Eingang bewundert.

»Ach«, meine ich kopfschüttelnd, »das ist nicht nötig. Jack hat bestimmt Besseres zu tun.«

Der Koch dreht sich zu uns um und wirft mir einen säuerlichen Blick zu, nachdem ein anderer Ausdruck über sein Gesicht gehuscht ist, den ich nicht benennen kann. Er rückt den Kragen seiner Jacke zurecht und mir wird ganz heiß vor Scham.

»Wenn mein Vater unbedingt will, dass ich dir den Garten zeige, dann tue ich das.« Seine Stimme klingt kühl wie der italienische Marmor, aus dem die Böden der Villa gemacht sind.

Ich beiße mir auf die Zunge, als er sich wieder dem Grill zuwendet. An seinen steifen Schultern kann ich ablesen, dass er alles andere als begeistert ist, dass ich da bin.

Alessandro zwinkert mir zu und schiebt mir ein leeres Weinglas zu, in das er mir großzügig Rotwein einschenkt.

»Oh, danke«, meine ich schnell, »bitte nicht zu viel!«

»Ach«, wischt er meine Sorge, noch vor dem Essen betrunken zu sein, beiseite. »Ein Glas schadet nicht. Macht nur die Wangen rot und das Herz leicht! Außerdem ist das mein eigener!« Er ist offensichtlich stolz, also stoße ich mit ihm an und nehme einen Schluck.

»Ich mag lieblichen Wein sehr«, nicke ich bewundernd, als ich das Glas wieder absetze. Er ist einfach nur wunderbar weich und samtig und schmeckt so süß und fruchtig, dass er mir gar nicht wie Alkohol vorkommt. Die Sorge, allzu schnell davon betrunken zu werden, breitet sich gemeinsam mit seiner Wärme in meinem Bauch und dem Rest von mir aus.

»Recht stark, nicht?«, fragt Alessandro lachend. Ich nicke nur und versuche nicht Jacks verkrampften Rücken anzustarren.

Mehrere ältere Damen und Männer kommen lachend und scherzend die Treppe hinab. Es sind vielleicht zehn Leute, alle tragen Schüsseln oder Tabletts mit Salaten, Aufläufen und anderen essbaren Dingen.

»Darf ich vorstellen? Meine wunderbaren Mitarbeiter!«, begrüßt Alessandro sie lachend. Ich werde von jedem Einzelnen freundlich begrüßt, während mir Alessandro erklärt, was sie für Aufgaben haben.

Die Männer arbeiten alle bis auf einen auf seinen Weinbergen, während die Frauen sich um die Miethäuser kümmern. Sie sind Putzfrauen, Küchenhilfen und zwei von ihnen sitzen in seinem Büro, um die Verwaltung des Unternehmens zu leiten. Den Wein produziert Alessandro in kleineren Auflagen, die er in die Region verkauft. Es war anfangs nur ein Hobby, mittlerweile ist es sein zweites Standbein.

»Komm endlich her und iss mit uns«, fordert er Jack auf, nachdem alle Platz genommen haben und die ersten Gläser gefüllt sind.

Grummelnd bringt sein Sohn eine große Platte mit Steaks, Fleischspießen und Filets an den Tisch, die so saftig und knusprig aussehen, dass ich sie beinahe nicht für echt halte.

Alessandro weißt Jack den Platz mir gegenüber zu, was meinen Appetit eindeutig hemmt.

Bei den kalten Blicken, die er mir über den Tisch zuwirft, bin ich überrascht, dass sich keine Eiskristalle an meinem Glas bilden.

Ehe er sich setzt, legt er die Kochjacke ab. Darunter kommt ein eng sitzendes schwarzes T-Shirt zum Vorschein, das seine kräftigen Brustmuskeln betont.

Er hat sich länger nicht rasiert und der Dreitagebart auf seinen Wangen und am Kinn ist deutlich dichter, was ihn nur noch attraktiver macht.

Ich trinke hilflos einen Schluck Wein und starre auf die schöne Blumendekoration am Tisch, um mich abzulenken.

Ich bin eindeutig nicht so geübt darin, Dinge zu ignorieren, wie Eva. Und attraktive Männer schon gar nicht.

Alessandro räuspert sich und bringt mit seiner Gabel das Weinglas zum Klingen, als er alle zur Ruhe ruft. Catrina, die mir schräg gegenüber sitzt, zwinkert mir aufmunternd zu, was mir ein Lächeln entlockt.

»Meine Lieben«, stimmt Alessandro feierlich an, »ihr alle arbeitet schon seit Ewigkeiten für mich! Diese Feier soll ein kleines Dankeschön sein, für all das, was ihr tut. Ihr seid meine Familie, nicht nur meine Angestellten. Ich bin froh und dankbar, euch an meiner Seite zu haben. Und wenn ich einmal nicht mehr da bin, wird es Jack sein, der an meiner Stelle sitzt.«

Mein Blick fliegt zu ihm. Jack soll seinen Platz einnehmen, also das Familienunternehmen führen? Davon hat er natürlich nichts gesagt. Er wird also auf jeden Fall in Italien bleiben. Mein Herz krampft sich zusammen, aber ich verdränge den aufsteigenden Schmerz schnell. Also war ich wirklich nicht mehr, als eine nette kleine Ablenkung für zwischendurch.

Auf seinem Gesicht ist nicht die kleinste Regung abzulesen, während er seinem Vater aufmerksam lauscht.

Ich kann nicht anders und mein Blick bleibt an seinen grauen Augen hängen, die plötzlich zu mir schauen. Sie verdunkeln sich wie Gewitterwolken, als sie meinem Blick begegnen.

Ertappt wende ich mich ab. Ich spüre die Hitze, die sich in meinen Wangen ausbreitet. Bestimmt bin ich so rot wie mein Kleid.

Er erbt ein gigantisches Haus, zusammen mit zwei gut gehenden Firmen. Wie habe ich mir je einbilden können, er hätte Interesse an mir?

Ich war ja so dumm. Plötzlich fühle ich mich der ganzen Situation gar nicht mehr gewappnet und würde am liebsten in den nächsten Flieger nach Hause steigen.

Alessandros Stimme holt mich aus meinen Fluchtplänen.

»Heute Abend ist eine besondere Dame zu Gast! Ella hat das Haus am Hang gemietet und wird die nächsten sechs Wochen in Italien verbringen. Sorgen wir dafür, dass ihr Urlaub, den sie ganz alleine hier verbringt... «, wobei er die Betonung auf *ganz allein* legt und Jack scharf ansieht, »... unvergesslich wird!«

Die Gäste johlen zustimmend und prosten Alessandro zu, der so glücklich und zufrieden aussieht wie ein Fisch im Wasser.

»Und nun esst und trinkt, ihr habt es euch verdient!«, beendet er seine Ansprache.

Ehe ich flüchten kann, legt er mir ein großes Steak auf den Teller und die nette, rundliche Dame neben mir, die eine riesige Brille trägt und die sich als Sandra vorgestellt hat, reicht mir eine Schüssel mit gemischtem Salat.

»Nur zu!«, ermuntert sie mich.

Bei so viel Gastfreundschaft kann ich nicht einfach wieder gehen. Schon deswegen nicht, weil ich Alessandro nicht bloßstellen kann.

Jack nimmt mir gegenüber schweigend einen Schluck Wein, ehe er seinen Blick in meinen bohrt.

»Und, wie gefällt es dir in Italien?«, fragt er beiläufig, während er seine Gabel in ein Steak rammt. Der Gedanke, dass die Kuh glücklicherweise schon tot ist, geht mir durch den Kopf.

»Es ist auf alle Fälle nicht langweilig«, meine ich leichthin. Das Fleisch ist zart und perfekt gegrillt, wie ich nach einem Bissen feststellen muss. Ich kann nicht gehen. Nicht, nachdem ich das probiert habe.

Ich glaube, ich habe aus Versehen sogar vor Genuss aufgestöhnt, denn Jack wirft mir einen irritierten Blick zu.

Eilig trinke ich einen Schluck Wein hinterher und versuche, mich wieder zusammenzureißen. Das ist gar nicht so einfach, denn das hier ist das beste Steak, das ich je gegessen habe. Und ich liebe Steaks über alles.

»Ich finde Italien bislang wunderbar«, meine ich unverbindlich, als ich meine Stimme wiedergefunden habe. Zustimmendes Gemurmel und nickende Köpfe am Tisch. Einer der Arbeiter, die sich um das Weingut kümmern, wendet sich an mich: »Wieso reisen sie allein? Sind sie nicht verheiratet?«, fragt er freundlich. Sein Gesicht ist wettergegerbt und er hat einen leichten Sonnenbrand auf der Nase.

Ich zucke die Achseln. »Ich habe noch nicht den Richtigen gefunden.« Vor allem die Frauen mustern mich interessiert, allen voran Catrina.

»Auch keinen Freund?«, fragt sie. Jetzt sieht auch Jack mich an, und plötzlich fühle ich mich, als wäre ich in ein Kreuzverhör geraten.

Ich schüttele den Kopf und lächle gezwungen. »Nein. Ich hatte noch keinen, bisher.« Dabei starre ich vor allem mein Steak an.

Ungläubiges Gemurmel unter den Frauen. Dann fragt mich Sandra: »Aber sie wollen schon, oder?«

Ich trinke mein Glas aus und bemerke gar nicht, wie mir Alessandro nachschenkt.

Ich tue so, als müsse ich kurz überlegen. »Na ja, eigentlich schon. Das will doch jeder. Aber ich weiß nicht, ob es sich lohnt.«

Jack beugt sich interessiert vor und legt den Kopf schief. Ich versuche zwar, es nicht zu tun, aber ich schaffe es einfach nicht. Es ist, als würden seine Augen mich einfach anziehen. Und ich ertrinke in all dem Grau und dem Gold. Ein spöttischer Zug spielt um seinen Mund.

»Inwiefern muss es sich lohnen? Geld, teure Schuhe, schicke Kleider?« Seine Stimme trieft vor Sarkasmus und ich schlucke meinen Unmut herunter.

»Nein. Liebe. Ohne die geht nämlich gar nichts. Ich will einen Mann, der zu dem steht, was er sagt. Der für mich da ist und für den ich da bin. Mir ist Geld egal, oder teure Schuhe«, greife ich seine Anspielungen auf, »ich will einfach nur jemanden, der bei mir ist. Aber«, fahre ich fort, nachdem es mucks Mäuschen still am Tisch geworden ist, »mir erscheint der Preis dafür zu hoch, wenn das bedeutet, dass ich jeden Tag um ein bisschen Aufmerksamkeit und Zuneigung kämpfen muss. Wenn ich immer erst beweisen muss, dass ich das wirklich will und brauche. Dann verzichte ich lieber.«

Jack lehnt sich zurück und betrachtete mich schweigend. Ich greife durstig nach meinem Glas und widme mich wieder dem Essen. Erleichterung durchströmt mich, als die Gespräche am Tisch wieder aufgenommen werden. Mein Herz klopft so laut, dass ich das Gefühl habe, jeder müsste es hören.

Alessandro sieht mich eine Weile nachdenklich an, ehe er meint: »Ich glaube, dass es nicht mehr viele Menschen gibt, die so denken. Heutzutage lassen sich die meisten Paare scheiden, wenn es nicht mehr so gut läuft, anstatt an den Problemen zu arbeiten.«

Ich nicke zustimmend. »Ja, genau. So etwas will ich nicht. Ich bin keine Ware, die man wegwerfen kann, wenn sie nicht mehr so gut funktioniert oder unbequem wird. Dann will ich lieber gar keine Liebe.«

Ich weiß selbst nicht, was ich da rede. Der Wein beschwipst mich viel mehr als ich dachte. Ich nehme mir ein Stück frisches Weißbrot aus dem Korb und zupfe einen Bissen davon ab, um den beginnenden Schwips im Zaum zu halten.

»Weißt du denn überhaupt, was Liebe ist?«, fragt Jack mich überraschend. Er mustert mich genau, als wäre er nicht sicher darüber, was er vor sich hat.

Ich schiebe mir ein Stück Tomate in den Mund und sehe ihn dabei an. Sein Blick ist so kühl, dass mir richtig kalt davon wird.

Tatsächlich bin ich bislang noch nie so richtig verliebt gewesen. Liebe ist etwas, dass ich aus Büchern kenne. Ich bin mir also nicht ganz sicher, was ich darauf sagen soll. Liebe ist, wenn die Welt aufhört sich zu drehen, wenn du nur noch an diese eine Person denken kannst. Daran, wie sie riecht, wie sie sich anfühlt, das Geräusch ihres Lachens, die Farbe ihrer Augen. Von ihr getrennt zu sein bereitet einem Qualen und beinahe schon körperliche Schmerzen. Liebe ist das, was einen erst vollständig macht.

All das könnte ich ihm sagen, aber ich würde nur aus Büchern zitieren. Ich lecke mir nervös über die Lippen, während ich mich auf die goldenen Sprenkel in seinen Augen konzentriere. »Vielleicht finde ich das eines Tages heraus.«

Er schnaubt verächtlich. »Und wenn nicht?«, fragt er herausfordernd.

Ich zucke die Achseln. »Dann eben nicht. Manche Menschen bleiben eben alleine.«

»Und das würde dir nichts ausmachen?«

»Ich hätte wohl keine Wahl.«

»Das habe ich nicht gefragt.« Er trommelt ungeduldig mit den Fingern auf dem Tischtuch.

Natürlich würde es mir etwas ausmachen. Aber ich habe keine Lust mehr, noch länger darüber zu streiten. »Wieso soll ich mir darüber Gedanken machen? Es ist noch nicht passiert und es passiert vielleicht nie. Es macht gar keinen Sinn, sich deswegen zu quälen.« Ich trinke einen Schluck Wein, obwohl ich weiß, wie unklug das ist, aber meine Kehle fühlt sich trocken an.

»Man kann auch Dinge vermissen, die man nicht kennt.« Er betrachtet mich noch einmal, ehe er aufsteht und geht.

Alessandro neben mir seufzt tief. »Mach dir keine Gedanken, Ella. Jack ist ein Esel, das sagte ich ja bereits.«

Ich stimme ihm schweigend zu, während Alessandro mein Glas erneut füllt, ehe ich es verhindern kann.

Wenn er wirklich darauf besteht, dass sein Sohn mir den Garten zeigt, wird Jack mich tragen müssen, weil ich nämlich schon jetzt spüre, wie unsicher meine Beine werden. Catrina wirft mir einen undefinierbaren Blick zu, ehe sie weiter mit einer der Angestellten plaudert.

»War er schon immer so?«, richte ich die Frage an Alessandro.

Er nimmt sich ein weiteres Stück Grillfleisch und seufzend eine Portion Salat, als Catrina ihn scharf ansieht. Sofort glätten sich ihre Züge wieder und ich muss lachen.

»Nein, so zynisch kenne ich ihn eigentlich nicht. Er ist schwierig, ja, aber das ist normal. Er ist ein Mann.« Er überlegt kurz, während er eine Gabel voll Salat aufspießt. »Als er zurückgekommen ist, fing es an. Da war er mürrisch und wortkarg.«

»Zurück?«, frage ich verwirrt.

»Nach Italien.«

Oh. Vielleicht war er gerne Kellner und es war schlimm für ihn, seinen Job aufzugeben. Ein Ortswechsel ist ja immer schlecht, wenn man ihn nicht freiwillig macht. Vielleicht sorgt er sich aber auch um seinen Vater. Ich beobachte Alessandro verstohlen, aber er kommt mir außerordentlich frisch und gesund vor.

»Wieso ist er eigentlich weggegangen?«, frage ich, weil mich das wirklich interessiert.

»Wieso erzähle ich dir das nicht selbst?« Ein mürrisch dreinblickender Jack steht plötzlich neben mir und hält mir die Hand hin. »Du wolltest doch den Garten sehen.«

Einen Moment starren wir uns nur wortlos an, ehe ich mich ohne seine Hilfe aufrichte. Ich habe zu viel Angst davor, was passiert, wenn ich ihn berühre.

Seine Augen werden schmal, aber er tritt beiseite und ich gehe vorsichtig über die Terrasse, an der Hecke vorbei und auf den Rasen. Jack schlendert hinter mir her. Er hat die Hände in den Taschen seiner ausgeblichenen Jeans vergraben, als wollte er um jeden Preis vermeiden, mich anzufassen.

Aber das ist schon in Ordnung. Er will mich ja nicht. Daran muss ich mich wieder erinnern, als er dicht neben mir geht.

Das Gras ist weich und ordentlich geschnitten. Ich gehe langsam und vorsichtig, damit ich nicht umknicke.

»Also?«, fragt er, als wir um die Ecke des Gartens biegen und außer Sicht sind. Wir stehen auf einem kleinen Hügel, der vor unseren Füßen sanft in eine großzügige Rasenfläche mündet, auf der verschiedenste Beete angelegt sind. Steinbänke laden zum Ausruhen ein und ich entdecke einen kleinen Teich, zu dem es mich zieht. Obstbäume säumen die Seiten des Gartens und ich fühle mich, als würde ich durch einen schönen Park spazieren.

Mittlerweile ist das Licht schwächer geworden, was mich aber nicht stört. Überall stecken kleine Solarleuchten im Boden, die weiches Licht spenden, so dass man auch im Dunkeln nicht den Weg verliert.

»Also was?«, gebe ich die Frage zurück.

»Was willst du wissen?« Seine Stimme klingt genervt und ich fühle mich unwohl. Ich komme mir vor, als wäre ich nichts weiter als eine lästige Pflicht für ihn und nicht die Frau, die er noch vor kurzem leidenschaftlich geküsst hat. Jetzt erscheint es mir sogar unwirklich, dass wir uns geküsst haben. Ist das wirklich passiert? Oder habe ich es mir am Ende nur eingebildet? Plötzlich bin ich mir gar nicht mehr sicher, als wäre ich aus einer Geschichte in eine andere gefallen und würde die Handlungen und Figuren durcheinanderbringen.

Wir kommen am Teich an, in dem einige Kois schwimmen und ich setze mich auf die Bank.

»Naja, wieso bist du von hier weg?« Ich deute auf die Umgebung. Mir kommt es wie ein guter Ort zum Leben vor, aber der Schein trügt ja oft.

Jack betrachtet die Fische und bleibt stehen, die Hände weiterhin in den Taschen. »Ich wollte ein eigenes Leben. Mich interessiert die Vermietung von Ferienhäusern nicht wirklich. Ebenso wenig wie der Weinanbau. Das ist, was mein Vater für mich wollte, nicht ich.«

Ich sehe den Fischen zu, die auf und ab tauchen und ihre Kreise ziehen.

»Und dafür musstest du gleich das Land verlassen?« Ich blicke scheu zu ihm hoch, aber sein Gesicht ist so hart und abweisend wie der Stein, auf dem ich sitze.

»Eigentlich nicht. Aber da war diese Frau.«

Oh. Natürlich. Ich will gar nicht, dass er weiterredet. Aber er sieht wohl, wie unangenehm es mir ist, und fährt fort: »Ich bin für sie weggegangen. Aber als ich dann erst einmal dort war, hat sie mich fallenlassen wie eine heiße Kartoffel.« Er lächelt mich breit an, was eher wie ein Zähnefletschen wirkt, weil es bar jeder Freude ist.

»Das tut mir leid«, antworte ich, weil mir nichts sonst passend erscheint. Dabei kommt es mir so unzureichend vor, dass ich mich am liebsten selbst ohrfeigen würde.

Er brummt etwas, das ich nicht verstehe.

»Wieso bist du hergekommen?«

Die Frage lässt mich aufblicken. Und da sind sie. Seine Augen. Im letzten Licht des Tages so voller Schmerz, das sich mein Magen zusammenzieht. Ich habe das Gefühl, mich entschuldigen zu müssen, obwohl das gar nicht notwendig ist. Es ist ja nicht meine Schuld.

»Ich bin nicht wegen dir hergekommen, sondern um Urlaub zu machen. Ich wusste ja nicht, dass du hier arbeitest«, antworte ich nervös.

Er lächelt flüchtig und beinahe halte ich es für eine Einbildung. »Nein, ich meinte *hierher*.«

Dein Vater hat mich eingeladen. Ich wollte dir eins auswischen, wegen deiner blöden Aktion. Ich hatte Hunger. Ich hatte sonst keine Pläne. Die Antworten, die ich darauf geben könnte, purzeln durch meinen aufgewühlten Kopf wie ein paar Kekse in einer Dose, die von einem Kleinkind geschüttelt wird.

»Ich wollte dich noch einmal sehen.« Das rutscht mir raus, ehe ich es verhindern kann. Der Rotwein löst meine Zunge und lässt mich Dinge sagen, die ich sofort bereue.

Jack holt scharf Luft und ich sehe Überraschung auf seinem Gesicht, die sich schnell in Skepsis verwandelt.

»Wieso?«

Ich seufze und fröstele in der kühlen Brise, die vom Meer hinüber geweht wird. Die Luft duftet nach grünem Gras und den unterschiedlichen Blumendüften um uns herum.

Ich lecke mir nervös über die trockenen Lippen. »Ich wollte dich einfach noch einmal sehen. Ich dachte, unsere Küsse hätten irgendetwas zu bedeuten gehabt. Ich mag dich wirklich gern und ich wollte wohl wissen, ob ich wirklich nichts weiter als ein Spielzeug für dich war.«

Ich starre bewegungslos geradeaus. Ihn jetzt anzusehen ertrage ich nicht. Dabei klopft mir das Herz bis zum Hals und ich fürchte mich vor dem, was er sagen wird.

Er schweigt lange. »Ja, war wohl so.« Seine Stimme klingt ganz fremd in meinen Ohren und ich schaue ihn an, weil ich nicht verstehe, was das bedeuten soll.

»War wohl so?«, wiederhole ich, während ich auf wackeligen Beinen aufstehe. Adrenalin rauscht durch meine Adern und bringt mich zum Zittern. »Ach so, du küsst also einfach irgendwelche Frauen und machst mit ihnen rum?«

Der zuckt die Achseln. »Du warst ja nicht gerade abgeneigt, wenn ich mich recht erinnere«, gibt er kühl zurück.

Mir wird übel und ich will nichts mehr hören oder sehen. Ja, ich war unendlich dumm.

»So ist das also.« Ich starre ihn an, doch er zuckt nur die Achseln und erwidert meinen Blick gelassen.

Wortlos dränge ich mich an ihm vorbei und stapfe den Hügel hoch. Mir ist egal, was Alessandro denkt oder Catrina. Mir ist auch egal, was die anderen denken. Ich bleibe keine Sekunde länger hier.

Jack steht noch immer am Fischteich, als ich einen Blick zurückwerfe. Zum Teufel mit ihm.

Ohne mich zu verabschieden, stürme ich am Haus vorbei und nutze die Hecken und Bäume, um nicht aufzufallen. Ich will keinen sehen. Sie können mir alle gestohlen bleiben.

# 15

Der Weg nach Hause dauert lange. Aber zumindest werde ich wieder nüchtern. Auch, wenn meine Fußsohlen mich dafür hassen, was ich ihnen zumute. Inzwischen laufe ich nämlich barfuß.

Die Schuhe schaukeln an meiner einen Hand, und mit der anderen halte ich den Saum des Kleides hoch, damit ich nicht aus Versehen darauftrete und hinschlage. Inzwischen weine ich auch nicht mehr. Anscheinend habe ich sämtliche Flüssigkeitsvorräte, die meine Augen dafür verwenden könnten, aufgebraucht. Mein Gesicht ist verquollen und voll mit verschmiertem Make-up.

Anstatt mich morgen noch lächerlicher zu machen, indem ich mir die Stadt ansehe und meine Vorräte auffrische, also so tue, als wäre alles in bester Ordnung, werde ich den nächsten Flug nach Hause buchen. Ich will einfach nur weg.

Das helle Mondlicht weist mir den Weg und schimmert auf dem Meer, das ich von der Bergstraße aus sehen kann.

Mein Herz ist so schwer und traurig, dass sogar dieser romantische Anblick mich sofort wieder zum Heulen bringt. Und dabei dachte ich, dass sich die Heulerei endlich erledigt hätte.

Verfluchter Jack. Verfluchte Männer allgemein. Kurz überlege ich, in ein Kloster zu ziehen, aber dann verwerfe ich den Plan wieder. Dort gibt es kein anständiges Essen. Und ich bin außerdem kein Frühaufsteher.

Als ich an die Stelle komme, an der Tom mich aus dem Auto aussteigen lassen hat, biege ich ab und laufe die Böschung herunter, anstatt gleich nach Hause zu gehen.

Ich war noch nie nachts am Meer. Und an meinem letzten Abend in Italien will ich wenigstens einmal meinen Fuß in das Wasser halten.

Eva und meine Mutter werden geschockt sein, dass ich schon wieder da bin. Evas Schwester muss früher wieder aus meiner Wohnung ausziehen, als sie dachte. Sorry, Kleine.

Der Sand ist kühl und weich an meinen geschundenen Füßen. Ich lasse meine Schuhe einfach fallen und setze mich daneben. Für einen Moment bin ich ganz ruhig und gelassen, so wie die Wellen, die gleichmäßig an den Strand branden und wieder zurückrollen.

Ich stütze das Kinn auf die angezogenen Knie und lausche dem Geräusch des Meeres, während ich versuche, den Schmerz auszublenden, der wie ein Klumpen in meinem Magen liegt. Ich war unvorsichtig und habe mich verletzt, das passiert eben, wenn man sein Herz nicht richtig schützt. Ich war viel zu naiv, als ich diese Schwärmerei für ihn entwickelt habe.

Ich seufze tief und schiebe die Zehen in den feuchten Sand.

Wieso hat er mir nicht schon früher gesagt, dass er mich nicht will, und nicht erst, als ich mich schon in ihn verliebt hatte? Denn das ist mir leider mehr als klar geworden. Ich bin in Jack verliebt, denn wäre ich es nicht, würde mich seine Reaktion nicht so mitnehmen.

Darüber muss ich jetzt wegkommen, besser früher als später. Anstatt mich meinem Kummer hinzugeben, plane ich im Geiste meine Abreise. Ich werde wohl oder übel Alessandro anrufen müssen, damit er mir einen Rückflug bucht und ein Taxi organisiert. Das nächste Reisebüro ist nämlich über zwei Stunden entfernt und ich habe kein Internet, um die Nummer selbst zu suchen. Ich hatte ja extra Wert darauf gelegt, möglichst abgeschieden meinen Urlaub zu verbringen.

Bei diesem Gedanken vergrabe ich stöhnend das Gesicht in den Händen.

Ich weiß nicht, wie viel Zeit vergangen ist, aber irgendwann rappele ich mich wieder hoch, klopfe mir den Sand vom Allerwertesten und straffe die Schultern.

Ich muss zurück und packen.

Als ich das Haus sehen kann, fällt mir auf, dass es viel zu hell ist.

Die Außenlampe neben der Tür ist an und Motten umschwärmen sie, angezogen vom Licht.

Misstrauisch schleiche ich näher ran. Die Haustür ist einen Spalt breit auf und ich kann leise Musik von drinnen hören.

Verwirrt und unschlüssig stehe ich da, barfuß, die Schuhe in den Händen. Ich sehe mir das Haus noch einmal genau an, aber es ist tatsächlich meines.

Wer kann das sein? Einbrecher? Aber dafür sind sie viel zu auffällig. Oder sie wiegen sich in Sicherheit, weil das Haus so abgelegen ist?

Wieder einmal verfluche ich mich dafür, mein Handy nicht mitgenommen zu haben. Ich sollte mir das wirklich angewöhnen. Eva sagt immer, ich wäre der einzige Mensch, der keines mitnimmt, wenn er aus dem Haus geht. »Total Steinzeit!«, sagt sie dann immer und lacht mich aus.

Jetzt wünschte ich, ich hätte auf sie gehört.

Mit den Schuhen in den Händen, die ich wie Waffen vor mich halte, schiebe ich die Tür mit der Schulter auf und spähe in den Flur.

Der Kamin wurde angeheizt, denn ich kann den Lichtschein sehen und die Wärme spüren, die mir entgegenschlägt.

Barfuß setze ich meine Schritte vorsichtig und so leise wie möglich auf dem gefliesten Boden.

Irgendjemand summt zu den weichen Klängen, die von einer CD zu kommen scheinen und die sich sehr nach Kuschelrock anhören. Das ist bestimmt kein Einbrecher. Mir kommt ein Verdacht in den Sinn, bei dem ich erstarre.

Plötzlich hört das Summen auf, doch ich kann nicht mehr weg.

»Ella!«, ruft Toms Stimme erfreut. »Endlich bist du da, mein Schatz!«

Ich stehe da, mit erhobenen Schuhen und blinzele ihn fassungslos an.

Tom steht da, perfekt angezogen wie immer, mit einem Sektglas in der Hand. Nur sein angeschwollenes Auge und die schiefe Nase, auf der zwei schmale Pflaster kleben, trübt das ansonsten perfekte Bild.

»Was ist denn mit dir passiert?«, fragt er, während er die Stirn runzelt und mich eingehend betrachtet.

»Was machst du denn hier?«, entgegne ich verständnislos. Ich lasse die Hände sinken und stelle die Schuhe auf den Boden. Trotzdem bin ich auf der Hut. Was soll ich jetzt tun?

»Du hast die Terrassentür nicht richtig zugemacht und nicht

auf meine Anrufe reagiert!« Er starrt mich vorwurfsvoll an, ehe er auf mich zukommt und nach meiner Hand greift.

Ich lasse es geschehen und überlege fieberhaft, was ich jetzt tun soll. Er hat irgendetwas vor, das spüre ich. Ich sehe es an seinen Augen.

Das hier kann schwer nach hinten losgehen.

»Oh«, meine ich mit einem nervösen Lachen. »Ja, ich bin manchmal etwas schusselig. Und ich hatte mein Handy vergessen.«

Er lächelt nachsichtig und zieht mich mit sich. »Gut, dass ich da bin. Nicht auszudenken, was passiert wäre, wenn jemand anders gekommen wäre.«

Ich brumme zustimmend, obwohl ich gar nicht seiner Meinung bin. Er ist eindeutig ein Stalker. Und nicht ganz dicht. Ich muss höllisch aufpassen.

»Ella, meine Süße, du siehst ganz fertig aus!«, meint er, als er mich naserümpfend im warmen Licht des Kamins betrachtet. »Spring doch schnell unter die Dusche und entspann dich ein wenig, und dann machen wir es uns richtig gemütlich!«

Ich schenke ihm ein strahlendes Lächeln, während ich Dankbarkeit heuchle. Er scheint zufrieden mit meiner Reaktion und plötzlich zieht er mich an sich und küsst mich.

In meinem Inneren bricht ein wahrer Höllensturm aus Panik los, und ich fange an zu zittern.

»Oh, dir ist ja kalt«, murmelt er an meinem Mund. »Ich wärme dich auf, wenn du etwas besser riechst!« Er grinst verschlagen und schiebt mich sanft ins Bad.

»Lass mich nicht zu lange warten.« Es klingt wie eine Drohung, als er die Tür hinter mir schließt. In seinen Augen steht ein Ausdruck, den ich gar nicht erst deuten will.

»Na klar, ich beeile mich!«, rufe ich mit gespielter Fröhlichkeit.

Die Tür ist kaum zu, da drehe ich schon das Wasser auf und stürze zum Fenster.

Es ist zu klein. Da passe ich nicht durch. Fieberhaft suche ich nach irgendetwas, das ich als Waffe benutzen kann.

Tom hat völlig andere Sachen vor, als einen entspannten Abend zu verbringen, das ist mir mehr als klar. Er ist mir extra nach Italien nachgereist, hat mich hier belästigt und jetzt ist er auch noch in mein Haus eingebrochen. Ich schließe immer sämtliche Türen und Fenster, wenn ich das Haus verlasse. Immer. Ich vergesse es niemals.

Ich finde einfach nichts, und von draußen fragt Tom, ob ich fertig sei. Er klingt ungeduldig. Mir wird klar, wie ernst meine Lage ist. Niemand wird mich hier finden. Niemand wird mich retten. Und ich habe nichts, um mich zu verteidigen.

Mein Blick fällt auf das große Badetuch und in meinem Kopf rasen die Gedanken und Möglichkeiten.

Als Tom die Tür öffnet, wickele ich mit einem verzweifelten Aufschrei das Badetuch um seinen Kopf und stoße ihn zu Boden. Wie ein flüchtendes Reh springe ich über den fluchenden Mann hinweg und versuche, die Haustür zu erreichen. Natürlich könnte ich auch ein Messer aus der Küche holen, aber meine Hände zittern viel zu stark und am Ende verwendet er es noch gegen mich.

Ich kann nur rennen. Und hoffen, dass ich es bis zur Straße schaffe.

Doch ich habe nicht damit gerechnet, wie schnell Tom ist.

Plötzlich packt er mich von hinten am Kleid und meine Flucht ist vorbei.

Ich spüre seinen heißen Atem im Nacken, als er mich zu Boden ringt.

So laut ich kann brülle ich um Hilfe, doch er lacht nur.

»Hab ich dich gefangen, kleines Vögelchen«, gurrt er freudig. »Mich hat noch nie eine Frau abgewiesen!«, setzt er nach, diesmal wütend und ich werde herumgerissen, so dass ich in sein Gesicht starre, das vor Wut verzerrt ist.

Sein Speichel spritzt mir ins Gesicht, als er mich anfaucht: »Und du wirst mich auch nicht mehr abweisen und lächerlich machen!«

Er zerrt mich grob hoch, während ich versuche, ihn auf Abstand zu halten, aber er packt mich an den Haaren und zerrt mich wieder vor den Kamin.

»Wir beide«, knurrt er böse, »machen uns jetzt einen gemütlichen Abend!« Er stößt mich zu Boden und grinst diabolisch, als ich vor Schmerz aufschreie. Er steht über mir wie ein Riese. Seine dunklen Haare hängen ihm wirr ins Gesicht und er zieht das Jackett aus.

»Du bist immer noch genauso erbärmlich wie bei unserem ersten Date«, stoße ich angewidert hervor. Er wird ganz blass und das Grinsen in seinem Gesicht ist wie weggewischt. Ich rappele mich auf die Knie und starre ihn wütend an. »Du bist nur eine hübsche Fassade mit einem verrotteten Kern!«

Er schlägt zu, aber das habe ich kommen sehen. Ich weiche seinem Arm aus und boxe so fest ich kann in seine Weichteile. Etwas, dass ich schon viel früher hätte tun müssen.

Er kreischt schrill auf und kippt zur Seite.

So schnell ich kann, springe ich auf und renne blindlings auf die Haustür zu, doch ich pralle gegen etwas und schreie panisch auf.

»Hey, ganz ruhig!« Jacks graue Augen starren mich alarmiert an und ich bringe keinen Ton heraus. Erleichterung und Panik schlagen über mir zusammen.

»Tom«, keuche ich nur, aber da stürmt Jack schon ins Haus.

»Du Bastard!«, höre ich seine wütende Stimme. Ich eile hinter ihm her, weil ich nicht will, dass er verletzt wird.

Tom hat sich wieder hochgerappelt und das lange Küchenmesser in seiner Faust schimmert unheilvoll im Feuerschein.

»Ach, du bist es«, meint er hochnäsig, »der bescheuerte Tellerwäscher!« Er lacht, während Jack reglos vor ihm steht, den ganzen Körper angespannt, wie ein Raubtier, das zum Sprung ansetzt.

»Was hast du mit ihr gemacht?«, fragt er Tom. Seine Stimme klingt tödlich ruhig und seinem Gegenüber entgeht der warnende Unterton, denn Tom lacht nur.

»Noch nicht so viel, wie ich gern getan hätte, aber das kommt noch«, prahlt er. Mit einem Aufschrei, der mir das Blut in den Adern gefrieren lässt, stürzt er sich auf Jack. Ich sehe nur, wie die lange Messerklinge aufblitzt, dann geht alles ganz schnell.

Ehe ich mich aus meiner Schockstarre befreien kann, höre ich ein dumpfes Krachen und Toms Körper stürzt zu Boden wie ein gefällter Baum.

Jack dreht sich betont ruhig zu mir um. »Alles in Ordnung? Bist du verletzt?«, fragt er mich. Stumm schüttele ich den Kopf, zu geschockt, um etwas zu sagen.

Er kommt zu mir und betastet vorsichtig mein Gesicht, wo Tom mich erwischt hat. Seine Augen verdunkeln sich und ich kann sehen, wie seine Kiefer mahlen.

»Nein, mir geht es gut«, bringe ich hervor, während ich das Zittern unterdrücke, das mich wie Schüttelfrost überkommt.

Jack zückt sein Handy und ruft die Polizei und den Krankenwagen.

Während er telefoniert, stehe ich wie erstarrt da und betrachte die Blutlache, die sich aus Toms gebrochener Nase auf den Boden ergießt.

»Er ist doch nicht tot, oder?«, frage ich Jack aufgewühlt. Er grinst böse. »Nein. Noch nicht.«

Dann beendet er das Telefonat und kommt zu mir.

»Es tut mir leid«, murmelt er, während er mein Gesicht zwischen seine Hände nimmt. Er seufzt und schließt kurz die Augen. »Ich wünschte, ich wäre früher da gewesen.«

Ich lecke mir nervös über die Lippen und weiß nicht, was ich sagen soll. In der Ferne höre ich Sirenen.

»Ich auch«, antworte ich schließlich. Ich kann es nicht verhindern. Eine Träne perlt aus meinem Augenwinkel und tropft auf seine Hand.

Ehe ich weiß, was passiert, küsst er sie fort. »Nicht weinen«, murmelt er bittend, doch ich kann nichts dafür, es werden immer mehr.

»Hey«, meint er plötzlich lächelnd, »machst du das extra, nur damit ich dich küsse?«

Ich muss lachen und er zieht mich an sich. »Wenn du mich immer küsst, wenn ich weine, dann höre ich nie wieder damit auf«, flüstere ich.

Er hebt mein Kinn und wir sehen uns einen Moment nur wortlos an, ehe er seinen Mund auf meinen senkt. Zwischen zwei sanften Küssen flüstert er: »Ich werde dich immer küssen, egal ob du weinst oder nicht. Wenn du mich lässt.«

Draußen höre ich, wie der Rettungswagen und die Polizei vorfahren, doch ich nehme es nur am Rande wahr.

◆◆◆

»Ist dir warm genug?« Jacks sanfte Stimme ist ganz nah an meinem Ohr. Ich nicke und seine kräftigen Arme umschlingen mich fester.

Wir sitzen am Strand, weil ich es im Haus nicht mehr ausgehalten habe. Der Schrecken ist noch zu greifbar.

Jack sitzt hinter mir, eine Decke um uns beide geschlungen, damit wir warm bleiben. Ich wünsche mir, dass wir ewig so sitzenbleiben könnten. Seine Nähe tröstet mich, obwohl ich innerlich noch immer aufgewühlt bin. Seine Worte zu mir in Alessandros Garten klingen noch nach wie ein hässliches, verzerrtes Echo.

Nachdem sich ein Sanitäter um den bewusstlos geschlagenen Tom gekümmert hat, wurde er in Gewahrsam genommen. Der Polizist, ein älterer Herr mit verkniffenem Gesicht, erklärte mir, dass er schon öfter auffällig geworden sei. Ich hätte großes Glück gehabt, dass mir jemand zu Hilfe gekommen ist. Gleichzeitig hat er mich dafür getadelt, dass ich Toms zwanghaftes Verhalten nicht schon früher gemeldet habe. Im Nachhinein muss ich ihm recht geben. Aber ich war schlicht nicht auf so etwas vorbereitet und habe die Zeichen nicht richtig gedeutet. Dabei hätte ich schon alarmiert sein müssen, dass er mir nachgereist ist.

»Ich bin froh, dass du gekommen bist«, murmele ich, während wir dabei zusehen, wie der Himmel langsam grau wird. Die Morgendämmerung bricht heran. Ich wollte zwar einen Sonnenaufgang am Meer erleben, aber dafür hätte ich mir andere Umstände gewünscht.

»Ja, ich auch. Gott sei Dank«, flüstert Jack. Sein warmer Atem streift mein Ohr und ich erschauere.

»Warum bist du zurückgekommen?« Ich muss es einfach wissen.

Er schweigt kurz und antwortet dann leise: »Weil ich dir doch versprochen hatte, wiederzukommen, weißt du noch?«

Ich kann das Lächeln in seiner Stimme hören. Tatsächlich hatte er es mir versprochen. Aber das war an meinem ersten Tag hier. Ich schnaube abfällig.

»Oh, ja, das stimmt. Das Timing hatte ich mir nur etwas zeitnaher vorgestellt und nicht erst drei Jahre später!«, mosere ich.

»Timing ist nicht so mein Ding. Und mir waren leider ein paar Sachen dazwischen gekommen. Aber ich halte meine Versprechen.«

Ich drehe mich halb zu ihm um, damit ich ihn ansehen kann.

»Und außerdem«, meint er, während die ersten Strahlen der Morgensonne seine Augen zum Leuchten bringen und das Gold in ihnen funkelt, »wäre ich ein ziemlicher Esel, wenn ich dich einfach gehenlassen würde.«

»Ach?«, meine ich, während ich nachdenklich sein Gesicht betrachte. Der Dreitagebart steht ihm unverschämt gut. Und das weiß er auch, denn er lächelt breit.

»Hmhm«, antwortet er brummend. »Außerdem hat mein Vater mir damit gedroht, mich zu enterben, wenn ich nicht bald meinen Verstand wiederfinde und dir nachfahre.«

Wie romantisch. »Aha«, meine ich säuerlich und will mich gerade abwenden, als er mein Kinn festhält. »Und außerdem«, murmelt er, während er mit den Lippen ganz sanft über meine streicht, »würde ich mir nie verzeihen, wenn ich so eine umwerfende Frau wie dich ziehen lassen würde. Das Erbe ist mir völlig egal.« Er sieht mich lange an, während seine Lippen über meinen schweben.

»Und wieso sagst du dann, dass ich dir nichts bedeutet habe?«, frage ich. Ich kann nicht verhindern, dass meine Stimme noch immer gekränkt klingt.

Er seufzt und nickt. »Das war gelogen. Ich war einfach nicht darauf vorbereitet, dass du mich so triffst. Wenn ich dich sehe«, flüstert er, »kann ich gar nicht mehr klar denken. Schon damals nicht.«

Ein Lächeln zuckt um meine Mundwinkel. »Hast du mir deswegen diesen gigantischen Kirschbecher aufgetischt?«

Er lacht, ein voller, sinnlicher Ton. »Du hast mich total durcheinandergebracht. Ich hab aus Versehen einen Eisbecher für zwei gemacht, statt für eine Person. Dafür habe ich ziemlich eins auf den Deckel von meinem Chef gekriegt.« Ich kichere amüsiert.

Dann wird Jack wieder ernst. »Als dieser Typ mich auf dem Markt angesprochen hat, dachte ich, ich spinne. Er sagte, er wäre dein Verlobter, und ich solle mich gefälligst raushalten. Er hat uns wohl beobachtet.« Er schweigt eine Weile und ich fühle erneut, wie die Beklemmung in mir aufsteigt. Ich war die ganze Zeit in Gefahr und wusste es nicht. Und Jack ebenso.

»Als du dann auch noch mit ihm weggefahren bist, war das für mich der Beweis, dass er recht hatte.« Er sieht mich entschuldigend an. »Ich hatte ja keine Ahnung, was wirklich war. Ich war an dem Abend total durch den Wind und bin noch bei dir vorbeigekommen, weil ich wissen wollte, ob das alles stimmt. Da habe ich die Rosen gesehen.«

Verdammte Rosen. Ich wusste es. Ich seufze. »Schon gut. Es muss ja auch wirklich komisch ausgesehen haben. Aber du bist nicht gekommen und er sagte, er wollte nur ganz zwanglos etwas essen und sich entschuldigen …« Mir ist vor lauter schlechtem Gewissen ganz komisch.

»Ich wurde schon einmal ziemlich übel von einer Frau verarscht, und ich hatte das Gefühl, dass mir das Gleiche noch mal passiert.« Er haucht einen Kuss auf meinen Hals. »Verzeihst du mir?«, flüstert er.

Die Sonne taucht hinter dem Meer auf und ihr Licht taucht alles in Gold und Rot. Ich fühle mich unendlich erschöpft aber auch erleichtert, weil jetzt alles geklärt ist.

»Du schuldest mir noch ein richtiges Date«, weiche ich aus.

Er grinst und ich mache ein ernstes Gesicht, als müsste ich überlegen. »Ich verzeihe dir, wenn du diesmal wirklich kommst und wir wirklich ausgehen!« Ich betone jedes Wort und schaue ihn dabei eindringlich an.

»Wie könnte ich da widerstehen?«, fragt er lachend.

»Ich hoffe, gar nicht«, murmele ich, als ich mich umdrehe und mich an ihn schmiege.

# 16

Nervös schaue ich auf die Uhr. Er hat noch zehn Minuten, ehe er wieder zu spät dran ist.

Nachdem wir vom Strand aufgebrochen sind, hat Jack mich am Haus abgesetzt, sich vergewissert, dass es mir wirklich gut geht, und hat mir versprochen, mich um vier Uhr nachmittags abzuholen.

In der Zwischenzeit habe ich geschlafen wie ein Stein, ein spätes Frühstück gehabt und mich unter die noch immer eiskalte Dusche gestellt, um die Strapazen und die schlechten Erinnerungen abzuspülen.

Gegen Tom habe ich Anzeige erstattet. Er ist jetzt nicht mehr mein Problem. Die Polizei kümmert sich um die Sache.

Trotzdem fühle ich mich nicht mehr so wohl in dem Haus, obwohl ich jetzt sicher bin.

Darum kann ich es auch kaum erwarten, endlich ein richtiges Date mit Jack zu haben. Ich möchte vor allem auch mehr über ihn erfahren.

Bei unserem Abschied heute Morgen hat er versprochen pünktlich zu sein. Ich schneide dem Spiegel eine Grimasse. Statt dem Kleid, das mir so viel Scherereien beschert hat, trage ich schlichte Jeans und ein hübsches Oberteil, von dem Eva behauptet, es würde meine Oberweite betonen. Ich bin gespannt darauf, ob Jack das auch so sieht.

Genau zwei Minuten vor Ablauf der Zeit klopft es an der Tür und ich lächele breit.

»Hey!« Jack grinst und drückt mir einige blühende Kirschzweige in die Arme, die er mit bunten Blumen zu einem Strauß gebunden hat. »Bei einem richtigen Date soll man ja Blumen mitbringen, habe ich gehört«, meint er zwinkernd.

Ich nicke und atme den süßen Duft ein, der von den Blüten aufsteigt. »Wieso gerade Kirschzweige?«, frage ich schmunzelnd.

»Na ja, es hat ja irgendwie alles damit angefangen, oder? Mit Kirschen, meine ich.«

Darüber muss ich lachen. »Ja, stimmt. Du bist heute sogar pünktlich!«, necke ich ihn.

Er trägt ein weißes Hemd, neuaussehende Jeans und dunkelbraune Boots. Den Dreitagebart hat er allerdings stehenlassen, was mir ziemlich gut gefällt. Er riecht nach Sommer, Sonne und einem Hauch Parfüm.

»Bist du bereit?«, fragt er lächelnd.

»Schon lange«, gebe ich schlagfertig zurück.

Er reicht mir seine Hand und ich ergreife sie, ohne zu zögern.

»Wo fahren wir denn hin?«, frage ich neugierig, als er mir, ganz Gentleman, die Tür aufhält. Der Sitz ist unbequem wie eh und je und der Innenraum ist noch verstaubter, als ich ihn in Erinnerung hatte. Aber das macht nichts, denn ich fühle mich absolut glücklich, als Jack neben mir einsteigt.

»Das wird eine Überraschung«, meint er nur zwinkernd.

Während der Fahrt reden wir über alles Mögliche und er bringt mich oft zum Lachen. Ich bin unendlich erleichtert darüber, dass sich doch noch alles zum Guten gewendet hat, und freue mich auf den Tag und alles, was er bringen wird.

»Du magst hoffentlich Fisch?«, fragt Jack mich, als er vor einem kleinen Restaurant am Stadtrand hält. Man hat einen tollen Blick auf das Meer und ich nicke begeistert.

»Zum Glück, sonst wäre mein Plan ruiniert«, meint er erleichtert.

Hand in Hand betreten wir das Lokal, das von innen unheimlich neu wirkt. Die Wände sind weiß getüncht und von der Decke hängen kunstvoll dekorierte Fischernetze, in denen Muscheln, Seesterne und verschiedene andere Dinge befestigt sind.

Jack und ich nehmen an der breiten Glasfront Platz. Durch die Scheibe hat man einen fantastischen Blick auf das Meer und es ist beinahe, als würde man direkt am Wasser sitzen. Die Tische und Stühle sind aus hellem Holz und ich fühle mich sofort wohl.

»Gefällt es dir?«, fragt er mich, als wir uns über den Tisch hinweg ansehen. Er sieht gespannt aus und ich nicke.

»Es ist toll! So hell und freundlich«, meine ich bewundernd.

Er lächelt breit. »Danke«, meint er, offensichtlich erleichtert.

Fast alle Tische sind besetzt und es herrscht ein reger Betrieb im Restaurant. Unweit von uns befindet sich eine gut bestückte Bar, an der ein paar junge Leute sitzen und sich angeregt unterhalten. Die Stimmung ist richtig ausgelassen.

»Gut, dass wir noch einen Tisch bekommen haben«, meine ich überrascht.

»Oh, ja« Jack grinst und ich lege den Kopf schief. »Du hast bestimmt reserviert, oder?«, frage ich neugierig.

Er lacht leise. »Na ja, manchmal kennt man jemanden, der jemanden kennt ...«, weicht er aus.

Eine Kellnerin kommt mit strahlendem Lächeln auf uns zu und zückt erwartungsvoll ihren Block.

Erst da bemerke ich, dass wir gar keine Speisekarten auf dem Tisch haben.

Bevor ich Jack deswegen fragen kann, ist die Kellnerin nach einem kurzen Wortwechsel schon wieder verschwunden.

»Nanu?«, frage ich irritiert.

»Keine Sorge, es ist alles bestens.« Seine Augen funkeln und ich mustere sein Gesicht, ohne den Grund seiner Heiterkeit zu entdecken.

Ich habe gar keine Zeit, um nachzudenken, denn schon werden Getränke gebracht. Eine Flasche Weißwein, dazu eine Flasche der Zitronenlimonade, die ich so mag, und außerdem Wasser.

»Falls du durstig wirst«, beantwortet Jack meine unausgesprochene Frage.

»Du kennst wohl den Küchenchef«, necke ich ihn, als ein Kellner köstlich aussehende Salate zu uns bringt.

»Hast du schon vorbestellt?«, hake ich nach, weil mir so viel Service merkwürdig vorkommt.

»Das kann man so sagen, ja. Ich wollte, dass du ein richtiges Date bekommst. Mit gutem Essen und allem, was dazugehört. Ich habe ja auch jede Menge Buße zu leisten.«

Ah, die Sache mit der Buße. Mir wird heiß, als ich wieder daran denke, was er darunter versteht.

Jack lächelt wissend und seine Augen funkeln. Um mich davon abzulenken, dass mein Magen merkwürdig zu kribbeln beginnt, probiere ich den Salat. Ein köstliches Dressing ist darüber verteilt und die frischen Flusskrebse, die ich entdecke, sind unheimlich lecker. Das Dressing enthält viel Knoblauch, aber das ist mir ziemlich egal.

»Magst du Knoblauch überhaupt?«, fragt Jack grüblerisch, als ich eine Gabel voll nehme.

»Und wie!«, bestätige ich mit vollem Mund. Es ist einfach himmlisch. Er lächelt zufrieden und wir essen eine Weile schweigend. Die Sonne scheint und bringt das Meer zum Glitzern, was mich immer wieder aus dem Fenster schauen lässt. Es ist der perfekte Ort für ein Restaurant, finde ich. Als ich Jack das sage, werden seine Ohren ganz rot und er schenkt mir ein Glas Weißwein ein. »Der ist wirklich gut, kommt übrigens auch aus dem Sortiment meines Vaters.«

»Wirklich?«, frage ich überrascht, denn bislang hatte ich nur Rotwein. »Ich habe noch nie Weißwein getrunken«, gebe ich zu.

Jack schnaubt fassungslos. »Dann wird es aber Zeit!«, meint er, während wir anstoßen.

Wir sind kaum mit unserem Salat fertig, als schon der nächste Gang gebracht wird.

Unruhig denke ich daran, dass ich nicht gerade unbegrenzte finanzielle Mittel habe. »Jack«, meine ich leise, als der Kellner wieder fort ist, der uns exquisit aussehenden gegrillten Seewolf gebracht hat, der neben knackigem, scharf angebratenem Gemüse liegt und mit einer cremigen Soße beträufelt ist, »wie viel kostet so ein Essen hier?«

Jack wirft mir einen langen Blick zu. »Genieß es einfach und mach dir darum keine Sorgen. Es ist alles gut!«

Na schön, trotzdem … »Ja, aber ich will nicht, dass du zu viel ausgibst!«, bohre ich weiter. Ich wollte zwar ein richtiges Date, aber er soll danach ja nicht am Hungertuch nagen.

»Ella«, meint er grinsend, während er sich ein Stück Seewolf in den Mund schiebt, »iss! Es wird noch kalt!«

Das ist allerdings ein Argument. Ich schiebe meine Sorgen beiseite und beschließe, dass ich mir auch zuerst den Bauch vollschlagen- und dann ein schlechtes Gewissen haben kann. Und ich bereue es nicht! Das Essen ist unfassbar gut. Man kann über Italien sagen, was man will, aber was das Essen angeht, ist es einfach das Paradies. Vorausgesetzt natürlich, dass man die italienische Küche mag. Und das tue ich. Mehr noch, ich liebe sie!

Es gibt Menschen, die träumen von einer Weltreise, um all die faszinierenden Orte zu sehen, die unser Planet zu bieten hat.

Ich träume auch davon, allerdings nicht wegen Kunst und Kultur, sondern, um mich einmal um den Globus zu futtern. Was ja auch irgendwie zählt. In diesem Moment beschließe ich, nie wieder Magerquark zu kaufen.

»Ist dein Fisch gut?«, fragt Jack, als er sieht, wie ich reinhaue.

»Ausgezeichnet!«

Er grinst nur und als das Dessert kommt, bin ich endgültig misstrauisch. Kleine Törtchen aus Mürbeteig, gefüllt mit einer unheimlich sahnigen Ricottacreme und garniert mit frischen Früchten, werden vor uns abgestellt. Der Kellner lächelt nur, wünscht uns einen guten Appetit, und verschwindet wieder.

Während ich von meinem Nachtisch probiere und mich Jack dabei so intensiv beobachtet, als ob von meinem Urteil über das Essen sein Leben abhänge würde, frage ich mich, wie er das alles organisiert hat.

»Also, du kennst also jemanden, der jemanden kennt und so weiter...?«, greife ich seine Aussage wieder auf.

Er lehnt sich entspannt zurück. »Wie war das Dessert?«, fragt er stattdessen.

»Es war umwerfend, genau wie der Rest. Und ich fürchte, ich muss meine Schulden als Tellerwäscher abbezahlen, weil ich mir so etwas Köstliches kaum leisten kann!«

Er schüttelt den Kopf und nippt an seinem Wein. »Das glaube ich nicht. Ich denke, der Chef nimmt eher ... andere Dienste in Anspruch.«

Oha. »Andere Dienste? Du hast mich wohl hoffentlich nicht als Anzahlung für das höllisch gute Essen genommen, oder?«, frage ich mit einem hilflosen Lachen.

»Ich bin absolut unfähig, was Tellerspülen betrifft«, meine ich ernst, als Jack mich nur grinsend anschaut. »Und ich glaube nicht, dass mir andere Dienste gefallen«, erweitere ich meinen Einspruch.

»Oh, das denke ich doch.« In seinen Augen funkelt etwas, bei dem mir ganz heiß wird.

»Wollen wir gehen, ehe man uns als Tellerwäscher versklavt?«, flüstert er plötzlich, während er sich verschwörerisch zu mir beugt.

»Nein!«, wehre ich erschrocken ab. »Ich gehe doch nicht, ohne zu bezahlen!«

»Ich hab aber kein Geld dabei«, meint er, wobei er eine entschuldigende Miene aufsetzt.

Mir bleibt die Luft weg und ich starre ihn schockiert an.

Er zwinkert plötzlich und beginnt zu lachen. »Keine Sorge, Ella! Ich mache nur Spaß.«

Ich sacke erleichtert in mich zusammen, doch er setzt noch eins drauf: »Mir gehört nämlich das Restaurant.«


Später gehen wir gemeinsam am Strand entlang, während Jack mir immer wieder schelmische Blicke zuwirft.

»Wieso hast du mir das nicht früher gesagt?«, frage ich, noch immer ein bisschen schockiert von der Tatsache, dass er nicht nur Kellner, sondern auch noch Küchenchef ist. Und Restaurantbesitzer, als wäre es damit nicht genug.

»Ich wollte nicht, dass du voreingenommen bist.«

Ich nicke und ermuntere ihn, weiterzureden.

»Wenn du gewusst hättest, dass das mein Restaurant ist, und ich die Gerichte zusammengestellt hätte, wäre deine Meinung schon festgelegt gewesen, bevor du den ersten Gang probiert hättest. Du hättest auch gesagt, dass dir das Essen schmeckt, wenn das gar nicht gestimmt hätte, nur um mich nicht zu verletzen.«

Es ist eine schlichte Wahrheit, die ich nachvollziehen kann. Er hat nicht unrecht damit. Genau das wäre wohl meine Reaktion gewesen, wenn ich all das vorher gewusst hätte.

»Aber du müsstest doch wissen, dass dein Essen gut ist«, werfe ich ein. Ich blinzele gegen die Sonne, die mir ins Gesicht scheint. Jack nickt. »Das schon, aber Geschmäcker sind verschieden. Ich wollte sicher sein, dass du es auch magst.«

Ich weiß nicht wieso, aber irgendwie finde ich das unheimlich süß.

»Und was, wenn ich es richtig schlimm gefunden hätte?«, frage ich neugierig.

»Dann hätte ich mich in mein Kochmesser gestürzt«, gibt er mit gespielt trauriger Miene und übertrieben theatralisch zurück. Er sieht dabei so komisch aus, dass ich lachen muss.

»Aber wieso hast du dann in dem Café nur gekellnert?«, will ich wissen, als wir uns beide wieder beruhigt haben.

Einige Badegäste sind am Strand und ein paar lachende Kinder spielen fangen und stolpern vor uns durch den weichen Sand. Das ausgelassene Quietschen und Lachen der Kinder ist ansteckend und ich fühle mich absolut zufrieden. Es ist ein großartiger Tag. Jacks Finger verweben sich mit meinen und er drückt sanft meine Hand, als hätte er den gleichen Gedanken gehabt.

»Manchmal muss man wieder zu dem zurückkehren, wo man hergekommen ist, um sich nicht zu verlieren.« Er zwinkert, als ich ihn fragend anschaue. »Ich will ein bodenständiger Mensch bleiben. Und ich habe schon jeden Job in der Küche gemacht, den es gibt. Vom Tellerwäscher bis zum Chef. Manchmal will ich mich einfach selbst daran erinnern, wie es ist, wenn man ganz unten ist, damit ich nicht vergesse, wo ich mal angefangen habe.«

Mein Herz fliegt ihm bei diesem Geständnis zu und wir lächeln uns an.

»Also, was möchte mein wunderschönes Date heute noch machen?«, fragt er mich.

»Ich möchte nach Hause. Mir dir.« Ich schaue zu ihm hoch und seine grauen Augen werden eine Spur dunkler.

»Wir waren da ja neulich bei etwas stehengeblieben, und das würde ich gern fortsetzen«, murmele ich als ich mich auf die Zehenspitzen stelle und ihn küsse.

# 17

»Bist du sicher, dass es hier ist?«, fragt mich Ellas Mutter
zum tausendsten Mal. Genervt schlage ich die Autotür zu.

»Ja, bin ich!« Meine Antwort klingt gereizt. Wir sind seit
Stunden unterwegs und meine Morgenübelkeit schlägt mir
auf die Stimmung. Zusätzlich dazu mache ich mir Sorgen
um Ella.

»Sie geht schon seit zwei Tagen nicht mehr ans Handy!
Hoffentlich ist ihr nichts passiert!«

Ich verdrehe die Augen, während ich Adrian einen schnellen
Kuss gebe und ihn bitte, im Auto zu warten. Nur für den
Fall. Mein Freund ist nämlich ein ganz schönes Weichei.

»Ich gehe rein und schaue nach, was da los ist!«, bestimme
ich fest, als sich Ellas Mutter schon auf den Weg zur Haustür
der Ferienwohnung macht.

Vielleicht ist meine beste Freundin ja nur krank oder so. Und ich weiß wie sehr sie es hasst, Überraschungsbesuch zu bekommen. Nach dem Streit mit ihrer Mutter wird sie sie wohl kaum als erstes sehen wollen.

Die Haustür ist nicht abgeschlossen und ich drücke die Klinke herunter.

Drinnen ist es kühler als draußen. Ein kurzer Blick auf meine Armbanduhr bestätigt mir, dass es schon halb elf am Morgen ist.

Höchste Zeit, um ausgeschlafen zu sein. Sogar für Ella.

Leise gehe ich den Flur entlang. Zumindest riecht es frisch im Haus, also wird sie wohl noch am Leben sein.

Ich entdecke eine Vase mit Kirschzweigen und Wildblumen auf dem Tisch in dem Raum, den ich für das Wohnzimmer halte. Stirnrunzelnd gehe ich weiter.

Ich habe plötzlich einen Verdacht, warum Ella nicht ans Handy geht, abgesehen von ihrer üblichen Schusseligkeit, und ich muss breit grinsen, als ich einen Blick durch die halb geöffnete Schlafzimmertür erhasche.

Da liegt sie, nackt und eng an einen verdammt heiß aussehenden Typen gepresst, als ob sie mit ihm verschmelzen wollte.

Als hätte sie mich bemerkt, blinzelt sie und formt ein erstauntes »Oh«, mit den Lippen.

Ich grinse und gebe ihr ein Zeichen, bloß da zu bleiben, wo sie ist. Ich gestikuliere, dass ich sie später anrufen werde, und sie nickt, während sie feuerrot wird.

So leise ich kann, schleiche ich wieder aus dem Haus.

»Und?«, begrüßt ihre Mutter mich aufgeregt. Adrian und Eduardo starren mich gespannt an.

»Um Ella brauchen wir uns keine Sorgen zu machen, der geht es bestens!«

»Wer war denn das?«, murmelt Jack verschlafen an meiner Wange, während er mir einen liebevollen Kuss aufdrückt.

Mein Herz klopft wie wild und ich schmiege mich enger an ihn.

»Bloß meine beste Freundin«, beruhige ich ihn, als er mich verschlafen anblinzelt. Er grinst schelmisch.

»So, so?«, fragt er, als er sich wieder über mich rollt und meinen Hals mit heißen Küssen bedeckt. Ich kichere und versuche auf den Wecker zu sehen, um herauszufinden, wie spät es ist, aber der liegt auf dem Boden.

Während ich versuche, richtig wach zu werden, arbeitet Jack sich an mir herunter.

»Oh, ich glaube, wir sollten aufstehen«, flüstere ich hilflos, als seine Hände über meine Haut streicheln.

»Hmm«, brummt er, während seine Zunge über meinen Bauch streicht und ich erschauere.

»Später.«

»Das sagst du seit zwei Tagen«, protestiere ich schwach, während sich meine Finger wie von selbst in seinem Haar vergraben.

Seine Augen verraten mir, dass er nicht vorhat, mich in absehbarer Zeit gehenzulassen.

»Die können noch ein bisschen warten. Ich habe schließlich mein ganzes Leben auf dich gewartet. Also sei brav und lass mich dich lieben!«

Wie könnte ich da widersprechen?

*Ende*

# Danksagung

Mein Dank gilt meinen Lesern, ohne die meine Geschichten unerzählt bleiben würden. Ich freue mich auf weitere Romane die ich für euch schreiben darf!

Ganz besonderer Dank gilt Susanne Becker, die mir bei diesem Projekt als Testleserin zur Seite gestanden hat.

Ich danke meiner Familie für ihre Geduld mit mir und meiner Schusseligkeit und meiner wunderbaren Coverdesignerin Linda Woods von Linda Woods Designs & Cover für ihre unglaublich tolle Arbeit!

Wenn Sie mir eine persönliche Nachricht zukommen lassen möchten, besuchen Sie mich auf meiner Facebook-Seite: http://www.facebook.com/ElisaM.Baker.de

Vielen Dank für das Lesen meiner Geschichte und vielleicht bis zum nächsten Mal.

Herzlichst,

Elisa M. Baker